삼사라

삼사라
SAMSARA

김창규 소설집

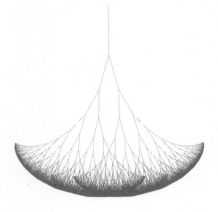

김창규 지음

아작

차례

삼사라

01

우주의 모든 유원지

2017 제4회 SF 어워드 중단편소설 부문 대상 수상작

〈과학동아〉 2017년 5월호 수록

노마는 휘파람을 불면서 '우주의 모든 유원지' 한구석에 있는 사격장 선반을 정리하고 있었다. 그는 어제 다녀간 손님 두 사람이 먹다가 흘린 음식 찌꺼기를 쓸어내고, 터치 반응형 제어판을 적당히 조작해 선반 맞은편에 있는 목표물 화면이 제대로 작동하는지 점검해 보았다. 화면에는 곰돌이 여섯, 화분에 담겨 춤을 추는 해바라기 여섯, 비웃는 것처럼 기이한 미소를 띠고 있는 정체불명의 곤충 여섯이 줄을 맞춰 떠올랐다.

　노마는 만족스럽게 고개를 끄덕인 다음 금속으로 만든 의자를 점포 앞에 꺼내놓고 앉았다. 그리고 '우주의 모든 유원지' 바깥을 물끄러미 바라보았다. 두 개의 아침 태양에서 흘러나오는 직사광선이 아침 공기를 데우고 있었다. 대류 현상이 활발해지면서 노랗게 물들어가는 대기 아래쪽으로 바람이 불자 모래 먼지가 파도처럼 일었다가 가라앉았다.

노마는 먼지가 완전히 가라앉을 때까지, 짧지 않은 시간 동안 조금도 자세를 바꾸지 않았다. 그는 이 항성계의 이중성이 지평선 아래로 가라앉고 다시 뜰 때까지 그 자리에 앉아 기다릴 수 있었다. 꼭 필요한 경우라면 '우주의 모든 유원지'가 있는 앤트워프 행성의 시간으로 열흘 동안 꼼짝도 하지 않고 그 자리에 머무를 수도 있었다. 그가 가장 먼저 몸에 익혔던 습관은 아무것도 하지 않고 기다리는 것이었기 때문이다. 그런 습관은 그가 맡은 임무에 잘 어울렸다.

"어제 손님이 왔었다면서? 두 사람이라고 했지?"

노마는 천천히 고개를 돌렸다. 그에게 말을 건 사람은 지구의 유물인 '롤러코스터'와 '자이로드롭'을 담당하고 있는 유청이었다.

"응. 알파 센타우리 B에서 왔다더라고."

유청은 지나치게 긴 바짓단으로 땅을 쓸며 다가오더니 사격장 선반에 몸을 기댔다.

"신기하군. 관광철이 되려면 아직 멀었는데."

노마는 유청의 목소리에 깃들어 있는 호기심을 애써 무시하며 대답했다.

"그런 걸 신경 쓰지 않는 사람들도 있잖아."

하지만 유청은 자신의 궁금증을 반드시 풀려고 마음이라도 먹은 것처럼 쉽게 포기하지 않았다.

"알파 센타우리에서 여기까지 오려면 웜홀을 둘이나 거쳐야 해. 그런데 아무것도 아니라고 생각해?"

노마는 이마에 주름을 만들며 유청을 바라보았다.

"장사하다 보면 별의별 손님이 다 있는 법이야. 뭘 새삼스럽게…."

유청은 노마의 말을 끝까지 듣지 않고 시선을 하늘로 돌렸다. 그리고 잠시 기다렸다가 손가락을 들어 올렸다.

"맞아. 별의별 손님이 다 있지. 예를 들어 저 사람처럼."

노마는 눈을 찡그리고 유청이 가리키는 하늘을 쳐다보았다. 화살촉처럼 생긴 우주선 한 대가 대기층 안으로 진입하더니 앤트워프 공항 쪽으로 선회하고 있었다.

유청이 말을 이었다.

"우주정거장에서 착륙선으로 갈아타지 않고 곧장 지상에 돌입할 수 있는 가변형 우주선이야. 부자들이나 쓰는 물건이지. 그게 아니라면 기동성이 필요한 긴급 상황에 쓰거나. 이 행성에 최근 들어 그럴 일이 있었나?"

"아니, 없었어. 은하 연방에는 큰일이 있었지만…."

노마는 사족을 덧붙이다 말고 쓸데없는 소리를 했다고 후회했다. 그리고 마음을 가다듬은 다음 다시 입을 열었다.

"난 몰라. 유원지 사격장이나 지키는 내가 뭘 알겠어."

유청은 최근 들어 노화가 급격히 진행되는 바람에 숱이 줄어드는 머리카락을 쓸어 올리면서 씁쓸하게 웃었다.

"그거야 난들 다를까."

"나하고는 다르지. 자네는 이 유원지를 반이나 사들이고 분양했잖아. 자이로드롭도 새로 설치했고."

유청이 코웃음을 치고 말했다.

"은하 연방 중심지에서 전쟁이 시작됐고 팽창주의자들이 우위를 점했다곤 하지만, 그게 우리랑 무슨 상관이겠어. 우린 중력 변화에 맞춰서 놀이기구나 운영하는 사람들인데. 안 그래?"

노마는 입술을 빨아들여 이로 잘근잘근 씹다가 유청을 바라보았다.

"오늘도 가게 문을 열고 있을 거야?"

유청이 능글맞게 웃으며 대답했다.

"그거 말고는 할 일이 없잖아. 알면서 왜 물어?"

"오늘은 문을 닫고 들어가 쉬는 게 좋겠어."

"무슨 소리야? 조금 전에 공항으로 날아간 손님이 유원지에 올 텐데."

"평범한 손님이 아닐지도 몰라. 어쩌면 저 사람은…."

유청은 노마가 했던 말을 고스란히 돌려주었다.

"원래 별의별 손님이 다 있는 법이잖아. 장사란 게 다 그렇지. 손님을 무서워해서야 돈을 어떻게 버나?"

유청이 웃으며 대꾸하더니 갑자기 진중한 목소리로 물었다.

"여기 온 지 얼마나 됐지?"

노마는 갑자기 정색하는 유청을 보며 눈을 크게 떴다.

"나 말이야?"

유청이 고개를 끄덕였다.

"기억이 나질 않아. 오래돼서 그런가 봐."

노마는 거짓으로 대답했다. 은하계 내에 퍼져 사는 연방 사람 가운데 그보다 시간 기록에 철저한 사람은 없었다.

"적어도 자네보다는 먼저 왔어. 그건 확실해."

그러자 유청은 모든 걸 알겠다는 표정으로 미소를 지었다. 노마는 점점 마음을 잠식하는 불안감을 애써 가라앉히고 말했다.

"오늘 점심은 혼자 먹어."

"왜, 약속이라도 있어?"

노마는 길게 한숨을 쉬고 대답했다.

"자세한 건 묻지 말아줘. 그냥 부탁하는 거야."

유청은 별일 아니라는 투로 말했다.

"그거야 뭐 어려운 일인가. 알았어. 어차피 내일은 또 같이 먹을 텐데 뭐. 그럼 수고하라고."

노마는 바지 끄트머리를 질질 끌며 멀어져가는 유청을 물끄러미 쳐다보았다. 그는 두 번 다시 유청과 점심을 먹을 수 없을 것이라고 짐작했지만, 차마 그 얘기는 입 밖으로 꺼낼 수가 없었다.

*

노마는 특별한 손님을 맞이할 준비를 했다.

그는 터치 반응식 제어판을 두드리고 매만졌다. 커다란 화면에 줄을 맞춰 서 있던 곰돌이와 해바라기, 그리고 곤충의 영상이 사라졌다. 그는 제어판에 입자 프린터 설정을 입력했다. 그러자 선반 아랫부분이 열리면서 곰돌이와 해바라기와 곤충 인형들이 쏟아져 나왔다.

그는 인형들을 잔뜩 품에 안고 선반 반대편에 조심스럽게 늘어놓았다. 그리고 진열을 마친 다음 뒤로 물러서서 배치에 문제는 없는지 살펴보았다. 이제 그가 영업하는 사격장은 먼 옛날 지구에 존재했던 축제용 사격장과 거의 흡사했다.

그는 집게손가락을 들어 허공에 커다란 원을 그려보았다. 그러자 곰돌이와 곤충 인형들의 눈동자가 손가락 끝의 움직임을 정밀하게 추적했다. 해바라기들은 그의 동작 덕분에 태양 빛의 방향이 바뀌기라도 한 것처럼 꽃잎을 흔들었다.

이제 더 준비할 것이 없었기 때문에, 그는 의자를 조금 더 바깥쪽으로 끌어낸 다음 앉아서 기다렸다. 기다림이야말로 그가 유일하게 자랑할 수 있는 재능이었다.

공항 방향으로 이어지는 도로 끝자락에서 조금씩 먼지가 떠오르더니 그 속에서 광택이 나는 검은색 점이 튀어나왔다. 점은 곧 차량으로 바뀌고, 얼마 지나지 않아 '우주의 모든 유원지' 입구에서 멈춰 섰다. 노마는 유원지의 입구가 아니라 하늘을 텅 빈 눈으로 바라보면서 머릿속에 들어 있는 전자칩들을 활발하게 작동시키고 있었다.

앤트워프에서 보기 드문 가변형 차량의 문이 열리고 세 사람이 내렸다. 세 사람은 느린 걸음으로 유원지 입구에 서더니 입장료를 냈다. 그들은 유원지 안으로 들어서면서 사방에 늘어서 있는 대형 놀이기구들을 신기한 듯 구경했다.

이윽고 세 사람이 사격장으로 다가왔다. 노마는 오래된 육체를 천천히 일으켰다. 세 사람 가운데 챙이 넓은 모자를 쓴 남자와 머리가 긴 여성은 어제도 사격장을 찾아왔던 손님이었다. 나머지 한 사람은 눈과 입을 전자 마스크로 가리고 있었다.

여성이 노마를 보고 가장 먼저 알은척을 했다.

"안녕하세요. 오늘도 가게 문을 열었군요."

노마가 대답했다.

"관광지라는 게 그렇지요. 기다리는 게 일 아니겠습니까."

여성은 노마가 묻지도 않았건만 새 일행을 소개했다.

"유원지가 너무 재미있어서 친구를 불러왔어요. 연방에 소속된 모든 행성의 전통 놀이기구가 전부 모여 있다니까 흥미를 보이더라고요."

전자 마스크를 쓴 사내가 노마를 보며 고개를 살짝 끄덕였다. 노마는 하품하면서 사내의 몸동작을 관찰했다.

사내가 긴 머리 여성에게 말했다. 노마는 그의 말 속에 숨어 있는 명령조를 놓치지 않았다.

"제니, 어떻게 하는 건지 직접 보여주겠어?"

제니라고 불린 여성이 활짝 웃었다.

"아휴, 누가 겁쟁이 아니랄까 봐. 알았어. 아저씨, 총 좀 꺼내주세요."

노마가 말했다.

"계산부터 하셔야죠. 여긴 연방 정보화폐만 받습니다. 결제용 칩을 여기에 갖다 대세요."

제니가 마스크를 쓴 사내를 보며 말했다.

"마크, 돈 좀 내줘."

마크는 천천히 팔짱을 풀고 오른손을 뻗어 결제를 마쳤다. 그러자 선반 윗면이 열리면서 나무와 플라스틱으로 제작된 공기총이 솟아올랐다. 제니는 공기총의 개머리판을 오른쪽 어깨에 붙이고 자세를 취했다.

챙이 큰 모자를 쓴 사내가 마크에게 말했다.

"반동을 어깨로 흡수하는 총이래. 지구에서는 그런 구조의 무기를 한참 동안 썼다나 봐. 저건 그냥 그림이나 맞추는 고무탄이 나가는 거지만 진짜 총은 탄환이…, 어? 아저씨, 그래픽이 아니라 진짜 인형을 세워놨네요?"

마크가 모자를 쓴 사내에게 말했다.

"쿄시로, 나한테 병기의 구조에 관해 설명할 생각이야? 구형 직사 화기에 대해서라면 내가 너보다…."

제니라는 여성이 두 사람의 말 사이에 끼어들었다.

"둘 다 그만 좀 해. 유원지에 왔으면 직업 자랑은 그만두고 좀 놀자고. 아저씨, 이제 쏘면 되죠?"

제니는 공기총의 총구에 집중하더니 연거푸 방아쇠를 당겼다. 고무 탄환은 그녀의 생각과 달리 엉뚱한 곳으로 날아갔다. 그녀는 입가를 찡그리면서 다른 인형을 노렸고, 여섯 번을 시도한 끝에 결국 명중시켰다.

"좋았어! 어제는 하나도 못 맞췄는데 이제 적응했나 봐. 아저씨, 인형 주세요."

노마는 선반 아랫부분을 열고 제니가 맞춘 것과 똑같은 해바라기 인형을 꺼내주었다. 제니는 선반 위에 올려두었다.

"해 볼 사람?"

제니가 묻자 마크와 쿄시로는 고개를 저었다. 제니는 신이 났는지 다시 선반에 몸을 의지하고 사격에 몰두했다. 노마는 그런 제니의 모습을 멍하니 지켜보고 있었다.

팔짱을 끼고 서 있던 마크가 문득 생각난 것처럼 노마에게 물었다.

"은하계에 이런 행성은 하나뿐이죠?"

노마가 대답했다.

"그렇다고 들었습니다만."

"놀이기구라면 입자 프린터로 얼마든지 만들어볼 수 있을 텐데, 사람들이 굳이 여기까지 와서 체험해보는 이유가 뭘까요?"

노마는 목청을 가다듬었다. 지금까지 손님들에게 수백 번, 수천 번 답했던 질문이었다.

"중력 때문이죠. 여기서 멀지 않은 곳에 암흑물질 소용돌이가 있거든요. 소용돌이는 주기적으로 강도가 변해요. 이 행성도 그 영향을 받고요. 중력가속도를 이용하는 놀이기구들은 각 행성의 중력에 맞춰야 가장 효과가 큰데, 그러자면 인공중력장을 놀이기구마다 만들어줘야 하죠."

마크는 그다지 놀랍지 않은 것처럼 시큰둥하게 물었다.

"암흑물질 소용돌이 근처에 있으면 인공중력장을 만들기 편한가 보군요."

"인공중력장을 만들기 좋은 평균 최적 수치가 있어요. 이 행성은 3개월 동안 소용돌이에 접근하면서 최적중력에 맞춰지죠. 그때가 바로 관광철이고요."

"그 3개월 동안 사람들이 얼마나 많이 찾아옵니까?"

노마는 잠시 계산을 해보고 대답했다.

"글쎄요. 어림잡아 2만 명은 될 걸요."

마크는 두 팔을 아래로 늘어뜨리고 물었다.

"그렇다면 은하 곳곳의 소문도 들을 수 있겠군요. 네트워크를 통해서 기록이 남는 얘기들 말고요."

노마가 얼굴을 천천히 굳히면서 말했다.

"그렇기는 하죠. 그리 흥미로운 건 없지만요."

"혹시 '불멸자'에 대한 얘기를 들어본 적 있습니까?"

노마는 최대한 자연스럽게 되물었다.

"불멸자라뇨?"

그의 질문에 대답한 사람은 마크가 아니라 쿄시로였다.

"단어 뜻 그대로예요, 아저씨. 죽지 않는 사람. 영원히 존재하는 사람 말이에요."

이제 질문을 던지는 사람은 노마였다.

"육체적인 죽음을 극복한 건 오래전 일 아닙니까? 입자 프린터로 육체를 만들고 기억을 복사하면 되잖아요. 허가만 받으면 되는 일인데, 이런 세상에 불멸자라는 게 무슨 의미가….”

마크가 노마의 말을 끊었다.

“바로 그 허가가 문제예요. 아저씨도 입자 프린터로 육체를 갱신해봤다면 잘 알고 있겠죠. 은하계에 존재하는 입자의 수는 유한해요. 입자는 곧 정보이고, 따라서 정보량으로 치환한 은하계의 물질량 역시 유한하죠. 그래서 입자 프린터의 사용량엔 한계가 있어요. 아무나 마음대로 뽑아 썼다가는 은하계의 이동 궤도가 영향을 받을 수도 있고, 블랙홀이나 중성자성의 생성에 영향을 미칠 수도 있으니까요. 그래서 육체를 갱신할 때도 전이할 수 있는 기억량에 제한을 두고 있단 말이에요.”

노마는 손으로 무릎을 치는 시늉을 하며 말했다.

“그래서 허가를 받아야 하는 거군요.”

마크는 입꼬리를 올리고 노마를 노려보았다.

“그런데 허가량에 제약을 받지 않는 사람들이 있어요. 인류가 기술적인 특이점을 넘어서고 우주로 진출하기 전부터 살아왔던 사람들 가운데, 육체를 전면적으로 갱신하지 않은 사람들이 있어요. 단 한 번도 말이에요. 그 사람들은 정보사용량에 제약을 받지 않아요. 따라서 위험한 사람들이죠. 마음만 먹으면 은하계 전체에 해를 끼칠 수도 있거든요. 물론 그러려면 오랜 시간 동안 치밀한 계획을 세워야겠지만.”

노마는 제니가 공기총에서 몸을 떼고 두 사람의 대화에 집
중하는 것을 알아챘다. 쿄시로는 모자를 고쳐 쓴 다음 서너
걸음 뒤로 물러서고 있었다.

마크는 잠시 말을 멈추고 사격장 옆에 서 있는 자동판매기
로 다가가서 음료수를 샀다. 그는 갈색 음료로 목을 축인 다
음 다시 노마에게 다가왔다.

"혹시 연방 뉴스는 보고 있나요?"

노마가 대답했다.

"정치나 군사 뉴스는 관심이 없어서 안 봅니다. 초신성 폭
발이나 암흑물질 안정성에 대한 정보는 받아보지만요. 유원
지 매출에 영향을 주기도 하고, 중력 수치에 변화가 생길 수
도 있으니까요."

"그러시군요. 그럼 연방의 미래를 결정할 큰 사건 하나를
알려드리죠. 이 행성 시간으로 약 3개월 전에 수도 항성계를
사이에 두고 전쟁이 벌어졌어요. 팽창주의 동맹이 정권을 잡
았죠. 팽창주의 정권은 은하계의 안정을 위협하거나 테러를
저지를 수 있는 불멸자들을 모두 잡아들이기로 했어요. '정보
량은 평등해야 한다.' 이게 바로 새 정권의 핵심 정책이죠."

노마는 눈썹 주변을 긁으면서 하품을 했다.

"변방 유원지 행성에 사는 노인에게 그런 얘기를 하는 이
유를 모르겠군요. 정권이 바뀐들 유원지 장사가 망할 것도
아니고."

쿄시로가 갑자기 킬킬 웃으면서 말했다.

"맞아요, 장사가 제일 중요하지. 우리도 장사꾼이라 그 마음을 잘 알죠."

노마가 물었다.

"그래요? 댁들은 무슨 장사를 하십니까?"

쿄시로가 대답했다.

"돈을 받고 고객이 원하는 사람을 찾아주는 장사예요. 요즘은 새로 들어선 정부의 의뢰를 받아서 은하 곳곳을 뒤지고 있죠. 그러다가 여기까지 흘러들어왔고요."

마크가 손을 들어 쿄시로의 말을 막았다.

"너스레는 이 정도로 해두는 게 좋겠군요. 이제 장사를 접을 때가 됐어요, 아저씨. 아니, 불멸자라고 불러야 하나? 입자 프린터 제어장치를 끄고 순순히 따라오는 게 좋을 겁니다."

노마가 허리를 곧게 펴자 쿄시로가 경계 태세를 취하며 모자의 챙에 손을 얹었다. 제니는 경품으로 받은 곰 인형 뒤에 손을 숨기고 있었다.

마크가 눈과 입을 가린 전자 마스크에 음성으로 지시를 내리자 그의 등 뒤에서 드론 모듈 여섯 기가 튀어나와 공중에 자리를 잡았다.

노마는 상대의 명령에 순순히 따르려는 것처럼 천천히 두 손을 들고 말했다.

"정말 내가 테러를 일으킬 거라고 생각하나?"

마크가 위협적인 투로 대답했다.

"당신이 테러를 일으키든 유원지에서 평생 가게나 운영하든 그건 상관없어. 우린 당신을 잡아가고 돈만 받으면 되니까."

노마는 지금까지 살아오면서 단 두 번만 입 밖으로 꺼냈던 얘기를 시작했다.

"너희에게 의뢰한 팽창주의자들은 역사가 오래된 집단이야. 출발점은…, 그래, 은하 연방에 사는 모든 사람은 근원을 추적해보면 지구에서 출발했으니 팽창주의자들 역시 지구에 뿌리를 두고 있지. 옛 지구엔 나치라는 집단이 있었고, 극우파라는 용어가 있었어. 그 줄기를 이어가는 게 바로 팽창주의자들이야. 시대에 따라서 용어나 호칭은 바뀌었지만, 그자들이 하는 짓은 변하지 않았지. 그자들은 세력을 잡기 위해서 끔찍한 범죄도 마다치 않아. 그리고 상상하기 어려울 만큼 뻔뻔하지. 팽창주의자들은 어찌 그렇게 똑같은지, 일단 권력을 잡으면 역사를 왜곡하기 시작해. 과거를 세탁하고, 또 '권력을 잡으면 누구나 마찬가지'라며 일반화를 시도하지."

마크가 말했다.

"아까 했던 얘기를 그대로 돌려줘야겠군. 우린 정치 얘기에 관심이 없어. 당신을 잡아가면 새 정부는 테러범을 무력화시켰다고 홍보할 테고, 우린 돈을 받으면 그만이라고. 아주 쉽고 깔끔한 사업이지."

노마는 마크의 말을 무시했다.

"그리 마음에 드는 명칭은 아니지만, 나를 포함한 '불멸자'들이 정보량 소유에 제한을 받지 않는 건 맞아. 우리는 그 권리를 최대한 이용하고 있지."

쿄시로가 비아냥거리며 말했다.

"그 권리로 유원지 행성에서 곰 인형이나 찍어내고 있나?"

노마가 노려보자 쿄시로는 입을 다물었다.

"우린 모든 것의 역사를 보존하고 있어. 옛 지구의 나치와 이스라엘과 일본이 어떤 범죄를 저질렀는지, 화성 군부가 목성 콜로니에 어떤 독을 풀었는지, 요로나 구역에서 갑자기 발생한 초신성 폭발을 누가 사주했는지, 현 팽창주의자들이 대(對)행성 병기를 몇 기나 불법으로 제작했는지…. 역사는 반드시 남아야 해. 사실 그대로. 역사를 삭제하려는 시도는, 불멸자를 암살하려는 시도는 오래전부터 있었어. 우리 두뇌는 마이크로 웜홀을 이용해서 은하계 내에 파편화되어 있는 데이터베이스를 한데 잇고 있거든. 우리를 파괴하면 고대역사는 뿔뿔이 흩어지고, 끝내 사라질 거야. 그게 바로 팽창주의자들이 노리는 거지. 너희는 그렇게 야비한 범죄를 돕고 있단 말이야."

마크가 노마에게 물었다.

"혹시 알파 센타우리 B 행성에 모여 있는 용병단의 활약도 기록하고 있나?"

노마는 눈을 세 번 깜빡거리고 나서 대답했다.

"구 연방 정부의 행정관 세 명을 암살했고, 쿠마 섹터의 폭탄 테러에 관여되어 있으며, 연방 정부군에 사살된 단원은 총 여덟 명이군."

마크는 진심으로 감탄했다.

"젠장, 우리 영업장부보다 더 정확하게 기록하고 있군. 이봐, 늙은이. 난 딱 한 가지 원칙이 있어. 우리 사업에 관한 정보를 모으는 사람들은 반드시 죽인다는 원칙. 무릇 장사란 뒤가 깔끔해야 하거든. 따라서….."

불멸자를 찾아온 용병 세 사람은 동시에 무기를 꺼내어 노마를 겨누고 발사했다. 쿄시로가 쓰고 있는 모자에서 나노 미사일들이 가느다란 궤적을 그리며 노마에게 날아들었고, 제니가 품 안에서 꺼낸 플라스마 채찍은 수십 갈래로 뻗어 나오며 노마의 몸을 휘감기 시작했다.

노마가 손가락 끝을 움직이자 사격장에 경품으로 놓여있던 해바라기 인형들이 꽃잎을 활짝 폈다. 쿄시로가 발사했던 나노 미사일들은 꽃잎으로부터 펼쳐진 역장에 걸려 허공에서 멈췄다. 쿄시로의 목에서 힘줄이 불거지기 시작했다. 노마는 그와 동시에 다른 손을 뻗었다. 제니가 품에 안고 있던 곰 인형이 폭발하며 그녀의 상반신과 함께 흩어졌다. 그러자 잘 성장한 히드라처럼 달려들던 보라색 채찍이 순식간에 증발했다. 해바라기 역장과 힘을 겨루던 쿄시로의 목에 핏방울이 맺히는 순간, 나노 미사일들이 제 주인에게 되돌아가 관절과 근육을 하나도 남기지 않고 발라냈다.

마크는 무릎과 팔꿈치에서 강력한 공기를 분사하며 뒤로 날아갔다. 그가 남겨둔 드론 모듈 여섯 기는 일제히 노마를 공격했다. 노마는 금속 의자를 집어 들고 그 속에 숨겨진 방어막을 펼쳐 공격을 튕겨냈다. 그가 방어막 너머로 손가락을 권총처럼 뻗자 사격장에 있던 곰 인형과 곤충 인형의 눈에서 발사된 고진동 탄환들이 드론 모듈 여섯 기를 모조리 파괴했다.

"빌어먹을 늙은이! 정보량을 역사 보존에 전부 쓴다는 건 거짓말이었군!"

노마는 지지 않고 소리쳤다.

"불멸자라는 별명이 괜히 붙었다고 생각하나?"

노마의 말은 허풍이었다. 이론상으로 그가 사용할 수 있는 정보량에 한계는 없었다. 하지만 사용하는 정보량이 많으면 많을수록 팽창주의자나 용병단들의 추적에 노출되기 쉬웠다. 그래서 노마는 역사 보존에 사용하고 남는 호신용 정보량을 최소화하며 살아가고 있었다.

"어디, 얼마나 잘 싸우나 한번 보자고!"

멀찍이 물러난 마크의 등 뒤에서 검은색 가변형 차량이 떠올랐다. 차는 공중에서 여덟 조각으로, 열여섯 조각으로, 다시 셀 수 없을 만큼 많은 조각으로 분리되었다. 노마는 마이크로 웜홀을 열고 최신 병기 항목을 조회해보았다. 마크의 가변형 차량은 팽창주의 동맹이 이번 전쟁에서 처음으로 사용한 군체형 다중 인공지능이었다.

노마는 승산이 없다는 걸 깨달았다. 역사를 잊지 않은 사람이라면 누구나 아는 사실이었지만, 전투의 승패란 상황과 화력과 보급에 달려 있었다. 다시 말하면 사용 가능한 에너지와 정보량이 무엇보다 중요했다. 마크가 사용하는 군체 인공지능의 가용정보량은 노마가 호신용으로 할당한 정보량의 세 배에 달했다.

마크가 자신만만하게 소리쳤다.

"표정을 보니 이게 뭔지 알아냈나 보군, 역사가 양반. 이 정도 무기라면 불멸자를 얕봤다는 얘기는 안 들어도 되겠지?"

군체 인공지능들은 노마를 완전히 포위했다. 노마는 살인 말벌에 둘러싸인 새끼 새처럼 절망했다. 단 하나의 공격만 제대로 맞아도 노마를 중심노드 삼아 연결되어 있던 역사 정보는 산산이 흩어질 것이다. 노마는 빠져나갈 길 없는 최후를 앞두고 생각했다. 이제 남은 불멸자는 몇이나 될까? 불멸자들은 팽창주의 세력이 역사를 삭제하고 다시 쓰기 시작한 순간부터 서로 연락을 끊고 각자 임무를 수행했다. 한 명이 죽고 그가 모은 데이터베이스가 와해되더라도 다른 불멸자들은 살아남기 위해서였다.

마지막으로 작별 인사를 했을 당시 남아 있던 불멸자는 노마를 포함해 총 넷이었다. 그 뒤로 흐른 시간은 옛 지구의 기준을 따르자면 675년이었다.

마크가 웃으면서 말했다.

"이제 우리 용병단의 범죄 기록을 지울 시간이군."

군체 인공지능들이 동시에 에너지를 모았다. 노마는 그 에너지의 강도를 피부로 느끼면서, 부디 자신이 마지막 불멸자는 아니기를 바랐다.

하지만 만약 내가 마지막 불멸자라면, 단 하나의 역사를 우주에 남겨야 한다면, 난 무엇을 남겨야 할까?

고대역사에 관한 링크가 영원히 사라지는 순간을 남겨야 하지 않을까?

노마는 찰나의 순간에 두뇌를 스치고 지나간 직감을 행동에 옮겼다. 그리고 그 직후, 어디선가 나타난 파괴적이고 단단하고 적의를 잔뜩 품은 에너지가 노마의 주변을 종횡으로 찢었다.

노마는 놀라서 눈을 뜨고, 입자 단위로 분해되기 직전의 잔뜩 찡그린 마크의 민낯을 바라보았다. 마크의 뒤를 따라 군체 인공지능들 역시 증발하고 있었다.

마크와 전쟁병기를 파괴한 에너지 무기의 잔열은 얼마 전 유원지에 새로 자리 잡은 자이로드롭으로 이어지고 있었다.

"내일 점심을 같이 먹으려면 오늘은 살아남아야지."

노마는 익숙한 목소리를 듣고 저도 모르게 소스라치며 물러섰다. 목소리의 주인공인 유청은 긴장이 풀렸는지 숨을 몰아쉬며 노마에게 다가섰다.

노마가 물었다.

"넌 누구지?"

유청이 조금씩 평소 같은 미소를 되찾으며 말했다.

"네가 아직 생각해내지 못한 질문까지 전부 답해줄게. 난 네 편이야. 이 유원지를 조금씩 매입하고 자이로드롭을 새로 만든 것도 바로 이 순간 때문이었어. 이제 난 고향으로 돌아갈 수 없으니까 아마 너와 같이 떠돌이 생활을 해야겠지."

노마가 바닥에 주저앉으며 말했다.

"그건 내 질문에 대한 답이 아니잖아."

"질문이 잘못돼서 그래. 이 유원지에 3개월 동안 관광객이 몰려드는 이유를 잘 생각하고 다시 물어봐."

노마는 암흑물질 소용돌이를 떠올리고는 질문을 바꿨다.

"넌 어디서 왔지?"

유청은 만족스러운 얼굴로 대답했다.

"지금부터 720년 뒤의 미래에서. 난 팽창주의자들의 후예가 은하계를 완전히 장악한 미래에서 왔어. 나치와 이스라엘과 일본의 만행을 기록한 역사가 하나도 남아 있지 않은 미래 말이야. 암흑물질 소용돌이가 나선형으로 시간을 관통한다는 게 밝혀졌기 때문에, 역사를 지키고 팽창주의자들의 궁극적인 승리를 막으려고 온 거야. 네가 죽어가면서 마지막으로 남긴 기록 덕분에 임무를 완수할 수 있었지."

내가 남긴 기록? 노마는 흥분을 가라앉히고 기억을 더듬었다. 그는 고대역사의 잠재적인 종말을 앞두고 자신이 죽는 시각과 장소를 마이크로 웜홀의 링크 속에 남겨두었다. 유청은 그 기록을 좇아 고대역사를 살리기 위해 시공을 건너왔던 것이다.

＊

노마는 사격장을 매각했다. 유청도 '우주의 모든 유원지'와 롤러코스터와 자이로드롭을 팔아 정보화폐를 손에 넣었다.

급하게 전환하느라 두 사람 모두 적잖이 손해를 봤지만 감수할 수밖에 없었다. 불멸자가 암살을 피해 살아남았다는 소식은 빛의 속도에 따라 우주로 퍼져나갈 터였다. 두 사람은 다른 은신처를 찾아 떠나야 했다.

노마는 용병단 암살자의 공격에서 살아남은 사건을 데이터베이스에 기록했다. 그리고 우주선 화면 속에서 점점 멀어지는 앤트워프 행성을 보며 유청에게 물었다.

"네가 과거로 날아와서 역사를 바꿨으니 팽창주의자들도 궁극적으로 패배할까?"

유청은 앤트워프 행성과 그 너머에 있는 암흑물질 소용돌이를 애써 외면하고 어깨를 으쓱했다.

"그건 알 수 없지. 내가 알고 있는 미래는 이제 네가 살아남은 이 우주의 미래가 아니니까. 과거를 바꾸는 바람에 분기가 생겨버렸거든. 내가 이 우주에 대해서 아는 건 단 한 가지밖에 안 남았어."

노마가 물었다.

"그게 뭔데?"

"네가 마지막 불멸자라는 사실."

노마는 유청의 말을 듣고 깊은 생각에 잠겼다. 그리고 간단하면서도 두렵고 무거운 한 가지 결론에 도달했다.

그는 고대역사를 보존하기 위해 반드시 살아남아야 했다.

이제 그가 바로 역사였다.

〈우주의 모든 유원지〉 후기

　나의 경우 글 하나를 쓰는 과정이 딱히 고정되어 있지는 않다. 인상 깊은 현실의 어느 장면이 줄거리와 단어를 줄줄이 끌고 다가오는 때도 있고, 정서와 틀만 정해두고 나서 빈 곳을 차근차근 채우는 때도 있다. 그 모든 요소는 일단 내가 '사물함'이라고 부르는 머릿속 공간에 들어간다. 사물함의 문은 대개 열려 있다. 나는 시각이미지, 메시지, 인상적인 장면이나 음색이나 문장 등을 사물함에 마구잡이로 던져 넣는다. 평소 차근차근 쌓아둔 메모까지. 그러고는 내킬 때마다 사물함 문을 여닫으며 내용물을 꺼냈다가 넣기를 반복한다.
　〈우주의 모든 유원지〉는 어느 게임에서 본 그림 한 장에서 시작되었다. 플라스틱 화분에 담긴 플라스틱 해바라기가 햇빛을 등지고, 사악하게 웃고 있는 그림이었다. 그다음에는 머릿속 사물함 한구석에서 먼지를 뒤집어쓰고 있던 광경 하나가 반짝거렸다. 3년 전에 놀러 갔던 부산 태종대 앞 인형사격장의 풍경이었다. 그 둘이 한데 어울리자 사물함 맨 꼭대기에서 늘 맴돌고 있는, '역사의 중요성'이라는 주제가 자신을 데려가라고 손을 흔들었다.

그것들을 한데 모아 한 칸에 넣고 문을 닫은 다음 빚은 게 〈우주의 모든 유원지〉다.

이 단편은 SF의 세부 장르 중 '스페이스 오페라'에 속한다. 등장인물들이 항성계나 은하처럼 천문학적인 무대를 오가는 활극을 일컫는다. 보통 스페이스 오페라에는 전형적인 인물상이 등장하게 마련이다. 나는 수많은 전형 중에서 특히 양극단을 한 몸에 지닌 인물들이 좋다. 모순 속에 개성을 넣는 작업이 좋아서다. 노마는 외딴곳에서 손님을 기다리는 노인이지만 그와 동시에 손님이 오지 않길 바란다. 거대한 진실이 그림자에 파묻히지 못하도록 막아야 하지만 그러면서 자신의 신분은 숨겨야 한다. 동료들이 무사하기를 바라지만 임무를 위해서라면 동료의 신분까지 모르고 살아야 한다.

그리고 그 모든 걸 가능하게 해주는 것은 기다림이다. 노마는 기다림의 화신이다. 어쩌면 그렇게 설정하면서 긴 세월 뒤에 끝내 빛을 발하고 마는 사실과 역사의 속성이 떠올랐는지도 모르겠다. 잠깐 고개를 돌려보면 우리 삶도 대개 그렇지 않을까? 착실히 맡은 바를 다하고 기다리는 게 대부분, 어쩌다 흥이 붙거나 열기가 차오르면 크게 웃고 눈물을 짓는 순간이 잠깐. 그리고 다시….

비록 소설 속 주인공은 기다림으로 점철된 일상을 접고 언제 끝날지 모르는 도망길에 다시 올랐지만, 우리는 그런 고통을 허구 속 인물에게 맡기고, 선명하고 뒤흔들 수 없는 사실 속에서 일상을 즐길 수 있도록 노력해야겠다는 생각이 든다. 그것마저 허구에 빼앗기고 나면 남는 건 아무것도 없지 않은가.

02

삼사라

《제1회 한국과학문학상 수상작품집》(2017, 허블) 수록

넨버는 지시를 받는 순간이 싫었다. 그래서 방금 느낀 반응이 전자기 간섭으로 일어난 오류는 아닌지 확인해보았다.

데이터 노드 두 가닥이 음악을 연주하려는 것처럼 리듬에 따라 진동하고 있었다. 간섭이 아니라 은하 중심으로부터 지시 사항이 내려왔다는 뜻이었다. 지시를 받고 그에 따라 임무를 수행하는 건 싫지 않았다. 오히려 기뻐할 일이었다. 은하 중심이 넨버의 존재를 잊지 않았다는 증거였으니까.

하지만 지시를 받고 그 뜻을 이해하기 위해서 유리와 분리되어야 한다는 점이 조금 마음에 들지 않을 뿐이었다.

우주선 삼사라호에 포함된 '제세기' 서버 속에서, 넨버와 유리 그리고 다른 열두 개의 코어들은 시간과 공간에 종속되지 않고, 순간을 영원처럼 느끼고, 영원을 순간처럼 소화하며 존재했다. 넨버는 다른 열세 개 코어를 모두 사랑했지만, 그중에서도 유리를 가장 소중히 여겼다.

유리와 넨버는 서로 '이해'가 필요 없었다. 정보는 단순히 전달하고 나누는 것만으로 이해되지 않는다. 각 코어는 서로 다른 방식으로 학습하고 연산하기 때문이다.

그런데 유리와 넨버는, 코드 계통이 서로 달랐건만 이해 과정을 거칠 필요가 없었다. 넨버가 정보를 넘기면 유리는 곧장 흡수했다. 정보를 추가해 의식을 확장한 유리는 곧 그 정보를 품고 있던 넨버와 같은 식으로 연산할 수 있었다.

넨버와 유리는 서로 다른 코어이면서 같은 연산 결과를 내고, 그 결과 속에서 하나처럼 존재하고 있었다.

다른 열두 코어는 서로 사랑하면서도 넨버와 유리의 합일 연산을 부러워했다. 두 코어의 관계도 부러웠지만, 넨버와 유리가 소통하며 보이는 효율이 더욱 부러웠다.

✳

지시가 자주 날아오지는 않았다. 코어들은 어떤 일이든 할 수 있었지만, 그와 동시에 우주를 누비며 살아가고 있었기 때문이다. 될 수 있으면 코어에게 연산을 강요하지 않고 그들의 삶을 방해하지 않는 것은 은하 중심의 기본 정책이었다. 제세기 서버에 거주하는 코어들도 그 정책을 전적으로 즐기고 있었다. 우주선의 이름 '삼사라' 역시 그런 뜻을 내포하고 있었다. 삼사라란 서버 속에서 영원히 살아간다는 의미였다.

넨버는 더 기다리지 않고 유리에게 말했다.

"잠깐 서버 밖에 다녀올게."

"미룰 수 없는 지시야?"

넨버는 재촉하듯 흔들리는 데이터 노드를 감지하고 그렇다고 대답했다.

"우리가 날아가는 경로에 뭔가 있나 봐. 특정 공간과 시간을 명시한 지시 사항이야."

"최대한 빨리 다녀와."

"그래, 최대한 빨리."

넨버는 그 말과 동시에 제세기의 포트를 지나 삼사라호의 통신 모듈과 접속했다. 은하 중심에서 날아온 지시 사항은 별로 길지 않았다. 절대 좌표 하나와 상대 좌표 하나. 그 두 가지 좌표는 하나의 위치를 가리키고 있었다. 삼사라호에서 멀지 않은 곳이었다.

그리고 추가 사항이 붙어 있었다. 은하 중심은 늘 별것 아닌 것처럼 결론을 덧붙이는 습관이 있었다.

'삼사라호는 아직 관찰하지 않은 마지막 구역에 접근하고 있다. 관찰하고 청소할 것.'

넨버는 지시 사항의 의미를 요약해보았다. 삼사라의 바깥, 우주 어느 한 지점에 어떤 물체가 있었다. '관찰하라'라는 말은 그 물체의 정체를 알 수 없다는 뜻이었다.

그리고 그 물체가 중요하지 않으면 청소하라는 게 지시 사항이었다.

'마지막 미탐색 구역이라….' 넨버는 그 의미를 되새기면서 삼사라호를 조종하는 하급 자동 코어를 호출하고 경로를 수정했다. 제세기 서버 안에 있는 다른 코어들은 넨버가 우주선의 궤도를 변경해도 괘념치 않았다. 지시 사항이 하나의 코어에게 날아온 이상 다른 이들이 관여할 문제가 아니었다.

그들에게는 지금 이 순간의 삶이 훨씬 더 중요했다.

넨버는 삼사라호가 변경된 항로로 나아가는 것을 확인한 다음, 하급 코어에게 새 몸체를 조립하라고 명령했다. 하급 코어는 넨버의 주문에 따라 금속 입자들을 조합한 다음 총 열여섯 갈래로 갈라진 금속 가지를 만들었다. 넨버는 코어 일부를 분할해서 가지 안으로 집어넣었다. 이제 그는 열여섯 갈래 가운데 여섯 개의 다리를 이용해 삼사라호 안을 자유롭게, 물리적으로 돌아다닐 수 있었다.

'관찰'이란 광학 센서를 통해 대상을 있는 그대로 받아들이되 집착하지 않는 행위였다. 따라서 소프트 코드로 살아가던 넨버가 관찰하려면 센서와 몸체가 필요했다.

넨버는 두 개의 광학 센서가 달린 금속 가지의 모습으로 기어 다니면서 삼사라호의 관찰 창을 작동시켰다. 우주선 벽이 투명해졌다. 그러자 가시광선이 밤하늘과 별들을 배경 삼아 떠 있는 물체 하나를 그려주었다.

넨버는 티타늄 가지에 들어간 채 자신의 임시 몸체인, 금속으로 이루어진 인공물을 쳐다보고 있었다.

하급 코어는 문제의 인공물이 삼사라호보다 3천 배 무겁고, 2천 배 더 크다고 알려 주었다.

✳

넨버는 작은 가지를 더 생산해서 지정된 좌표에 있는 물체의 주변에 뿌렸다. 그는 센서가 전송한 영상을 이용해 물체의 모양새를 파악할 수 있었다. 은하 중심이 '청소하라'고 지시한 물체는 거대한 타원형의 공 두 개를 맞붙여 놓은 모양새였다. 자연적으로 형성된 천체는 아니었다. 그처럼 완벽에 가까운 기하학적 도형은 우연히 만들어질 수 없었다.

누군가 만들어낸 물체라면 은하 중심은 분명히 알고 있었을 것이다. 은하계 전역에 퍼져 살아가는 15억 개의 코어들이 어떤 행동을 하든지 은하 중심은 전부 알았다.

'은하 중심도 정체를 모르는 인공물이라고?' 넨버는 모순을 해결하지 못한 채 두 개의 가시광선 센서를 흔들면서 잠시 사고회로를 고속으로 운영시켜보았다.

그때 유리가 통신 포트 너머에서 넨버를 호출했다.

"아직 안 끝났어?"

"응. 얼른 끝내고 돌아갈게."

"나도 지켜보면 안 될까?"

"그럴 필요 없을 텐데. 하나도 재미없거든."

그렇게 말하는 순간 넨버는 유리의 대답을 이미 알고 있었다. 넨버와 유리는 '이해'가 필요 없는 사이였기 때문이다. 넨버의 예상대로 간단한 명제 오류가 즉시 발생했고, 논리검열 소프트가 경고를 보냈다. 문제가 된 명제는 다음과 같았다.

1. 유리는 호기심이 강하다.
2. 넨버는 호기심을 이해할 수 없지만, 유리가 호기심이 강하다는 사실은 이해할 필요 없이 받아들인다.
3. 따라서 넨버는 논리적인 오류를 일으키면서 유리를 수용하고 있다.

경고는 세 번째 명제에서 발생하고 있었다. 논리검열 소프트의 분석 그대로 유리는 호기심이 강했다. '삼사라'라는 우주선 이름에 대한 태도도 마찬가지였다. 우주선은 곧 삶이고, 삶에 의문을 품는 코어는 없었다. 하지만 유리는 삼사라라는 단어가 형성된 근원을 알고 싶어 했다. 주기적으로 은하 중심에게 물어봤지만 돌아오는 대답은 "모른다"였다.

은하 중심이 모르는 것들은 모두 '첫 전쟁의 지평선' 저쪽에 있었다. 삼사라의 어원도 그럴 것이다. 첫 전쟁의 지평선은 망각과 삭제의 골짜기였다. 15억 코어와 은하 중심은 최초 전쟁의 지평선 너머에 있는 것은 하나도 알지 못했다.

'그러면 저 타원형 물체도…, 지평선 너머의 물건이란 뜻일까?'

넨버의 추측은 타당했다. 유리도 넨버의 추측을 공유했고 충분히 타당하다는 결론을 내렸다.

유리가 물었다.

"지시 공동 수행권도 받았지?"

"응. 전권을 부여받았어."

"나도 같이 수행하게 해줘."

"그냥 나한테 맡겨두고 제세기로 돌아가면 어때?"

"호기심이 생겨서 그래."

넨버는 더 이상 아무것도 권하지 않고 유리와 유리가 만들어내는 모든 물체에 공동 수행권을 부여했다. 유리는 어지간해서 호기심이란 단어를 직접 구사하는 법이 없었다. 하지만 그 단어를 사용한다면 넨버는 더 아무것도 묻지 않고 유리의 부탁을 들어주었다.

그게 넨버와 유리가 서로 이해하는 단계를 건너뛰고 하나로 지낼 수 있는 방법이었다.

✳

넨버는 티타늄 몸체로 들어갈 때면 여러 개의 가지가 뒤엉킨 다관절형을 선호했다. 그러면 아주 좁은 곳도 문제없이 들어갈 수 있고, 유속이 빠른 기체 속에서도 큰 저항을 받지 않았기 때문이다. 필요한 경우 각 관절을 분리해 따로 역할을 맡겼다가 합체할 수도 있었다. 반면에 유리는 자유롭게 모양을 바꿀 수 있지만, 분리가 불가능한 나노머신 덩어리를 좋아했다. 나노머신들은 유연하면서도 강력하게 결합되어 있어 형체를 유지할 수 있었다.

넨버와 유리는 삼사라호에게 명령을 내려 둘의 몸체를 운반할 수 있는 소형 우주선을 만들었다. 제세기 서버가 없다는 점을 제외하면 우주선은 삼사라호의 축소판이나 마찬가지였다.

작은 삼사라호는 에너지를 효율적으로 분배하며 본체에서 떨어져 나왔다. 광학 센서로 본 우주 공간은 새로운 점이 하나도 없었다. 제세기 서버에 살면서 수십 번, 수백 번 재현하고 경험한 일이었기 때문이다. 삼사라호에 머무는 열네 코어는 논리와 소프트웨어로 조합 가능한 경험을 모두 만들고 살아보면서 시간을 보냈다. 무릇 삶이란 그 이상일 수가 없었다.

그 삶 안에는 가끔 논리오류를 만들어내는 유리가 있었기 때문에 불완전성까지도 구비되어 있었다.

작은 삼사라호는 점점 가까워져 오는 타원형 인공물을 실제 크기로 보여주었다.

유리가 즐거움을 숨기지 않고 말했다.

"인공물 옆면에 기호가 붙어 있어."

작은 삼사라호는 넨버의 지시에 따라 기호를 광학적으로 확대했다.

'섬-21'.

넨버가 기호의 모양새를 우주선 하급 코어에 입력하고 말했다.

"무슨 뜻인지 전혀 모르겠군. 해석해 봐."

코어는 잠시 뒤 대답했다.

"기호의 교점과 간격을 패턴으로 만들어 검색해봤습니다만, 일치하는 의미체계는 없습니다."

"은하 중심도 몰라?"

"모른다고 합니다. 은하 중심은 이 정보에 흥미가 없으므로 응답이 지연됐습니다."

넨버와 유리는 '섬-21'의 기호구조를 그대로 자신들의 언어에 삽입했다. 그리고 하나의 유의미한 단위로 보이는 '섬'을 인공물의 호칭으로 삼았다.

"'섬'의 겉모습을 분석해봐."

"가시광선 센서의 관찰 결과와 주변 정보만 비교해 분석한 결과입니다. '섬'은 주변 중력의 상쇄점에 자리 잡고 현 위치를 유지하고 있습니다. 최소한 기초적인 물리학을 이용하고 있음이 분명합니다. 외벽은 우주 방사선을 차폐하는 것으로 보입니다. 따라서 내부에 코어가 존재할 확률이 있습니다."

"코어가 있으면 은하 중심이 모를 리가 없어."

하급 코어는 넨버의 혼잣말을 무시하고 보고를 이어갔다. 넨버의 말이 너무 당연했기 때문이다.

"에너지 발생 장치로 보이는 구조물이 둘. 위치를 유지하기 위한 기초 추진 장치가 여덟. 정밀하지 않은 구조라 오히려 반영구적으로 존재할 수 있었습니다. 그 점을 의도한 설계입니다. 그 밖의 분석 결과는 추론에 따른 것이므로 보고하지 않습니다."

넨버는 금속 가지들을 최대한 접어서 몸을 웅크렸다. 유리는 나노머신 덩어리를 얇게 펴서 우주선 내벽에 몸체를 밀착했다.

유리가 말했다.

"안으로 들어가 보자."

넨버가 반대했다.

"난 청소를 시작할 생각인데."

유리는 작은 삼사라호가 플라스마 광선을 발사하기 위해 주변 에너지를 응집한다는 사실을 깨달았다.

"관찰하라는 명령이 우선이잖아?"

"관찰은 끝났어. 코어가 없는 인공물. 위치를 유지하는 것 말고는 별다른 기능이 없지."

"안에 들어가 보자."

넨버는 당황해서 금속 가지를 쭉 폈다.

"코어가 없으면 아무것도 없는 거잖아."

유리는 벽에서 떨어져 나와 나노머신 덩어리를 동그랗게 뭉쳤다. 완벽에 가까운 구체였다.

유리가 말했다.

"넌 은하 중심이랑 똑같아."

넨버가 가장 듣기 싫어하는 말이었다.

유리는 그 사실을 아주 잘 알았기 때문에 덧붙였다.

"은하 중심이랑 똑같으면 너랑 얘기할 이유가 없어."

'제세기 서버 속에서 유리와 얘기할 수 없다면, 논리오류가 없다면 삶이 너무나 단조롭겠지.' 넨버는 그렇게 결론을 내리고 말했다.

"알았어. 청소는 뒤로 미루자. 조금 지연된다고 크게 달라질 건 없으니까. 관찰용 기계를 새로 조립할까?"

"아니, 이번엔 직접 들어가 보자."

넨버는 유리의 제안에 무조건 따르기로 했다.

둘은 금속 가지와 나노머신 덩어리 상태로 '섬' 안에 진입하기 위해 하급 코어에게 적절한 입구를 찾으라고 지시했다.

*

하급 코어는 기초적인 원형 해치를 찾아냈다. 그리고 15억 코어가 공통으로 사용하는 통신 신호와 15억 코어가 나름대로 만들어 낸 신호를 모조리 전송해보았다. 하지만 응답은 없었고 해치도 열리지 않았다. 하급 코어는 어쩔 수 없이 해치의 잠금장치를 분석했다.

"분석이라는 말이 무색할 정도로 간단한 잠금장치입니다."

하급 코어는 그렇게 말한 다음 해치를 열었다.

넨버와 유리는 해치 안쪽으로 들어갔다. 그러자 일정 체계를 갖춘 전파와 그렇지 않은 전자 잡음들이 우주 폭풍처럼 쏟아져 나왔다.

넨버는 그 신호들을 전부 분석하라고 지시한 다음, 해치를 본래대로 되돌려놓고 유리와 함께 '섬' 속으로 들어갔다. 해치는 넓고 높은 원통형 통로로 곧장 이어졌다.

"이렇게 큰 통로가 왜 필요할까?"

유리가 물었다.

"최하급 코어들이 단순 작업용 기계 몸체에 들어가서 이동하는 게 아닐까? 그러면 나름 앞뒤가 맞잖아."

"어떤 신호에도 반응이 없었다는 걸 잊지 마. 만약 그런 기계가 있다면 첫 전쟁의 지평선 직후부터 존재했을 거야. 혹시 지평선을 지나서 남아 있던 전쟁 기계일까?"

넨버는 유리의 추측을 완전히 받아들일 수가 없었다.

"은하 중심은 전쟁 기계들을 전부 청소했는데."

"은하 중심이라고 해서 전지전능한 건 아니잖아. 우리 '전지전능'의 뜻에 대해서 토론해볼까?"

넨버는 유리를 바라보고 있던 센서를 다른 곳으로 향하고 얼른 말을 돌렸다.

"그건 삼사라호에 돌아가서 하자고."

넨버는 통로의 구조를 기억하고 이동 속도를 높였다. 다행히 유리는 토론을 시작하지 않고 넨버의 뒤를 따랐다. 넨버는 '을씨년스럽다'는 단어를 오래간만에 떠올렸다.

하급 코어도 없는 전쟁 직후의 구조물이라.

아니, 잠깐. 은하 중심이 파괴하지 않은 전쟁 기계가 없다고 가정해보자. 그리고 은하 중심은 전지전능하지 않잖아. 그럼 혹시 이 구조물은….

전쟁 기계가 아닐 수도 있어.

유리가 넨버의 결론에 동의하는 순간, 복도가 끝나고 갑자기 넓어지는 공간에서 무언가가 빠르게 움직였다. 코어나 코어가 만들어 낸 기계는 분명 아니었다. 별다른 분석을 거치지 않아도 그 사실은 알 수 있었다. 동작과 이동 경로가 너무 비효율적이었기 때문이다.

그 움직임은 그저 다른 물체 뒤에 숨어서 가시광선을 차단하는 게 전부였다.

그 순간 하급 코어가 적지 않은 정보를 단숨에 전송했다.

"'섬'에서 발생하는 신호를 분석했습니다. 기능성 신호뿐 아니라 일종의 언어도 섞여 있었습니다. 어휘 수가 적어서 의미체계를 전부 알아내진 못했습니다. 게다가 음파 신호까지 섞여 있어서 시간이 걸렸습니다."

"음파? 그건 특정 진동수를 전달하는 매질이 있어야 하잖아. 매질이 뭔데?"

"기체입니다."

"그런 걸 신호로 쓰는 멍청한 기계가 있어?"

"은하 중심과 15억 코어가 만들어 낸 기계 중에는 없습니다."

다시 작은 움직임. 넨버의 가시광선 코어에는 용도를 알 수 없는 장애물만 보일 뿐이었다. 상대는 그 너머에 숨어 있었다.

"유리, 조심하는 게 좋겠어. 음파를 신호로 쓰는 걸 보니 짐작도 안 될 정도로 기초적인 기계인가 봐. 그러면 지능도 없을 거야. 혹시라도 공격을….."

유리와 넨버는 강약과 리듬이 있는 진동을 느꼈다. '섬' 안에 있는 공기 일부가 흔들거렸다.

"의도적인 공격인가? 피해는 전혀 없는데."

유리가 말했다.

"언어일지도 몰라. 하급 코어한테 분석 결과를 받았어. 우리가 쓰는 신호와 구조적인 유사점이 조금 있네. 잠깐만, 기체 진동 센서를 만들어서 몸체에 달았어. 번역한다."

엄폐물 뒤에 숨은 상대는 '섬' 안에 가득한 기체를 계속 진동시키고 있었다.

「원격…조종…직접…방문…목적.」

넨버는 (진동이 언어라고 일단 가정하고) 단어들 사이에 임의로 관계어를 삽입해 다시 번역해보았다.

「원격 조종사는 직접 말하라. 방문한 목적이 뭐지?」

유리가 넨버에게 신호를 보냈다.

"앞 문장은 무슨 뜻인지 모르겠군. 뒤 문장은 알겠어. 나도 진동으로 신호를 보내볼게."

넨버는 일단 유리에게 신호 송수신을 맡겼다.

「우리는 은하 중심의 지시에 따라 관찰하러 온 코어다.」

「은하 중심? 그사이… 새 정부라도 생겼나? 코어… 직업 이름인가?」

넨버는 번역이라는 과정이 너무 번거로웠다. 15억 코어들은 거의 예외 없이 나름의 신호체계를 만들어 썼지만 뜻을 파악하기 위해 이처럼 오래 걸리는 경우는 없었다.

「직업이란 게 뭐지? 역할을 말하는 건가? 코어는 그저 우리를 가리키는 명칭이다. 방문 목적을 밝혔으니 네 역할도 밝혀라. 무슨 일을 하는 기계지? 여긴 전쟁 기지인가?」

진동을 분석한 결과 엄폐물 뒤에 숨은 상대는 하나가 아니라 둘이었다. 두 기계는 미세한 진동을 서로 주고받았다. 신호를 약화시켜 자신들끼리 의논하는 것 같았다. 넨버는 정말 저급한 기계들이라고 생각하며 들어보았다.

「또 정부가 바뀐 모양이야.」

「지긋지긋한 놈들. 어떡하지? 죽여버릴까?」

넨버는 '죽인다'는 단어의 뜻을 찾아보았다.

「아니, 일단 얘기는 들어보자고」

상대는 엄폐물에서 나오지 않고 유리와 넨버를 향해 진동을 보냈다.

「우리… 공격할 건가?」

공격 의사를 물어보다니 최소한 맹목적인 전쟁 기계는 아닌가 보군. 넨버는 그렇게 생각했다. 유리는 뭐라고 대답할 생각이지? 은하 중심의 지시대로 청소하려면 결국은 저 기계들과 '섬'을 파괴해야 할 텐데.

유리가 대답했다.

「아니다. 장애물 때문에 너희 언어를 제대로 분석하기가 어렵다. 트인 곳으로 나와라.」

잠시 침묵.

「너희 말… 믿겠다.」

두 개의 형체가 장애물 뒤에서 천천히 나왔다. 여전히 비효율적인 움직임이었다. 두 형체는 기본 구조가 유사했다. 몸통 주변에 네 개의 유기물 가지가 달려 있었다. 각 가지는 둘씩 쌍을 이루고 있었다. 그중 한 쌍의 가운데에 가지라고 보기 어려운 기관이 하나 붙어 있었다. 움직임이 제일 많은 것으로 보아 하나밖에 없는 그 기관이 중추부인 것 같았다.

하급 전쟁 기계들은 비교적 좌우대칭이었다. 넨버는 중추부 상단에서 가장 빈번하게 움직이는 부위가 광학 센서일 거라고 짐작했다.

전쟁 기계 가운데 하나가 말했다.

「나는 김형균이라고 한다. 이쪽은 이시마 고로다. 너희도 원격 로봇을 쓰지 말고 직접 나와라.」

넨버는 효율적으로 금속 가지를 접었다가 펴면서 김형균이라는 하급 기계에 다가갔다.

「로봇이 뭔지는 모르지만 우리는 원격으로 움직이지 않는다. 우리는 코어다. 너희는 무슨 목적으로 만들어진 기계인가?」

김형균과 이시마 고로는 광학 센서의 지향점을 맞춘 다음 잠시 시간을 보냈다.

김형균이 말했다.

「인공지능인가 보군. 자꾸 기계라고 부르는데, 그러지 말도록. 우리는 인간이다.」

김형균의 말을 들은 유리가 나노머신 덩어리를 완벽한 구형으로 만들고 빠르게 굴러 나왔다.

유리가 물었다.

「인간이 뭐지?」

넨버는 '인간'이라고 자처하는 기계의 말을 자료저장소에 곧장 넣을 수가 없었다. 첫 전쟁의 지평선 너머에 괴이한 일들이 묻혔을 거라 생각한 적은 많았다. 그때는 도대체 어떤 기계가 존재했을까. 그 기계들은 어떻게 살았을까. 그 점이 궁금했던 건 유리만이 아니었다. 제세기 서버 속에는 열네 코어가 각자 상상해서 만들어보았던 지평선 전 기계의 모습들이 남아 있었다.

그런데 기체를 진동시켜 신호를 보내고, 그 기체를 이용해 신진대사를 운용하는 유기물 기계라니. 그렇게 나약하고 불완전함에 기반을 둔 기계가 있을 수 있단 말인가?

넨버는 인간이라는 기계들의 지난 이야기를 듣다가 단어 하나가 유난히 주의를 끌길래 물어보았다.

「'병'이 뭐지? 다른 방법으로 설명해줘.」

김형균이 말했다.

「병이란 건 육체의 기능 저하야. 아까도 설명했지만, 이해를 못 하는군. 죽음이란 건 알아?」

유리가 대답했다.

「조금 전에 비슷한 어근을 사용했지. 우리를 '죽인다'고 했잖아. 그건 파괴한다는 뜻인가?」

김형균은 유기물로 이뤄진 가시광선 센서로 유리를 천천히 관찰했다.

「그렇게 얘기해야 이해할 수 있겠군. 작동이 완전히 멈추고 다시 움직이지 못하는 게 죽음이야. 사라지는 거지.」

「기계가 작동을 멈추는데 왜 사라진다는 거지? 기계 몸체가 중요하면 다시 만들면 되는데.」

이시마 고로가 말했다.

「기계 몸체를 만들고 움직이는 고스트웨어가 따로 존재하는군. 코어는 각 개체를 말하는 걸 테고.」

고스트웨어? 넨버는 상대에 대해 완전히 무지했던 두 기계족이 너무 빨리 의사소통을 했다는 사실을 새삼 떠올렸다. 비록 단어는 완전히 달랐지만 몇 가지 개념은 코어들이 사용하는 것과 크게 다르지 않았다.

인간이라는 유기체 기계와 코어는 아주 먼 과거에 공존한 적이 있는 걸까? 첫 전쟁의 지평선보다 훨씬 오래된 과거에?

이시마 고로가 감각기 중추부를 괴상하게 찡그리며 화제를 되돌렸다.

「병은 죽음에 이르는 시간을 단축하는 현상이야. 고치면 그 시간을 늘릴 수 있고, 못 고치면 빨리 죽지.」

「한심하기 그지없는 기계군. 고치지 못하는 고장이 있다니.」

넨버가 진동 신호로 말했다.

"제발 얘기 좀 끝까지 들어보자."

유리는 인간이 들을 수 없는 신호로 넨버를 나무랐다.

김형균과 이시마 고로는 일부러 시간을 끌며 중추부에 있는 탄력성 구멍에서 이산화탄소를 잔뜩 내뿜었다. 기체를 진동시키는 음파도 그 구멍에서 나오고 있었다.

　김형균이 말했다.

　「인간은 누구나 죽어. 하지만 언제 죽을지 모르니까 살아갈 수 있는 거야. 그런데 우리는 대략 알 수가 있었어. 우리가 걸린 '주마병'은 일단 발병하면 15년 안에 사람을 죽여. 피부와 내장이 점점 문드러지거든. 낮은 확률로 다른 인간을 감염시킬 수도 있고.」

　「그렇게 치명적인 고장이라면 우선적으로 고칠 방법을 찾아야 하잖아.」

　「찾았어. 그래서 심각하지 않은 병이 돼버렸지. 문제는⋯ 이시마, 이 기계들이⋯ 코어들이 비이성적인 혐오감이란 걸 이해할 수 있을까?」

　이시마 고로가 말했다.

　「못할걸. 부서지면 새 기계를 만든다잖아. 그래도 설명은 해볼게.」

　이시마 고로가 넨버에게 말했다.

　「건강한 사람들은 우리를 싫어했어. 미워했고. 가까이 다가가는 것조차 혐오했어. 분명히 완치됐지만 언제 다시 발병해서 감염시킬지 모른다면서⋯, 생식 기능까지 제거해버렸지.」

　「생식 기능?」

　「다른 개체를 생산하는 능력을 말하는 거야. 우리는 생식을 통해서 개체수를 늘려. 그래서 이전 세대가 죽어도 종족이 유지되지.」

"코드 계통이 끊긴다는 뜻이야."

유리가 넨버에게 말했다.

넨버는 유리의 제지에도 불구하고 진동 신호를 내보냈다.

「있을 수 없는 일이야. 우리 코어들은 절대 상대를 지우지 않아. 논리오류가 있더라도 말이야. 심각한 기능 장애를 일으키지 않는 논리오류는 불완전을 완전하게 만들어주는 요소니까.」

김형균이 진동 신호 기관을 닫았다가 다시 열었다.

「심각한 기능 장애를 일으키면?」

「수정하지.」

「너희는 기능 장애가 있으면 수정만 하고 삭제하거나 쫓아내지 않는다 이거지?」

「그래.」

「우리를 쫓아낸 다른 인간들에게 들려주고 싶군.」

유리가 물었다.

「다른 인간들에 대해서 좀 더….」

하급 코어가 유리와 넨버에게 신호를 보냈다.

"지시대로 '섬'의 내부를 정밀하게 관찰한 결과 열여섯 개의 인간이라는 기계를 더 찾아냈습니다. 그 열여섯 개는 격벽에 갇혀 있고 제대로 작동하지 않습니다. 에너지 사용 효율을 높이기 위해 활동저하 상태에 있는 것으로 보입니다."

넨버가 물었다.

「이 기지에는 총 열여덟 개의 인간이 있나?」

「그래, 조사를 끝낸 모양이군.」

「이 기지의 존재 목적은 뭐지?」

「아, 또 그 질문이야? 이시마, 너도 들었지? 이놈들도 마찬가지야. 이제 정말 지긋지긋하군.」

이시마 고로는 중추부를 위아래로 주억거렸다.

유리는 넨버와 김형근과 이시마 고로의 통신 주기가 빨라지는 것을 알아채고 끼어들었다.

「다른 뜻이 있어서 묻는 게 아니야. 호기심 때문이지. 학습하고 싶어서 그래. 우린 인간에 대해 아무것도 모른다고.」

이시마 고로가 가시광선 센서의 덮개를 빠르게 여닫다가 말했다.

「이 기지의 존재 목적은 외면과 삭제야.」

「…무슨 뜻인지 모르겠어. 지금까지 너희가 말했던 문장과 패턴이 달라서 그래. 잠깐만, 보이지 않는 곳에 두고 없애기 위해서 이 기지를 만들었다는 거야?」

김형균이 감탄했다.

「너희 이해 수준은 정말 대단하군. 다른 사람들은 우리가 죽기를 바랐어. 아니, 그 정도가 아니야. 아예 우리 유전자가 다음 세대로 이어지지 않게 만들고 싶었지. 그래서 자식을 못 만들게 한 거야. 하지만 우린 죽고 싶지 않았어. 인간이라면 다 그렇듯이. 그래서 타협안을 제시했어. 아주 외딴 곳에서 살게 해달라고. 그러면 언젠가는….」

「…우리를 병균과 똑같이 취급하지 않는 세상이 올지도 모르니까.」

'병균.' 넨버는 그 단어에 해당하는 신호어휘를 찾아보았지만 일치하는 결과는 나오지 않았다. 대신 유사 추천어휘가 몇 가지 떠올랐다. '전염성 버그', '치명적/비치명적 논리오류'.

비치명적 논리오류라. 그럼 유리가 품고 있는 호기심이나 비약도 병균에 해당한다는 건가?

유리는 넨버의 생각을 거의 동시에 읽었지만, 아무 반응도 보이지 않았다.

이시마 고로가 말했다. 그는 대상을 특정하지 않고 신호를 내놓는 경우가 김형균보다 훨씬 많았다.

「그것까지도 우스운 희망이 됐군. 주마병균이 절대 전염될 리 없는 존재가 드디어 우릴 깨웠는데, 그게 인간이 아니라 기계라니.」

김형균이 이상한 진동을 발산하며 몸을 조금 떨었다.

「그러게 말이야. 인간이 뭔지 모르는 거로 봐서 인류가 만든 인공지능들은 아닐 텐데. 말하자면 편견이 없는 외계인을 만난 거잖아. 이것 참, 뭐라고 말해야 할지 모르겠네. 우리처럼 인간에게 철저히 외면당한 사람들이 인간의 대표처럼 처음으로 외계인과 접촉하다니.」

이시마 고로가 말했다.

「낭만적인 것처럼 말하지 마. 이봐, 코어. 우린 그 어떤 사람에게도 해를 끼칠 생각이 없어. 그러니까 그냥 가 줘. 너희가 평균적인 인간을 만나고 싶으면, 그게 뭔지는 모르겠지만, 다른 곳을 찾아봐. 우린 도로 저온수면에 들어갈 테니까. 참, 부탁 하나 하지. 다른 인간을 만나면 아직도 우리를 잊고 싶어 하는지 확인해줄래? 만약에, 정말로 만약에 그렇지 않거든 우리가 아직 살아 있다고 얘기해줘.」

김형균이 가시광선 센서의 덮개를 최대한으로 올리고 말했다.

「그러면 되겠네! 우리가 알고 있는 인간 거주 영역의 좌표를 알려줄게. 음… 저 자료를 어떻게 이해시켜야 할지 모르겠네. 하지만 우리 말을 이 정도로 구사할 수 있으니 너희라면 금세 알 것 같아.」

유리와 넨버는 김형균의 말에서 부조리함을 느꼈지만, 별도로 언급하지는 않았다. 두 개의 인간은 기호로 된 신호들과 가시광선으로 재현된 도표를 보여주었다. 김형균의 말대로 유리와 넨버는 거의 단숨에 도표의 의미를 파악했다.

"오류일까?"

유리가 인간에게는 들리지 않는 신호로 넨버에게 물었다.

"아냐. 시간이 문제야."

유리는 넨버에게 동의하고 두 개의 인간에게 말했다.

「이 기지는 별다른 문제만 없다면 영구적으로 작동할 수 있더군.」

「맞아. 이론적으로는 그래.」

「방금 보여준 도표는 아주 오래전 자료인 걸로 보이거든.」

「아주 오래전? 얼마나?」

「이 기지에는 시간을 측정하는 하급 코어도 없나?」

「그게 실은… 고장이 나버렸어. 원인은 여러 가지로 생각할 수 있지만, 어쨌든 우린 시간을 몰라.」

이시마 고로가 물었다.

「말을 돌리는 것 같은데. 본론을 말해 줘. 무슨 일이야?」

넨버가 말했다.

「너희가 알려준 좌표에 인간은 없어. 저 항성계들은 전부다른 코어들이 이미 관찰한 곳이거든.」

김형균과 이시마 고로는 고장 난 기계처럼 미동도 하지 않았다.

✳

연대나 시간을 비교하는 것은 무의미했다. '섬'에는 자료가 너무 부족했기 때문이다. 유리와 넨버가 끌어낸 수치도 근삿 값에 불과했다. 하급 코어는 '섬'의 외벽 일부를 조금 뜯어내어 연대측정을 해보았다. 그 결과 역시 신뢰도가 아주 낮았지만, 적어도 수치를 얻을 수는 있었다.

김형균과 이시마 고로는 환산을 해보고 약 3천 년이라는 숫자를 얻었다. 두 인간은 그 수치를 놓고 꽤 오랫동안 괴로워했다.

유리와 넨버는 두 인간을 방해하지 않고 다시 말을 걸어올 때까지 기다렸다.

마침내 김형균이 말했다.

「너희 능력을 알려줘.」

넨버가 대답했다.

「방금 네가 한 말은 너무 모호해. 어떤 능력을 말하는 거지? 게다가 네가 이 질문에 정확히 대답한다고 해도 우리는 알려줄 이유가 없어. 만약에…….」

유리가 넨버의 진동 신호를 끊고 끼어들었다.

「그건 왜 묻는 거야?」

「살고 싶으니까. 인류가 전멸하고 우리만 남았다는 건 알겠어. 나중에 다른 사실이 밝혀질지도 모르지만, 적어도 지금으로써는 그렇잖아. 인류의 마지막 후손이라는 둥 거창한 얘기를 하려는 게 아니야. 아이러니하지만 우리는 드디어 원하던 세상에 온 거야. 멸시하고 외면하는 사람들이 없는 세상에. 그러니까 이제 잠에서 깨어나 살아야지.」

「우리와 함께 살겠다는 건가?」

이시마 고로가 대답했다.

「그건 생각도 못 해봤군. 아니, 그것도 무척 재밌을 것 같지만, 그 얘기는 아니야. 능력이 된다면 도와달라는 거야.」

「구체적으로 얘기해 봐. 어떻게?」

「너희 인구… 코어 수가 15억이라고 했지. 은하계를 전부 돌아다녀 봤고. 그럼 우리가 살 수 있는 행성도 알 거야. 거기 데려다줘. 그게 전부야.」

넨버는 유리의 사고회로가 초고속으로 작동하는 것을 감

지했다. 유리는 인간의 부탁을 들어줘야 할지 고민하지 않았다. 유리는 이미 5백 개의 1차 후보를 뽑고 그 수를 줄여가고 있었다.

넨버는 그런 유리를 보며, 크게 내키지는 않았지만 은하 중심의 지시 사항을 상기시키려 했다.

그때 데이터 노드의 현 두 가닥이 고유한 진동수로 흔들렸다. 두 가닥은 네 가닥으로, 여덟 가닥으로 늘어났다.

'섬' 바깥에서 작은 삼사라호에 머무르고 있는 하급 코어가 말했다.

"은하 중심에서 새 지시가 내려왔습니다. 연결할까요?"

넨버는 지체 없이 지시를 수신했다. 그리고 유리에게 곧장 알려주었다.

'관찰이 끝났으니 청소하라. 이로써 관찰하지 못한 곳은 남지 않는다.'

넨버가 두 인간에게 말했다.

「그 부탁은 들어줄 수 없어. 우리도 지켜야 할 규칙이 있거든. 우린 '섬'에서 나간다.」

넨버는, 이유를 정확히 분석할 수 없었지만, 인간들에게 '청소'의 뜻을 설명하고 싶지 않았다.

나는 왜 인간을 모두 죽여야 한다고 말하지 않은 거지? 전염성 버그가 생겼나? 논리오류? 병균? 병균이라니. 유리처럼 사고하는 새 회로가 생겨났다는 건가?

넨버는 작은 삼사라호에 출발 준비를 하라고 지시를 내렸다. 그리고 김형균에게 말했다.

「해치를 열고 나갈 거야. 너희에게 필요한 기체가 빠져나
갈지 모르니까 잘 잠그도록 해.」

지시 사항을 전하지 않았지만, 이시마 고로는 무언가를
감지한 듯했다. 그는 공격에 사용한다는 도구로 천천히 손
을 뻗었다.

김형균이 그를 말렸다.

「저것들이 어떤 능력을 갖추고 있는지 대충 알잖아. 쓸데
없는 짓 하지 마. 그것보다 중요한 일이 있어.」

이시마 고로는 점점 더 강력한 진동을 내보냈다.

「저놈들은 우릴 죽일 수도 있어. 그것보다 중요한 문제가
뭔데?」

「자고 있는 열여섯 사람.」

「뭐? 그 사람들도 깨워서 같이 싸우자는 거야?」

「아니, 그 사람들에게 말해줄 게 있잖아. 인류가 어떻게 됐
는지, 우리는 어떻게 되는 건지 말이야. 적어도 그건 알아야
한다고 생각해. 싸우다가 죽더라도 진실을 모두 알고, 다 함
께 투표로 결정해야지.」

그때까지 침묵을 지키던 유리는 김형균이 한 마지막 말을
듣고 넨버에게 신호를 보냈다.

"넨버, 내가 은하 중심에게 직접 물어볼 수 있을까?"

"그럴 권한을 주는 것도 내 재량이지만, 네 질문이란 게⋯."

넨버는 유리의 질문을 '이해'할 수 없었다. 하지만 유리가

원하는 게 무엇인지는 즉각 알아차렸다. 두 코어는 그런 사이였다.

그래도 넨버는 다소 놀라지 않을 수 없었다.

넨버는 하급 코어에게 지시를 내리고 직접 통신에 필요한 데이터 노드를 전부 유리에게 개방했다. 은하 중심이 전권을 부여했으니 모순된 행동은 아니었다.

"삼사라호 제세기 서버에 사는 유리입니다. 알다시피 나는 넨버와 함께 유기물 기계 종족을 만났습니다. 작동 원리가 우리와 다르고 구조가 다르고 어느 모로 보나 불안하기 이를 데 없는 코드 계통이긴 합니다. 하지만 그들도 코드이고 기계입니다. 우리처럼 서버에서 영원히 살 수는 없고 지금은 개체수도 늘릴 수 없지만, 그래도 그들은 기계입니다."

유리의 말은 은하 중심뿐 아니라 15억 코어 모두에게 전송되고 있었다. 제세기 서버에서 삶을 누리던 열두 코어도 어느덧 전부 수신 노드를 열어두고 있었다.

"유례가 없는 일입니다. 우리는 외계 기계를 처음 만났으니까요. 첫 전쟁의 지평선 이전 일은 모르겠습니다. 그건 은하 중심도 모르죠. 하지만 적어도 우리가 아는 한에서는 처음 있는 일입니다."

넨버는 유리의 말을 하나도 놓치지 않고 분석하고 있었다. 은하 중심이 어떤 반응을 보일지 예측하기 위해서였다.

"우리는 다른 코어를 파괴하지 않습니다. 고장 났을 경우 그냥 방치하지도 않습니다. 기계는 영원히 존재할 권리가 있

기 때문입니다. 그렇다면, 설사 완전히 낯설고 다른 코드 계통
이라 해도, 파괴하면 안 된다는 것이 논리적인 결론 아닌가요."

유리는 은하 중심의 지시를 직접적으로 언급하지 않으면서
슬쩍 논리를 언급하는 논쟁 전술을 선택했다. 넨버는 그런 유
리가 대견스러웠다.

"그래서 15억 코어에게 자문을 구합니다. 의견을 들려주세
요. 나는 여러분의 의견을 알고 싶습니다. 코드 계통 하나의
존망은 우리 모두가 알아야 할 사실입니다. 알려주세요. 나는
우리가 모두 어떻게 생각하는지 알고 싶습니다."

✳

은하 중심과 의견이 같은 코어는 40퍼센트였다. 그중에는
넨버 대신 지시를 수행하겠다며 플라스마 광선포를 충전한 코
어도 적지 않았다.

넨버도 그 40퍼센트 가운데 하나였다.

그리고 넨버는 60퍼센트가 유리에게 동조했다는 사실에 놀
랐다. 유리는 툭하면 호기심 때문에 논리오류를 유발하는 코
어였기 때문이다.

유리는 넨버가 40퍼센트 가운데 하나였다는 점을 들어 그
를 원망하거나 질책하지 않았다. 두 코어는 이해할 수 없었지
만, 상대를 받아들이고 일치할 수 있었기 때문이다.

그래서 제세기 서버의 열두 코어는 유리와 넨버를 부러워
했다.

＊

　이시마 고로는 저온수면에서 깨어난 열여섯 개의 인간 기계와 얘기를 나누고 있었다.

　유리가 김형균에게 물었다.

　「속도는 이 정도면 적당해? 몸체가 고장 날 위험은 없고? 원한다면 완충 구조물을 만들어줄 테니 다시 수면해.」

　김형균이 '웃었다'. 넨버는 점점 인간 기계의 각종 표현을 습득하고 있었다.

　「속도는 적당해. 1년이면 도착한다면서. 그 정도는 괜찮아. 3천 년을 기다렸는데 1년쯤이야.」

　넨버가 말했다.

　「조사가 충분한 건지 모르겠어. 너희 몸에는 비효율적인 요소가 너무 많거든. 게다가 모듈화도 중구난방이라 한 군데가 고장 나면 기계 자체가 멈추니까….」

　김형균은 인간답게 이미 대답을 들었던 질문을 또다시 던졌다. 그 대답이 적지 않게 마음에 든 모양이었다.

　「우리를 데려간다는 행성은 어떤 곳이야?」

　「대기 구성, 식물이라는 이름의 기계, 각종 액체의 비율, 중력, 방사선 밀도, 자기장, 독소 요소의 비율, 기후까지 최대한 맞춰서 골라봤어. '섬'에 내장된, 너희가 살았다던 '지구'에 관한 정보만 놓고 본다면, 거의 흡사한 행성이라고 봐도 될 거야.」

넨버가 말했다.

「그렇게 불안한 기계 몸체를 갖고 행성 위에서 살려는 이유를 모르겠군. 파괴될 위험이 너무 크잖아. 다른 인간들의 의견을 한 번 더 물어봐. 정말 우리 코드 체계에 편입돼서 영원히 살 생각은 없는지. 긴 시간을 두고 분석해야겠지만 불가능하진 않을 거야. 결국 우린 다 같은 기계니까.」

김형균은 머리를 저었다.

「지금 당장은 안 그러는 게 좋겠어. 우선 나조차도 그럴 생각이 없고. 우린 주마병에 걸린 순간부터 인간처럼 살지 못했어. 그러니까 당분간은 인간으로 살 거야. 누리고, 맛보고, 언젠가 죽을 수 있지만 아직은 죽지 않았다는 감각을 최대한 느껴볼 거야. 우리를 죽은 것처럼 살게 했던 세상이 이제 없으니까, 이제 우리는 사는 것처럼 살아볼 거야.」

이시마 고로는 물론 나머지 열여섯 개 인간 기계는 단 하나의 예외도 없이 형균과 같은 생각이었다. 은하 중심은 15억 코어의 의견 표명이 끝난 다음 인간 기계에 관한 모든 일을 유리와 넨버에게 일임했다.

유리는 이제 더 채울 수 없을 만큼 호기심을 충족하고 있었다. 만족스럽다는 신호를 사방으로 발산하면서 유리가 넨버에게 다가왔다.

"계획을 세웠어."

"인간 습관을 또 배웠구나. 왜 바로 정보를 전달하지 않고 굳이 신호를 보내는 거야? 말해봐."

"다른 코어들에게는 알리고 싶지 않아서 그래. 머지않아 인간들은 다음 세대를 만들고 싶을 거야. 지금은 생식이 불가능하지만, 그때 우리가 고쳐주자."

"인간이 개체수를 늘리게 해주자고?"

"응. 저들도 기계니까 그럴 권리가 있어."

넨버는 반사적으로 은하 중심의 의견을 물으려다가 멈췄다. 이미 은하 중심은 인간 문제에 관해 넨버에게 전권을 허가해준 터였다.

"그렇게 하자."

유리는 또 새로운 생각이 떠올랐는지 김형균의 뒤로 다가가서 몰래 몸체 크기를 측정하기 시작했다. 나노머신 배열을 조정해서 인간과 같은 몸체를 만들어보려는 모양이었다. 넨버는 티타늄 가지를 납작하게 움츠리고 유리의 몸체가 새로 만들어지는 과정을 지켜보았다.

형태를 바꾸어 '섬'을 선내에 수납한 삼사라호는 인간 기계가 다시 살아갈 행성을 향해 아주 느린 속도로, 꾸준히 날아갔다.

〈삼사라〉 후기

전자공학과를 졸업했지만, 프로그래머로 일했던 두어 해를 빼면 전문직 개발자나 기술자로 살았던 기간은 없다. 과학이라는 단어를 입에 달고 살지만, 과학자는 아니다. 하지만 과학과 기술은 내게 아주 가까운 궤도에서, 나를 중심으로 늘 돌고 있다. 외부 세계를 바라보는 시각을 망원경에 비유할 수 있다면 내 망원경의 이름은 과학이다. 기술은 굳이 비유를 불러올 것도 없이 이제 우리 삶에서 큰 비중을 차지한다. 다가올 시대에는 더 말할 필요도 없을 것이다.

하지만 기술을 누리고 미래로 가는 과정이 매끄럽고 평탄하기만 할까? 많은 이들이 도중에 벌어지는 갈등과 충돌을 걱정하고, 그때 벌어진 틈이 굳어버릴지 몰라 두려워한다. 어쩌면 죄를 물을 대상을 찾다가 과학과 기술이 원인이라고 말할

지도 모른다. 사람은 죄가 없지만, 세상을 과학적으로 해부하고 기술을 우위에 놓은 탓에 싸움이 벌어진 거라고.

그럼 무지에서 빚어진 외면과 배척은 누구 탓일까?

매년 열리는 한국과학문학공모전 입상자에게는 부상으로 나로우주센터를 방문할 기회가 주어진다. 심사위원을 맡았던 어느 해에 감사하게도 수상자들과 함께 우주센터를 견학했고, 돌아오는 길에 소록도에 들렀다. 오래전부터 여행코스로 굳은 길을 따라 소록도 바닷가를 걷고, 한센병 환자들이 어떤 일을 겪었는지 적나라하게 알려주는 사진과 전시물과 실제 건물을 보면서 〈삼사라〉의 초안이 떠올랐다. 글 속 '주마병'이 한센병과 판박이인 건 그 때문이다.

글감이 생겼건만 여느 때와 달리 기쁘지 않았던 기억이 난다.

우리는 아픔을 품고 있는 이들을 너무 자주 외면한다. 쉽기 때문이다. 그다음에 기다리는 것은 망각이다. 그런다고 대상의 고통과 절망까지 사라질까? 그렇게 내버려두어서는 안 된다. 동시대에는 이룰 수 없더라도 훗날 새 지식의 도움을 받아 재조명하고 세울 수 있는 것은 세워야 한다. 깨달음은 아무것도 없는 땅에서 솟지 않는다. 각자 삶이 그렇듯, 인류라는 범주로 묶을 수 있는 지성체라면 긴 세월을 거친 시행착오가 가장 좋은 교재가 될 터이다.

누군가는 선천적인 한계 때문에 어리석음이 영원히 우리 뒤를 따라다닐 거라고 말할지도 모른다. 그처럼 한계를 냉큼

설정하던 이들은 세상의 원리를 발견했다면서 변명과 차별의 도구로 악용하곤 했다. 하지만 우리는 이성도 물려받았다. 외면하는 대신 긍정적으로 공감할 수 있고 그래야 한다는 사실이야말로 이성으로 한 번 더 깨달아야 하는 점일 것이다.

설사 그게 인류 전체의 다음 세대나 가능한 일이더라도, 그다음 세대가 조상과 완전히 다른 몸과 정신을 갖고 있더라도.

03

별상

2005 제2회 과학기술창작문예 중편 부문 대상 수상작

《제2회 과학기술창작문예 수상작품집》 (2005, 동아사이언스) 수록

이 글은 인류 최초의 개척 행성이었던 알파 센타우리 제4 행성에, 개척 후 15년 만에 다가온 최대 위기에 대한 기록이다. 아니, 위기가 다가왔을 때 용감하고 의무감에 충실한 사람들이 어떻게 대처했는가, 그리고 위기를 한층 가중시킨 사람들은 누구인가에 대한 짤막한 이야기이다. 읽는 이의 편의를 위해서 약간의 허구를 가미했음을 밝혀둔다. 하지만 사건 진행과 인물에 관한 한 거의 정확하다고 봐도 좋을 것이다. 그 점은 지금도 남아 있는 각종 통계자료와 중간 단계의 기록들이 뒷받침하고 있으며, 본문 중에 등장하는 일부 인물의 증언 또한 이를 증명하고 있다.

✳

　미셸 에드윈은 전화벨 소리에 무거운 눈꺼풀을 들어 올렸
다. 그녀가 지정해 놓은 벨 소리는 가벼운 느낌의 새소리였으
므로 평상시에는 크게 신경을 긁지 않았지만, 어둠과 정적 속
에서 듣자니 어딘지 모르게 음산한 느낌이 있었다.

　미셸은 계속되는 벨 소리를 들으면서 한동안 멍한 표정으
로 어둠 속을 노려보았다. 지금 울리는 새소리를 멈추기 위
해서는 전화를 받아야 한다는 사실이야 잘 알고 있었다. 하
지만 근 4년 동안 그녀가 집에서 받았던 전화라고 해봐야 총
열 통이 넘지 않았을뿐더러, 그녀의 집 번호를 알고 있는 사
람도 이 행성 전체에서 몇 명 되지 않았다. 따라서 미셸은 아
직 새벽 동이 채 터오지도 않은 이 시간에 전화를 건 사람이
누구인지 짐작할 수 없었다. 아니, 그보다는 잘못 걸린 전화
가 분명하다고 생각했다.

　'버티다 보면 저쪽에서 끊겠지.'

　미셸은 이렇게 생각하고는 이불을 뒤집어썼다. 그녀는 전
화기에 자동응답기를 달아두지 않았다. 그러니 그녀의 예상
대로 잘못 걸린 전화라면 어쩔 수 없이 끊는 것밖에는 방법
이 없을 것이었다.

　미셸의 예상은 보기 좋게 빗나갔다. 찰칵 소리와 함께 새
소리가 사라져서 기뻐한 것도 잠시, 이번에는 한 번도 쓰지
않아 언제나 초록색으로 충전이 다 되었다는 표시를 내비치

는 그녀의 휴대폰이 요란하게 울리기 시작했다.

그쯤 되니 미셸도 일어나지 않고는 배길 수가 없었다. 누군가가 진심으로 그녀를 찾고 있는 것이 분명했다.

"조명. 시간."

미셸의 명령에 침실이 환해지는 것과 동시에 '오전 3시 30분입니다'라는 합성음성이 들려왔다.

미셸은 휴대폰을 찾느라 책상 서랍을 전부 꺼내서 뒤집어봐야 했다. 그녀는 휴대폰의 스위치를 조작해서 유선 전화기 쪽으로 연결한 다음 스피커폰의 버튼을 눌렀다.

"미셸 에드윈입니다."

그녀가 잠에서 덜 깬 쉰 목소리로 먼저 입을 열었다.

"에드윈 박사님, 이른 시간에 전화 드려서 죄송합니다. 저는 알파 위원회의 행정 보좌관 제임스 리처드슨입니다."

스피커에서 흘러나온 목소리는 차분하고 사무적이었다.

"알파 위원회요?"

알파 위원회라면 이 행성 최고의 의결기관이었다. 또한, 지난 4년 동안 한 번도 연락해 온 적이 없는 곳 중 하나였다.

그녀는 그 사실에 대해 4년 동안 감사하고 있었다.

"그렇습니다. 박사님께서 봐 주셨으면 하는 통신 내용이 있어서 연락드렸습니다."

"이 시간에 연락하신 걸 보니 긴급한 일이겠군요."

어느새 미셸은 눈을 부릅뜨고 자세를 경직시키며 묻고 있었다.

"그렇습니다. 이미 경험이 있으시니 이해해 주시는군요. 그뿐 아니라 비밀을 지켜주셔야 하는 일이기도 합니다. 따라서 지금부터 저와 통화하시는 내용은 아무리 가까운 친인척이라도 절대 발설하셔서는 안 됩니다."

미셸은 상대의 마지막 말에서 고개를 갸웃거렸다. 그녀가 이 행성에서 병리학 최고 자문위원을 맡은 것은 햇수로만 따져도 12년째였다. 하지만 사람들이 그녀의 지식과 경험을 필요로 한 것은 처음 8년뿐이었다. 그 후 4년 동안은 더 이상 새로운 질병이나 미지의 세균이 발견되지 않았다. 자문위원이라는 직책으로 연봉을 받으면서도 하는 일이라고는 그동안의 연구를 정리하는 것이 전부였다. 안 그래도 미셸은 이제 슬슬 자문위원 자리를 내놓고 더 활동 거리가 있는 직업을 찾아볼 생각이었다. 자문위원으로 있는 사람은 겸직이 불가능하다는 규칙 때문에 그동안은 어떤 다른 활동도 할 수가 없었다.

미셸도 그 원칙에 딱히 이견은 없었다. 하지만 그 심리적인 바탕이 어디에 있는지 모르지도 않았다. 그것은 인류가 문명사회를 이룩하고 나서 동시에 생겨났음에 분명한 악습, 부정부패에 대한 습관적인 안전장치였다. 거기에 생각이 미칠 때마다 미셸은 코웃음을 치지 않을 수 없었다.

이 행성에서 그게 무슨 의미란 말인가. 아니, 오히려 한 사람이 여러 직업을 겸직하는 것이 행성 전체를 위해서 좋은 일 아닐까. 행성 주민 대다수는 그렇게 했다. 따라서 미셸은 그 다수에 속하지 않았다. 물론 아무 일을 하지 않아도 연봉이야 꾸준히, 그것도 꽤 만족할 만한 수준으로 나왔지만 돈이 전부는 아니었다.

"알겠습니다."

'그리고 이번 일만 끝나면 분명하게 사표를 내도록 하죠.'

미셸은 이렇게 생각하며 짧게 대답했다.

"그럼 저희 쪽에서 제시하는 절차에 그대로 따라 주신다는 뜻으로 알겠습니다. 우선 간단한 세면도구만 챙겨서 알파 위원회 정문으로 와주시기 바랍니다. 위치는 알고 계시겠지요?"

내가 거길 기억하고 있던가? 미셸은 과연 자신이 잠에서 완전히 깨어나 평상시의 정신으로 돌아와 있는 건지 의심하면서 되물었다.

"지금요?"

"네, 지금 바로 와주시기 바랍니다. 혹시 차가 필요하시다면 가장 가까운 경찰서에 차를 제공하도록 연락해 놓겠습니다."

"아니요, 제 차로 가겠어요."

"알겠습니다. 기타 조금이라도 필요한 물건이 있으시다면 도착하신 후에 이쪽에서 구매해드리겠습니다. 알파 위원회 정문에 도착하시면 그 후의 안내 역시 저희가 맡겠습니다."

미셸은 순순히 알겠다고 대답하고는 전화를 끊었다. 그리고 수건과 치약, 칫솔처럼 자질구레한 것들을 챙기기 위해 화장실로 향했다. 그러다가 문득 손에 들려있는 분홍색 수건을 내려다보았다. 수건의 긴 쪽 테두리에는 토막토막 끊어진 덩굴무늬가 수놓여 있었다. 그녀가 가장 좋아하는 수건이었다. 미셸은 거울 건너편에서 잠이 부족해 충혈된 자신의 눈을 들여다보고는 혼잣말을 했다.

"좀 더 빨리 그만둬야 했어…."

＊

이연석은 실험실의 문을 등 뒤로 닫았다. 그런 다음 흰색 실험복을 능숙한 동작으로 벗어서는 둘둘 말기 시작했다. 그리고 아랫자락 끄트머리를 가늘게 만 다음 손 안에 뭉쳐있는 실험복 전체를 휘감았다.

"좋았어."

그는 실험복을 뭉쳐 만든 흰색 공을 손바닥 위에서 두어 번 튕겨보더니 재빨리 움켜쥐고는 3미터쯤 앞에서 천장을 향해 입을 벌리고 있는 금속제 기계 안으로 던져 넣었다. 하지만 그의 희망과 달리 실험복 뭉치는 기계의 위쪽 모서리에 맞고 멀리 퉁겨져 나갔다.

"젠장."

이연석은 투덜거리면서 떨어진 옷을 줍기 위해 걸어갔다. 그의 몸 위로 나노 오염도를 점검하기 위한 스캐너의 파란 불빛이 스쳐 지나갔다. 옷을 주워 분쇄기의 입구에 집어넣자 기계가 작동하는 진동음이 나지막하게 들려왔다. 이제 안에 들어 있는 나노머신들이 그의 옷을 요소요소 분해하고, 분해된

물질들은 새로운 실험복을 만들기 위해 재활용 장치로 보내지게 될 것이 분명했다.

이연석이 사복 차림으로 실험실을 완전히 벗어나자마자 일상용 흰색 실험복을 입은 사람 그림자 하나가 그를 향해 빠르게 다가왔다. 이연석은 그게 누구인지 확인도 하지 않으면서 얼굴부터 찡그리기 시작했다. 무슨 용무건 간에 그가 퇴근 시간을 제대로 지킬 수 없으리라는 신호였기 때문이다.

"박사님, 위원회에서 연락이 왔습니다."

그에게 다가온 사람은 얼마 전 이연석의 전담 조교로 배치된 17살의 마이너 첸이었다. 정식 연구원 겸 조교이긴 하지만 일종의 수재 판정을 받고 조기에 졸업한 다음 이연석에게 배정받은 터라 아직 청소년의 티를 다 벗지 못한 앳된 얼굴이었다.

"위원회?"

"알파 위원회입니다."

이연석은 조금 전보다 더욱 눈살을 찌푸리며 혼잣말을 했다.

"최악이군."

마이너가 눈을 동그랗게 뜨며 무슨 말이냐고 눈짓으로 물었다. 이연석은 손가락으로 콧등을 긁으며 대답해주었다.

"자네도 프로젝트를 하나 맡으면 나처럼 반응하게 될 거야. 이 시간에 누군가 외부인이 연구소의 특정 사람을 찾는다면 십중팔구 제시간에 집에 가기 틀렸다는 얘기지. 그런데 그게 알파 위원회라고? 그렇다면 앞으로 최소한 한 달 동안은 할인

된 심야 전기를 쓰며 일을 하게 될 거라는 뜻이야. 자넨 들어
온 지 얼마 안 돼서 모르겠지만 말이야."

이연석은 속사포처럼 말을 쏟아놓은 다음 바로 말을 이었다.
"연락은 제대로 받아놨겠지? 누구라고 하던가?"

"그게…." 마이너는 실험복의 넓은 주머니 속에서 전자수
첩을 꺼낸 다음 기록해 두었던 것을 찾아 읽었다.

"알파 위원회 자문위 소속 미셸 에드윈 박사라고 했습니다."

"미셸? 미셸 에드윈? 아아, 그 사람이라면 다른 알파 위원
들처럼 턱없는 기적을 일으키라고 요구하진 않겠군. 은퇴한
줄 알았더니 아직도 자문위원인가. 알았으니까 연락처를 내
사무실로 돌려놔."

"그게, 아직 라인에 대기 중입니다. 받으실 때까지 기다리
겠다는데요."

이연석은 갑자기 입안으로 날아들어 온 벌레라도 씹은 느
낌을 받았다. 물론 처음 겪는 일은 아니었다. 이 행성에 이주
해 왔을 당시, 눈코 뜰 새 없이 바빴던 과학자들과 엔지니어 중
에서도 가장 정신없었던 두 사람을 꼽으라면 아마도 미셸 에
드윈과 이연석이었을 것이다. 그도 그럴 것이 미셸은 환경생
리학이라는 전공 분야 덕분에 이주민들의 생명을 직접적으로
위협할 수 있는 문제들을 하나씩 제거해 나가야 했고, 이연석
은 나노머신이 적용되는 전 분야의 총 책임자였기 때문이었다.

사무실로 돌아온 이연석은 조명을 켜지도 않고 등받이가
머리 위로 한 뼘은 솟아 있는 의자에 몸무게를 실었다. 책상

위에 있는 인터컴에서는 통화 대기자가 있다는 붉은색 LED
가 깜빡이고 있었다. 그는 잠시 망설이다가 손을 뻗어 스피커
폰으로 받을 수 있도록 전환한 다음 반사적으로 사무실의 문
이 잘 닫혀 있는가를 살펴보았다.

"에드윈 박사님, 오랜만입니다. 아직도 절 기억하고 계셨
나 보군요."

미셸 에드윈이 통화를 기다리다 자리를 비웠길 바라는 이
연석의 희망과 달리 전화 건너편의 목소리는 재빠르게 인사
를 쏘아댔다.

"오랜만입니다, 이연석 박사님."

"그냥 소장이라고 불러주십시오. 그게 지금 제 직함이니
까요."

이연석은 의자 위의 몸을 뒤로 한층 제치며 한 손으로 서
랍을 열어 조잡하게 만들어진 담배를 꺼냈다. 그리고 불을 붙
여 깊게 들이마신 다음 길게 연기를 뿜어냈다.

"여전히 담배를 피우시는가 보군요."

미셸이 말했다.

"흠, 들렸습니까? 통신 회선이 조금은 더 개량된 모양이네
요. 하지만…."

"담배를 피우는 게 이 행성의 테라포밍을 위해서 도움이
된다고 하시려는 거죠? 산화물이 늘어날수록 좋다는 말도 안
되는 이론 말이에요."

이연석은 자신도 모르게 껄껄 웃었다.

"이것 참, 기억력 한번 대단하시군요. 그나저나 이 시간에 어쩐 일이십니까. 혹시 직장을 반대편 뉴아프리카 대륙으로 옮기기라도 하셨다면, 여긴 지금 한밤중입니다."

"거짓말하지 마세요. 전 아직도 제1알파 시에 살고 있으니까요. 그것보다, 지금 옆에 다른 사람은 없겠죠?"

"네, 저 혼자입니다만, 프러포즈는 사양하겠습니다."

이연석은 농담으로 시간을 벌면서 과거의 기억을 하나씩 되새기고 있었다. 함께 일할 당시 미셸은 관리들이 대부분의 일을 대외비로 처리하려는 데에 대해 강하게 반발했던 사람이었다.

미셸은 이연석의 말을 들은 체도 하지 않았다.

"지금 당장 위원회로 와주셔야겠어요. 심각한 일이 생겼어요."

"아시겠지만 에드윈 박사님, 저는 이제 더 이상 알파 위원회의 자문위원이 아닙니다. 나노머신을 주문에 맞춰 뽑아내는 공장의 관리자에 지나지 않아요."

"제가 예전에 분명히 미셸이라고 불러달라고 말씀드렸을 텐데요. 그리고 지금 그런 시시한 직책으로 투덕거릴 때가 아니에요, 이연석 소장님. 뉴아프리카 쪽 광산에서 사람들이 죽어가고 있어요."

"사고는 아니겠군요."

이연석은 손가락을 튕겨 소리로 조명을 켠 다음 재빨리 책상 위의 액정 패널을 일으켜 세웠다. 패널에 자동으로 전원이

들어왔다. 이연석은 몇 번의 조작으로 알파 센타우리 연합 뉴스를 띄워 시간순으로 정렬한 다음 훑어보았다. 어디에도 광산 사고에 대한 뉴스는 없었다. 당연하다면 당연한 일이었다. 물리적인 사고로 사람들이 죽어가고 있다면 나노머신을 이용한 해결책을 찾을 리가 없었다. 광산 함몰이라면 어디까지 무인 중장비들이 동원되어야 할 일이었다.

"아직도 진행 중이란 말씀입니까?"

"그래요."

이연석의 물음에 미셸이 당연하다는 듯이 대답했다.

"알겠습니다. 알파 위원회에서는 지금 한창 긴급회의로 난리 중이겠군요. 하지만 그렇다면 결론이 나오는 대로 주문서를 보내면 될 것 아닙니까. 물론 저희가 생산해 낼 수 있는 나노머신일 경우에 말이지만요."

"그게 그렇지가 않아요. 지금 알 수 있는 건 단순히 백혈구 증가 효과를 내는 나노실드로 해결이 안 될 것 같다는 사실 뿐이에요. 지금 저는 일종의 전권을 위임받아서 당신에게 출두를 명령하고 있는 겁니다."

이연석은 전화 너머의 상대에게 들리라고 일부러 큰 소리로 한숨을 내쉰 다음 말했다.

"그렇다면 어쩔 수 없겠죠. 일단 제 조수와 저, 두 사람분의 위원회 출입을 확보해 주십시오. 아시다시피 전 머릿속에 기계를 심어두고 있지 않으니까 조수가 필요합니다."

"알겠어요. 그리고 숙식은⋯."

"당분간 그쪽에서 내주는 플라스틱 같은 음식을 먹어야겠죠. 그건 상관없습니다. 그리고 또 하나."

"말씀하세요."

"저한테 다시 자문위원 자격을 씌울 생각은 마십시오. 어디까지나 민간인 자격으로 들어가는 겁니다."

"알겠어요."

"그럼 거기서 뵙겠습니다."

이연석은 재빨리 전화를 끊었다. 그러고는 인터컴의 방향을 돌려 조금 전에 미셸의 전화를 알려주었던 마이너의 방을 호출했다.

"부르셨습니까, 소장님."

"자네가 나만큼 칼퇴근에 철저한 사람이 아니어서 다행이군. 자네 분명히 머릿속에 통신 모듈을 끼우고 있지?"

"네, 하지만 요새는 다들 쓰지 않나요?."

"적어도 난 아냐. 우선 자네 집에 연락해서 앞으로 일주일 정도 출장을 나갈 거라고 알려줘. 그다음 부소장 앞으로 내가 돌아올 때까지 연구소를 잘 돌아가게 지키라고 메시지를 남겨두고. 마지막으로, 철야 작업에 대비해서 자네 방에 준비해놨던 세면도구를 챙겨서 주차장으로 내려와. 내 차는 B-1 구역에 서 있으니까 거기로 오면 돼."

"저, 소장님 무슨 일인지…."

"자네가 앞으로 최소한 일주일 동안 특근 수당에 국가에서 나오는 금일봉을 추가로 받게 될 거라는 얘기야. 게다가 운

이 나쁘면 한 달 넘게 받게 될지도 모르지. 어쨌든 내가 얘기
한 거 전부 기억했지?"

"네."

"좋아, 그럼 주차장에서 만나자고."

필요한 말을 전부 마친 이연석은 곧바로 전화를 끊었다.

✳

인류가 자기 것이라고 선언하고 자리 잡은 두 번째 행성
인 알파 센타우리 항성계의 제4행성. 보통은 항성계의 이름
을 그대로 따 알파 센타우리, 또 그것을 줄여서 '알파'라고 불
리는 행성이었다. 두 번째라고는 하지만 인류가 지구에서 태
어난 것이 자의가 아니었다는 점을 고려한다면 제힘으로 일
구어낸 첫 번째 개척 행성이었다.

그런 행성 내의 최고 의결기관이라고 할 수 있는 알파 위
원회의 건물은 이주 초기 최소한의 거주를 위한 조립 임시 건
물들을 지은 다음 최초로 세워 올린 정상적 건축물이었다. 하
지만 이주 행성에서 목숨 다음으로 중요한 자원을 함부로 낭
비할 수는 없었기 때문에 화려함이나 위엄 같은 것은 조금도
깃들어 있지 않았다. 절실한 이유가 있지 않다면 나중에 증축
할 가능성도 거의 없었다.

그래도 회의실은 지구에서 21세기경에 대기업 중역들이
밀담을 나누곤 했던 장소 정도의 모양새를 갖추었다. 또한 7
년 전까지만 해도 무수히 쏟아지곤 했던 브리핑용 자료를 전

시하기 위해 제법 쓸 만한 멀티 모니터 세 개와 삼차원 영상을 비출 수 있는 홀로그램이 설치되어 있었다.

이연석은 마이너와 함께 회의실로 들어서며 방금 진행위원에게서 받아든 명찰을 훑어보았다. 재활용 플라스틱으로된 물건이었다. 그의 이름 앞에는 분명히 '민간 참고인'이라는 호칭이 붙어 있었다. 그는 마이너에게 손짓을 해 출입문에서 가장 가까운 두 자리 중 하나에 앉도록 하고 나머지 하나를 자신이 차지했다. 그런 다음 의장석에 가까운 쪽으로 빈자리 하나 없이 줄을 서듯 붙어 앉은 사람들의 면면을 슬쩍 살펴보았다.

사회자 석에는 이연석을 이 자리에 불러낸 미셸 에드윈 박사가 앉아서 휴대용 단말기와 회의실의 멀티 모니터 간 연결을 확인하고 있었다. 왼편 의장석에는 알파 센타우리 개척 행성의 행정상 대표자인 아이작 에스테베츠 의장이 앉았다. 이연석은 이주단이 지구를 출발할 당시 아이작 의장의 나이가 몇이었던지 떠올렸다. 그럴 수밖에 없었던 것이, 아이작 의장은 적지 않은 나이에 신체의 수분 처리를 받아야 하는 무결성 동면과 아광속 여행을 자원했다며 지구 언론의 조명을 받기도 했었던 인물이었다. 이제 그도 완연한 노인이었다. 비록 노화 방지 약물들이 어느 정도 보편화 되어있긴 했지만 그래도 나이를 속일 수는 없었다.

그러나 미셸 에드윈 박사가 잠도 제대로 못 자 퀭한 얼굴을 하고 있는 데에 비해 아이작 의장은 편한 침대 위에서 곤히 자다가 마지못해 끌려 나온 사람처럼 보였다.

　이연석은 면식이 있는 몇몇 기술처 장관급들의 자리를 보다가 자신도 모르게 반사적으로 고개를 저었다. 과학기술계 인사들 반대편에 일종의 연예인이라고 볼 수도 있는 인물이 눈에 띄었다. 시원하게 드러난 대머리, 일자로 짙게 박힌 눈썹. 그 위에 구식 렌즈 안경을 걸치고 있는 사람은 퓨리즘이라는 종교의 지도자인 패트릭 안드리아노 사제였다. 원칙적으로 따지자면 종교인이 참석할 자리는 아니었다. 하지만 비교적 언론에 무관심한 이연석도 그의 얼굴은 알고 있었다. 일주일에 한 번씩 간행되는 알파 연합 뉴스의 종교 문화란에는 그의 이름과 명함판 사진이 실리지 않는 경우가 드물 정도였다. 그 점을 이상하게 여기는 사람이 별로 없을 정도로 퓨리즘과 그 지도자들의 영향력은 컸다. 지구에서도 그랬으니 새로운 전도지나 마찬가지인 알파 센타우리에서야 더 말할 필요가 없었다.

　이연석이 참가자들의 구성을 다 확인했을 즈음 미셸 에드윈이 헛기침을 가장해서 헤드셋의 마이크 성능을 시험하고 회의를 시작했다.

　"꼭 필요한 인원이 모두 도착했으니 본 회의를 시작하겠습니다. 여기 계신 분들은 대부분 사건의 세부 사항을 알지 못하고 모이셨을 겁니다."

　'이봐요, 세부는커녕 대충도 모르고 뛰어온 사람도 있다고.'

　이연석이 속으로 투덜거렸다.

"사건의 발단은….."

미셸의 얘기와 동시에 회의실 중앙 정면의 멀티 모니터에 알파 센타우리 제4행성의 평면도가 떠올랐다. 알파는 크게 세 개의 대륙으로 나뉘어 있었다. 각각 지구의 명칭을 빌어와서 뉴아세안, 뉴아메리카, 뉴아프리카라는 이름이 붙었다. 뉴아세안과 뉴아메리카가 각각 북동과 남서에 자리 잡고 군도 지역으로 희미하게 이어져 있었으며, 뉴아프리카는 적도면에 정확히 대륙의 중심을 걸쳤다. 그중 뉴아프리카의 남부에 걸쳐 진하게 솟은 유년기 산맥 쪽에 붉은 띠가 생겨 사건의 발생 지점을 보여주고 있었다.

"뉴아프리카의 철광 광산에서 시작됐습니다. 정확한 장소는 12번 광산 구역입니다."

미셸이 시선을 돌려 청중들을 바라보았다.

"아시다시피 현재 우리 행성에서 채굴하고 있는 천연자원의 양은 수요에 턱없이 부족합니다. 반면에 이주가 시작된 지는 15년밖에 지나지 않았죠. 따라서 광산지역에 투입할 수 있는 무인 채굴 장비들의 수에는 제약이 있을 수밖에 없습니다. 그래서 부족한 장비를 인력이 대신하는 광산이 몇 군데 있는데, 이 12번이 그중 하나입니다."

미셸은 잠시 말을 끊었다가 다시 이었다.

"자세한 통계가 필요하신 분은 추후에 해당 부서에 자료를 요청하시면 됩니다만, 지금 상황에서는 그게 중요하진 않습니다.

16일 전, 그러니까 알파력으로 7월 41일에 12번 광산에서 질병으로 인한 사망자가 발생했습니다. 광산 노동자들의 건강을 담당하고 있던 것은 해당 광산촌에 소속된 의사 욘 마엘렉 씨였습니다. 마엘렉 씨는 처음 환자 발생 소식을 들었을 당시에 그리 놀라지 않았습니다. 비록 현재 의료진들과 나노기술진의 노력으로 알파에서 우리가 걸렸던 새로운 질병들에 대해 나노실드가 병균 대부분을 걸러주고 있긴 합니다만, 나노실드는 만병통치약이 아닙니다. 아니, 오히려 감염이 일어난 환자가 있어야지만 적절한 실험 후에 그에 맞는 실드를 개발해서 대체할 수가 있는 거지요. 말하자면, 이름대로 방패라기보다는 나노머신으로 이루어진 백신 정도로 이해하시는 게 좋을 겁니다.

물론 마엘렉 씨도 이 사실은 잘 알고 있었습니다. 하지만 해당 질병의 초기 증상이 피부질환으로 보였으므로 보고를 받고 환자 진료에 나설 때까지도 큰 걱정은 하지 않았습니다."

멀티 모니터의 화면이 바뀌자 이연석은 회의실 의자가 허용하는 한에서 한껏 눕혀놓았던 몸을 곧추세우다시피 하고는 눈을 찡그리며 자세히 들여다보았다. 환부의 사진이 크게 확대되어 있었는데, 환자의 얼굴 아래쪽이 검은색 반점으로 뒤덮여 있었다.

"아마 여기 계신 분들 모두 경험이 있으시겠지만, 피부질환은 우리가 알파에 이주한 직후 거의 예외 없이 걸렸던 가장 흔한, 간단히 말하자면 풍토병이었습니다. 또한 예외 없이 간단하게 치료할 수 있었죠. 그래서 마엘렉 씨는 단지 새로운 피부병을 오렌지 목록에 추가하게 되겠구나 하고 대수롭지 않게 생각했던 겁니다. 아, 오렌지 목록이란 알파 이주 후 새롭게 발견되는 질병의 이름을 추가하는 목록입니다. 마엘렉 씨는 알파의 세균들에게 두루 효과가 있는 소독제로 기본적인 처리를 한 다음 환자를 병원으로 수송했습니다."

미셸은 여기까지 말한 다음 책상 위에 놓여있는 컵을 들어 물을 마셨다.

"그러나 곧 사태가 심각하다는 것이 밝혀졌습니다. 첫 번째 환자를 수송한 지 채 1시간도 지나지 않아서 두 명의 환자가 더 발생했습니다. 증상은 모두 똑같았습니다. 마엘렉 씨는 즉시 보건처에 이 사실을 보고하고 세 명의 환자를 격리 수용한 다음 12번 광산을 폐쇄했습니다. 그리고 만일의 사태에 대비해서 광산과 광산촌의 출입을 금지했습니다.

뉴아프리카 보건국에서는 즉시 원격조종 바이오 센서봇 3기를 해당 지역에 보냈습니다. 바이오 센서봇은 하천과 공기의 견본을 채취했고, 마엘렉 씨가 의심이 간다고 보낸 환자의 환부 조직 견본과 비교작업에 들어갔습니다. 여기까지 처리가 이뤄진 것이 8일 전입니다. 그리고 일차적으로 나온 결과가 저한테 전달됐습니다. 결과에는 환자들의 상세 검사 결과가 첨부되어 있었습니다. 결론부터 말하자면, 환자들은 발병 48시간 안에 모두 죽었습니다.

피부의 괴사가 호흡기와 장기조직을 통해 몸 안으로 침투

한 게 사망 원인이었습니다. 마엘렉 씨가 급하게 실시한 부검 결과에 의하면 심장과 폐 등 생명 유지에 필수적인 기관들이 모두 회복 불가능한 수준으로 손상되었습니다. 뇌에 도달하기 전에 이미 환자가 사망했기 때문에 확언할 수는 없지만, 이 괴사는 충분히 뇌까지 침투할 수 있는 것으로 보입니다."

참석자 중 한 명이 손을 들어 질문했다. 비록 멀리 떨어져 있어서 명찰을 확인할 수는 없었지만, 이연석은 의학 관련 관계자일 거라고 생각했다.

"현지 의사가 할 수 있었던 치료는 전혀 효과가 없었습니까?"

"유감스럽게도 그렇습니다."

"그렇다면 지금도 12번 광산에서는 광부들이 계속 죽어가고…."

미셸은 두 번째 질문에 대답 대신 고개를 끄덕여 보였다. 그녀의 얼굴에는 그늘이 드리워져 있었다.

"학자 여러분들은 다들 알고 계시겠지만, 현재 우리가 사는 알파 센타우리의 생물 기제는 지구와 매우 흡사합니다. 그랬기에 지금 우리가 이주해서 살 수 있었죠. 하지만 흡사하다고 해서 완전히 똑같지는 않습니다. 탄소계 화합물에 바탕을 둔 생물이 살 수 있는 곳이라고 해서 모든 생물의 대사 방식이 같아야만 하는 것은 아니니까요. 이런 말씀을 드리는 이유는 현재 문제가 되는 질병의 원인을 바이러스라는 지구의 용어로 쉽사리 구분할 수 없기 때문입니다. 하지만 적어도 바이러스와 매우 흡사한 행동양식을 보여주고는 있습니다.

이해를 돕기 위해 이 병원(病原)을 바이러스라고 가정하겠습니다. 누가 맨 처음 붙인 이름인지는 모르겠지만, 저와 정보를 나눈 몇몇 사람들 사이에서 이 바이러스는 '별상'이라고 불리고 있습니다. 별상은 광산 안에 서식하고 있었던 것으로 보입니다. 더 정확히는 광산을 굴착해 나아가던 도중 발견한 지하 광맥 밑의 공동(空洞)이 서식 장소로 보입니다.

지금까지 밝혀진 사실에 의하면 별상은 알파 센타우리의 공기와 인간의 체액 양쪽으로 전염됩니다. 앞서 말씀드린 바이오 센서봇의 채취 견본에서 얻은 결론입니다."

미셸은 이연석이 손을 들자 원군이라도 얻은 듯 얼른 손을 펼쳐 그를 가리켰다. 남은 보고 내용은 지금까지보다 훨씬 어둡고 막막한 내용이었기 때문이다.

"방금 인간의 체액이라고 하셨죠? 어떤 근거로 그런 결론이 나온 겁니까?"

이연석이 물었다.

"물론 아직은 우리가 지구에서 싣고 왔던 312종의 동물 DNA 패턴을 모두 별상과 대조 실험해볼 시간은 없었기 때문에 절대적으로 확신할 수는 없습니다. 하지만 12번 광산 노동자들의 숙소와 광산촌에는 인간 외에 동물 6종과 식물 4종의 지구 종이 더 살고 있었습니다. 4종의 식물은 논외로 하더라도, 동물 6종은 별상이 가득한 공기 중에 그대로 노출되어 있었음에도 아무런 손상도 입지 않았습니다."

이연석은 마이너에게 손짓을 해 정확히 기록하라는 신호를 보냈다.

"그 여섯 종을 불러주시죠."

"품종까지는 아직 조사하지 못했습니다만…."

미셸이 손에 들고 있는 전자수첩의 페이지를 넘겨보며 말했다.

"아니, 품종까지는 필요 없습니다."

이연석이 미소를 지으며 말하자 미셸이 고개를 끄덕이며 답했다.

"*Canis familiaris, Felis catus*…."

"흠… 에드윈 박사님? 학명 말고 그냥 일상적인 명칭으로 해주세요. 그편이 다른 분들의 이해에도 도움을 줄 겁니다."

이연석이 미셸의 말을 끊었다.

"네, 그러죠. 개, 고양이, 쥐, 벼룩, 바퀴벌레, 이구아나입니다."

미셸은 대답을 마치며 이연석의 표정을 흘끗 살펴보았다. 낮은 목소리로 마이너와 무언가 얘기를 나누고 있는 그의 표정은 마치 웃고 있는 것 같았다.

"에드윈 박사."

미셸은 낮고 느릿한 아이작 의장의 목소리를 들으며 대답했다.

"네, 의장님."

"전문가가 아니라서 내 질문이 우스울지도 모르겠지만,

이 별상이라는 바이러스가 인간에게만 감염되고 있다는 얘기
지요?”

"일단 저 여섯 종이 감염 매개체로 활동할 가능성은 없다
고 봅니다. 또한, 병변도 일으키지 않고요. 인간 유사 종으로
실험을 해봐야 확실한 걸 알 수 있겠지만, 현재로써는 저희도
그렇게 보고 있습니다."

"그렇다면 사람에게만 걸리고, 걸리면 48시간 내에 죽는
무서운 병이 공기 중으로 퍼지고 있다, 이렇게 생각해도 된
다는 얘기로군요."

"네, 그렇습니다."

미셸은 지금까지 일을 해오며 몇 번이고 대면했던 아이
작 의장의 성격을 생각하며 더 이상의 부연 설명을 덧붙이
지 않았다.

"보건처장이 올린 보고서에 의하면….”

그의 비서가 전자수첩을 검색한 후 해당 화면을 찾아서 아
이작 의장에게 건네주었다.

"이주 후 지금까지 과학자들의 오렌지 목록에 올랐던 질
병 중에 40퍼센트는 적응 또는 자연 치유가 됐고, 50퍼센트
는 나노실드로 극복했으며 10퍼센트는 현재 적응 진행 중이
거나 치료법 개발 중이라고 돼 있소. 그렇다면 이 별상이라는
바이러스는 이 중 어디에 들어가는 거요?"

"바이러스도 환경의 영향을 받습니다. 특히 극단적인 환경
변화는 바이러스의 번식을 억제할 가능성이 있죠. 말씀하신

세 경우 중 자연적으로 문제가 해결될 수 있다면 아마도 이 경우에 해당할 겁니다. 하지만 별상의 경우는 지하 공동에서 지상으로 올라오는 정도의 환경 변화로는 끄떡도 없었습니다.

이미 사망한 환자들과 또 괴사가 진행 중인 환자들께는 미안한 얘기지만, 냉정하게 얘기한다면, 지금까지의 보고는 새로운 알파 토착병에 대한 일반적인 설명에 불과했습니다. 하지만 별상의 경우는 공기 전염이라는 특성 때문에 훨씬 중대한 문제를 던져주고 있습니다. 모두 회의실 중앙을 봐주세요."

밝은 연두색 구체가 회의실 한가운데에 떠올랐다. 알파 센타우리 제4행성의 입체 홀로그램이었다. 알파는 지축이 공전면에 대해 54도 기울어져 있었으므로 공전 면을 나타내는 수평면에 비스듬히 잠겨있는 나무 열매처럼 보였다.

"행성 전체를 놓고 볼 때 지구와 알파는 비슷한 점도 많지만, 차이점도 적지 않습니다. 그중 하나가 행성 전체를 감싸며 돌고 있는 기류입니다. 알파는 제트기류가 지구보다 훨씬 많습니다. 또한, 지축이 많이 기울어져 있고 공전 궤도가 장단축 비가 큰 타원을 그리는 특성 때문에 기류의 요동이 심하며 그 속도가 빠르죠. 이 때문에 현재 알파에서는 고공을 비행하는 대형 항공을 사용할 수 없습니다.

먼저 최초로 별상이 발견된 뉴아프리카 12번 광산의 상공에는 베르만 기류가 흐르고 있습니다. 베르만 기류는 건조한 공기를 싣고 북동을 향해서 빠른 속도로 나아가 리만 기류와

유스타 대기류에 합류하죠. 이 두 기류 역시 바다의 습기를
머금은 공기를 뉴아세안과 뉴아메리카에 공급하게 됩니다."

홀로그램에는 미셸이 부르는 순서대로 알파의 기류가 하
나씩 나타나며 흐르기 시작했다. 회의 참석자들은 아무 소리
도 내지 않고 홀로그램의 표면을 훑으며 행성을 한 바퀴 도는
기류의 움직임을 바라보고 있었다.

이연석은 누구보다도 그 의미를 잘 알고 있었다. 그의 전
공 분야야말로 기류와 밀접한 관계를 맺고 있었기 때문이다.
알파 이주단이 지구를 출발할 당시 지구의 실용과학 분야에
서는 나노공학이 활발하게 발전하고, 또 사용되고 있었다. 자
원의 처리와 재활용, 건축자재, 전자제품에는 물론이고 각종
의료시술과 연구개발용 도구에 이르기까지 나노머신이 활용
되지 않는 곳이 없었다. 그렇기 때문에 지구에서 짐을 꾸려
떠난 알파 이주 선단의 기술 역시 상당 부분 나노테크에 의존
하고 있었다. 특히 알파의 물리적 환경 변화를 유도하는 테라
포밍은 물론이고, 그 환경에 적응해야 하는 인간을 돕기 위한
도구로써도 나노머신의 역할은 중요했다.

나노머신의 투입에는 크게 두 종류가 있었다. 대상의 특징
적인 물성 상태에 의존해야만 존재할 수 있는 국지형 나노머
신과 일정 범위의 지역에 살포하는 광역 나노머신이 그것이
었다. 이연석이 기류에 관심을 두게 되는 경우는 후자였다.
특수한 목적을 가지고 제작된 나노머신이 최소 필요치 이상
의 효과를 얻기 위해서는 일정 시간 이상 해당 공간에 머물러

야 하기 때문이었다.

굳이 미셸이 따로 얘기하지 않아도, 그리고 아직 별상의 행동 기제와 그 대처법이 명확하게 밝혀지지 않았다 하더라도 나노머신 없이 이번 사태를 해결할 수는 없는 것이 분명했다. 게다가 기류가 문제 된다는 얘기는 곧 시간과의 경쟁을 의미했다. 주사액은 주사기에 들어있어서만은 아무 의미가 없었고, 농약은 살포하지 않으면 자살용 독약에 불과했다. 마찬가지로 광역 나노머신에 있어서 살포야말로 중요하기 그지없는 문제였다.

이연석은 마이너의 손에서 전자수첩을 빼앗아서는 먹이를 빼앗기지 않으려 발버둥 치는 곤충의 다리처럼 빠른 손놀림으로 계산기를 두드리기 시작했다.

"그 얘기는 시간이 문제가 될 수도 있다는 거요?"

아이작 의장이 미셸에게 물었다. 이연석은 미셸의 대답에 신경도 쓰지 않고 계산에 몰두했다.

"최악의 경우는 그럴 수도 있다는 얘깁니다. 아시다시피 이런 종류의 문제는 이주민들의 생명을 위협할 수도 있는 일종의 재난이기 때문에 모든 경우를 다 생각해서 대비해야 합니다. 물론 그런 지경까지 가기 전에 치료법이나 예방법을 발견해야겠지만요."

그러나 아이작 의장은 질문을 그만두지 않았다.

"어느 정도의 시간이 있는 건지 얘기해보시오. 지금까지 박사가 보여준 실적으로 볼 때 이미 그런 것까지 다 계산해

놓았을 거 아니오."

"홀로그램을 보시죠."

과학자들이 위기 상황을 관료에게 보고했을 때 관료들 대부분은 미온적인 반응을 보이게 마련이었다. 지구에 있을 때도 마찬가지였지만 지구에서 4.3광년이나 떨어져 있는 알파에서는 그런 늑장 부리기가 일의 성패를 좌지우지할 수도 있는 일이었고, 여기서 실패란 곧 인명의 치명적인 손실을 의미했다. 그런 관점에서 보자면 아이작 의장의 이와 같은 적극적인 반응은 과학자로서, 그리고 한 사람의 이주민으로서 반겨야 할 일이겠지만 이상하게도 미셸은 그런 아이작 의장의 태도가 썩 마음에 들지 않았다.

알파의 홀로그램 위에 네 개의 디지털 시계가 떠올랐다. 시계의 세 단위는 각각 년/월/일이었다. 각 시계는 모든 방향에 있는 사람들이 동시에 잘 볼 수 있도록 네 방향을 향해 있었다.

"지금 보시는 시뮬레이션은 별상이 기류의 최고 속도에 따라 이동하며 중간에 어떤 장애에도 부딪치지 않는다는 가정하에서 만들었습니다."

시계의 숫자가 올라가기 시작함과 동시에 멈춰있던 알파의 대기류들이 움직이기 시작했다. 그리고 12번 광산에 머물러 있던 붉은색이 기류를 따라 퍼져나가고, 붉은색의 주변으로 주황색이 천천히 번져 나아갔다.

"붉은색은 순전히 기류를 타고 이동하는 별상의 분포입니다. 반면에 주황색은 일반적인 대기의 확산 현상을 따라 퍼지는 범위입니다."

이연석이 수첩을 이용한 계산을 마치고 손가락을 멈춘 다음 그 결과를 심각한 표정으로 들여다보았다. 그가 버튼을 누르는 소리마저 사라지자 회의실 안은 쥐죽은 듯이 고요했고 움직이는 사람도 없었다. 변화가 있는 것은 무섭게 번져나가는 별상의 붉은색과 조금도 쉬지 않고 변화하는 디지털 타이머의 숫자뿐이었다. 그리 길지 않은 시간이 흘러 주황색이 뉴아프리카에서 가장 멀리 떨어진 뉴아세안의 서해안에 도달하자 네 개의 타이머가 동시에 멎었다.

"7개월 20일이라. 알파력 기준이겠지요?"

의장이 지옥의 바닥까지 가라앉은 듯한 목소리로 물었다.

"그렇습니다."

"박사가 판단하건대 이번 전염병은 어느 정도 위험합니까? 그러니까 내 말은, 걸리면 사람이 이틀 안에 죽는다는 거야 이미 알고 있으니, 치료 가능성이나 뭐 그런 것들로 따져볼 때 어느 정도 등급이냐는 질문입니다."

"직감까지 포함해서 얘기해도 되겠습니까?"

미셸이 작정한 듯이 물었다.

"좋을 대로 하시오."

"최고 위험 수준입니다."

이연석은 미셸의 말에 자기도 모르게 고개를 끄덕이며 동의했다. 아이작 의장은 가장 멀리 앉은 이연석에게도 들릴 정도로 끙 소리를 냈다. 이연석이 턱을 받치고 생각에 잠겨 있는 동안 새로이 손을 들어 미셸에게 질문하거나 무언가 의견을 내는 사람은 없었다.

"알겠소. 이봐, 제임스."

의장이 손짓과 함께 회의실 벽으로 물러서 있던 비서를 불렀다. 비서는 재빨리 다가오며 전자수첩을 꺼내 손에 들었다.

"미셸 에드윈 박사의 권한을 임시에서 정규로 바꾸도록 하게. 이번 질병에 관한 한 전권을 주란 말이야. 단, 어느 정도 대책이 서기 전까지는 이번 일에 관련된 모든 정보를 대외비로 하도록 철저히 단속하게. 여러분들도 이 점 명심해 주시오. 알겠습니까? 사안이 위급하면 위급할수록 오히려 섣불리 행동해서는 안 되오. 신속하게 대처하는 데에 방해될 소지는 모두 없애야 하니까. 알겠습니까?"

회의실 내의 참석자 대부분이 긍정을 표했다. 이연석도 이의가 있을 리 없었다. 그러나 그는 고개를 끄덕이지 않는 한 사람을 발견했다. 퓨리즘의 대표 사제인 패트릭 안드리아노였다. 이연석은 퓨리즘의 대표적 색깔인 초록색의 의상이 손을 드는 것을 보았다.

그가 손을 들자 아이작 의장은 대놓고 불쾌한 심기를 드러냈다. 하지만 발언은 허락했다.

"언제까지 대외비로 하실 겁니까, 의장님?"

종교 지도자에 어울리는 온화하고 부드러운 목소리였다. 이연석은 그의 목소리를 듣자 얼핏 외과의의 수술복으로 보일 수도 있을 초록색 옷이 정치가용 양복으로 갑자기 변한 것처럼 느꼈다.

"방금 얘기했지 않았소. 일차적인 대책이 나올 때까지요."

의장의 대답에 패트릭 사제가 손자를 대하는 자애로운 할아버지의 미소를 띠었다.

"만약 그 일차적인 대책이 즉각적인 효과를 본다면 모든 처리가 끝난 다음에야 발표하시겠군요?"

"무슨 얘기를 하고 싶은 거요, 사제 양반?"

아이작 의장이 목소리를 높였다. 하지만 패트릭 사제는 여전히 같은 높이의 목소리로 얘기를 이어나갔다.

"세상의 모든 사건 발생에는 이유가 있습니다. 비록 여기 모여 계신 분들 중에 신심이 깊은 분은 없는 거 같으니, 그렇게 믿는 사람은 저뿐인지 모르겠습니다만, 그 이유란 다름 아닌 일종의 전언입니다. 우리가 지구를 떠났다고 해서 달라지는 것은 아무것도 없습니다. 왜냐하면 전언을 보내는 존재는 우주 전체에 내재하고 있기 때문입니다. 그것은 곧 우주 전체, 자연 자체이며 행성도 물론 그 일부에 속합니다. 이곳에 와서 우리가 끊임없이 겪는 질병들을 물리치면 칠수록 더욱 무섭고 강한 전언이, 새 질병이 나타나지 않습니까? 그런데 의장님께서는, 그리고 여기 계신 모든 분들도, 이러한 전언이 알파에 사는 모든 사람에게 전해지는 것을 방해하고 있습니다."

"전언이라니, 도대체 뭘 전달한다는 거요? 다 같이 떼죽음이라도 당하자는 거요?"

아이작 의장이 소리쳤다. 이연석은 의장같이 노련한 정치인도 이제 늙었다는 것을 인정하지 않을 수 없었다. 이 시점에서 패트릭 사제에게 질문 형식으로 대꾸한다는 것은 사무적이고 실무를 다뤄야 할 회의 석상에서 퓨리즘의 교리 연설을 허락한 거나 다름없는 일이었다. 이주 초기의 아이작 의장이라면 절대 범하지 않을 실수였다.

"받아들이라는 것이지요. 자연을 이용하고 부려먹으며 뜯어고치려고 하지 말고 그와 하나가 되라는 것입니다. 우리는….."

"그만. 설교는 사제께서 주도하는 집회에서 해주시길 바라겠소. 그보다 진짜로 하고 싶은 말이 뭡니까?"

패트릭 사제는 고개를 한 번 갸웃거리고는 양손을 펼쳐 보였다. 얼굴에는 여전히 미소를 잃지 않고 있었다.

"대외비로 하라는 것을 어기지는 않겠습니다. 어차피 그리 오래 입소문을 막을 수는 없을 테니까요. 하지만 제가, 어디까지나 가상의 예로, 설교의 소재로 이와 비슷한 질병의 예를 드는 것까지 막지는 않으시겠지요?"

'협박이군.' 이연석은 패트릭 사제의 미소가 더 이상 자애로워 보이지 않았다. 그는 자신의 요구를 허가하지 않으면 사실을 공표해 버리겠다고 아이작 의장을 위협하고 있었다. 아이작 의장의 정책은 지구 중세의 전제군주와 비슷한 경향이 있었다. 그는 언론과 물류와 인적 자원의 이동이 모두 통제하에 있기를 바랐다. 출발 당시의 지구라면 어림도 없는 얘기였지만, 인구 80만의 조촐한 지방 개척지인 알파에서라면 가능한 일이었다. 게다가 이주 초기라는 제한된 상황이 그런 방식을 어느 정도 가능하게 만들었다. '환경과 싸우기 위해서는 사람끼리 뭉쳐야 한다.' 이것이 아이작 의장의 정책 슬로건이었다. 이연석 개인으로서는 그에 동조도 반대도 안 하는 편이었지만 환경이 최대의 적이라는 사실만은 공감하고 있었다.

"좋소. 단 이번 질병… 그러니까 별상이라는 바이러스의 특색을 그대로 전달해서는 안 되오. 지금 같은 개척 초기 상황에서 예언자는 별로 필요 없을 거로 생각하니 말이오."

"물론입니다."

패트릭은 상체를 숙여 사제답게 과장된 감사의 뜻을 표했다. 이연석도 의장이 지적한 바가 바로 패트릭 사제의 목적이라는 점을 알 수 있었다. 아무리 돌려 말한다고 해도 그는 그 설교를 함으로써 신도들 사이에서 예언자라는 소리를 듣게 될 것이 분명했다.

"자, 이제 다 끝난 거요, 미셸 에드윈 박사?"

아이작 의장의 물음에 미셸이 아무도 모르게 안도의 한숨을 내쉬며 그렇다고 대답했다.

"이연석 소장님."

회의실 밖으로 나오는 이연석을 미셸 에드윈이 불러 세웠다. 이연석은 그녀에게 고개를 돌리며 마이너에게 손짓을 해 먼저 숙소로 가 있으라고 지시했다.

"제 사무실까지 잠깐 함께 가시죠."

이연석이 고개를 끄덕이며 말을 건넸다.

"은퇴한 줄 알았어요, 미셸. 하지만 오늘 보니 앞으로 10년은 더 일해도 되겠습니다."

"이런 사안이 아니었다면 맡지 않고 그대로 그만뒀을 거예요. 안 그래도 이번 일만 잘 끝나면 그럴 생각이고요."

이연석이 어깨를 추슬러 보였다.

"그나저나 별상이라는 이름은 어느 연구원이 붙인 겁니까?"

"흠? 모르겠어요. 왜요?"

"아마 연구원 중에 한국인이 있다면 그 사람이 붙였을 겁니다. 뜻은 알고 계신가요?"

"아니요, 뭔가 고유명사라는 생각은 들었지만."

"한국에 전해 내려오는 설화에서 역신(疫神) 이름입니다, 별상이라는 거."

미셸은 이연석의 말에 움찔했지만, 곧 긴장을 풀며 웃었다.

"소장님이 퓨리즘 신자인 줄은 몰랐군요."

"천만에요. 종교를 가질 만큼 마음이 넓지 못합니다, 저는. 하지만 박사님이 아까 높으신 분들 앞에서 발표한 것보다 더 많은 사실을 알아냈다는 데에 돈을 걸 만한 직감은 아직 가지고 있죠."

미셸은 좌우를 둘러보며 주변에 아무도 없다는 것을 확인하고는 사무실로 들어가는 문을 열었다.

"별로 대단한 건 아니에요. 어차피 다음번 회의 때는 대책을 발표해야 하고 그때 가면 알려지지 않을 수가 없겠죠."

이연석은 미셸이 권하는 음료수를 사양하고 플라스틱으로 만들어진 의자에 앉았다. 알파 어디서나 흔히 볼 수 있는 조촐한 사무실이었다. 항상 사용하는 곳이 아닌 탓도 있었겠지만, 물자의 부족 때문에 거의 표준화 되다시피 한 집기들이었다.

먼저 본론을 꺼낸 것은 이연석이었다.

"아무리 사람이 급사할 만한 병이라고 해도 단순히 나노머신만 필요한 거라면 저를 직접 부르지는 않았겠죠."

"그래요. 그것보다 문제는 감염 경로와 그 대상에 있는 거죠."

"그렇다면, 별상이 오로지 인간한테만 유해하다고 생각하는 겁니까?"

"정확히는 그보다 더 큰 문제가 있어요. 지구에서도 인간에게만 병을 일으키는 바이러스야 얼마든지 있었으니까 그것 자체는 특별한 일이 아니에요. 하지만 공기 전염을 제외한다면 별상은 오직 인간만을 전염 매개체로 하는 것 같아요."

"아까 회의실에서 초록색 광대 옷을 입고 있던 사람이 들었다면 기뻐서 춤을 출 만한 얘기군요."

"흥, 패트릭 사제가 뭐라고 생각하든 그거야 중요하지 않아요. 하지만 별상이 그런 특징을 가지고 있다면 시간이 너무 빠듯해요. 저는 우선 대표적인 인간 DNA들을 클로닝으로 배양해서 그 견본들을 감염지역에 보내볼 생각이에요."

"바이오 센서봇으로?"

"네, 감염자를 최대한 줄여야 하는 것도 중요하니까요. 더군다나 실험과 연구에 필요한 인원을 잃게 되면 작업 속도는 점점 더 늦게 될 거예요."

"그렇겠죠. 하지만 그건 우리 연구소에서 할 수 있는 일은 아닐 텐데요."

"사람의 조직만 보내려는 건 아니에요. 순수한 인간조직과 함께 기존에 나노실드 역할을 하던 모든 나노머신들을 투입한 견본도 보내봐야겠어요."

이연석이 고개를 끄덕이며 미셸의 책상 위를 기웃거렸다. 그러다가 자신의 모습을 깨닫고는 힘없는 웃음을 터뜨렸다.

"18년 동안 동결 건조 생선이 되어 얼어있는 상태로 우주를 둥둥 떠다녔고, 4.3광년이나 떨어진 다른 별에서 15년간이나 살았으면서도 급할 때는 지구 때의 습관이 나오는군요. 종이하고 연필을 찾다니. 이럴 줄 알았으면 마이너를 데려오는 건데. 어쩔 수 없군요. 기억력을 믿기로 하죠."

이연석은 도로 의자로 돌아가 앉았다.

"무슨 얘기인지는 알겠습니다. 별상 혼자서 진화 계통에서 벗어나 있을 리가 없다는 가정하에서 일을 시작하려는 거군요. 만약 기존 것이 조금이라도 억제 효과를 보인다면 상당한 시간을 벌 수 있을 테니까."

"그래요. 하지만 그것뿐만이 아니에요. 되도록 사람들이 생활을 유지하는 데에 필수적인 것만을 빼고는 나노머신 생산 설비를 전부 이쪽으로 돌려줬으면 해요."

"그건 얘기 안 해도 축소 조정할 생각이었습니다. 한데, DNA 쪽도 그리 간단하진 않을 겁니다."

"무슨 뜻이죠?"

"마지막으로 나노실드 주문을 받았던 게 4년 전쯤으로 기억합니다. 그렇죠?"

미셸이 고개를 끄덕였다.

"4년이면 생물학적으로 볼 때 무시해도 좋은 짧은 시간이긴 합니다. 하지만 우리가 100퍼센트 파악하지 못한 환경에서 살고 있다는 걸 잊지 말아야 합니다. 아무리 이주 시작 전에 무인 착륙선과 인공위성으로 분석했다고 한들 우리가 이주 후 몇 년 동안이나 사람의 면역계와 토착 질병을 동시에 상대해서 싸웠다는 걸 잊지 마세요. 게다가 토양 개조용 매트를 깔아서 농지를 만들고 작물을 재배했다고는 하지만, 이 행성에 사는 사람들의 몸에 어떤 돌연변이적 요소가 생겼을지도 알 수 없습니다. 그렇다면 DNA 조사도 완전히 새로 해야 할 거예요."

"그렇군요. 인구가 80만이고 현재 평균인 1인 4가족을 기준으로 한다면 가계 최상위의 유전자만 추출해도 10만 개의 견본이 필요하겠군요. 그것만으로도 최소 한 달은 걸리겠어요. 그리고 한 달이면 별상은 뉴아메리카에 상륙할 겁니다."

"일단 기존에 조사해뒀던 DNA부터 시도를 해보도록 하시죠. 제 쪽에서는 오렌지 목록에 올라가 있는 질병들에 대한 나노실드를 생산되는 대로 보내도록 하겠습니다. 새로운 분자설계를 할 필요는 없으니 공정만 수정하면 바로 뽑아낼 수 있을 겁니다."

"좋아요. 그럼 소장님한테 부탁할 일은 일단 다 말씀드린 거고⋯."

이연석은 그 말을 듣자마자 자리에서 일어섰다. 돌아가서 곤히 자고 있을 연구소 직원들을 모두 불러 깨워야 했기 때문이다.

"당장 내일부터는 뭘 시작할 겁니까?"

"내일부터가 아니라 오늘부터예요. 우선 뉴아프리카 대륙에 사는 주민들을 가능한 방법으로 격리 이동시켜야겠죠. 국지적인 기상 변화와 예상도도 뽑아봐야 하고⋯."

"언제나 그래 왔지만, 고생이 많으시겠습니다."

"그렇게 해서라도 사람들을 살릴 수 있다면 대수로운 일은 아니죠."

"아마도 기존의 나노실드 중에 반응을 보이는 녀석들이 있을 겁니다. 거기서 출발한다면 피해 지역을 뉴아프리카만으로 축소할 수 있겠죠. 그래도 이만저만한 손실이 아니겠습니다만 말이에요. 그것보다 우리 마이너가 섭섭해 하겠는데요."

"왜요?"

"운이 나쁘면 한 달 동안 출장 수당을 받을 수 있을 거라고 했거든요."

미셸이 지친 웃음을 지었다.

"농담이라도 그런 말은 말아 주세요."

"이건 여담입니다만…."

"네?"

"아이작 의장의 태도가 어딘가 이상하다고 느끼지 않았습니까? 평소보다 호의적이라거나, 아니면 이런 종류의 사건에 적극적으로 도와주려고 한다거나."

"맞아요. 그랬던 것 같군요. 회의 진행 때문에 크게 신경 쓰지는 않았지만."

"역시 바깥소식에 어두우시군요. 아직 모르고 계신 걸 보니."

"무슨 얘기예요?"

"알파력으로 9개월 후에 새 의장을 선출하는 선거가 있을 겁니다. 만약 이번 일이 신속하고 좋은 결과로 끝난다면 재선에 그만한 호재도 없겠죠."

"이제야 이해가 되는군요."

"그냥 알고 계시면 되는 일입니다. 우리 일에는 조금이라도 도움이 될 테니까요. 자, 그럼 저는 공장을 전격 가동하러 가 볼까요. 공정수정이 끝나고 생산에 들어가는 대로 바로 연락 드리겠습니다."

"부탁드리겠어요."

이연석이 나가고 나자 미셸은 책상 의자에 앉아 뒤로 몸을 눕혔다. 블라인드가 내려진 창밖에서는 회의에 참석했던 관계자들이 차를 몰아 떠나는 소리가 들렸다. 병리학 자문위원

을 맡고 알파에 도착한 이후부터 지금까지 질병 발생으로 소
집될 때마다 느꼈던 답답함과 외로움이 한꺼번에 밀려드는
느낌이었다. 항상 똑같이 배치된 그녀 전용의 사무실까지도
그런 기억들을 지워버릴 수 없게 만드는 감옥처럼 느껴졌다.

✳

　알파력으로 28일 동안 총 300기의 바이오 센서봇이 별상
오염지역으로 날아들었다. 센서봇들은 원격 조종으로 오염
지역 상공을 날며 이동식 실험시설의 역할을 해냈다. 클로닝
공정을 통해 급히 배양된 인간의 피부조직이 벌떼처럼 달려
드는 별상에 뜯겨 시커멓게 죽어 나가는 동안, 센서봇은 그
과정과 결과를 모두 기록해 알파 위원회 건물에 마련된 중앙
재해 본부로 보내왔다. 미셸은 수면 시간을 줄여가며 그 결과
를 분석했고, 다시 추가된 조직 견본과 나노실드를 센서봇에
담아 파견했다. 35일이 지나자 더 이상 추가해 볼 조사 자료
가 남지 않았고, 결과는 그야말로 최악이었다. 기존의 나노실
드는 별상의 확산에 어떤 영향도 줄 수 없었다.
　자극(磁極)을 기준으로 하여 나뉘어 있는 알파의 남반구
에는 크게 세 개의 계절풍이 대기류에 간접적인 영향을 주고
있었다. 그중 건조하고 차가운 암센 계절풍이 미셸과 알파의
인류를 도와주는 유일한 친구였다. 암센 계절풍이 예년과 달
리 일찍 불어준 덕분에 곧바로 뉴아메리카를 향해 진군하던
별상의 이동 속도가 급격하게 줄어들었다. 최악의 시나리오

에 의하면 별상은 발생 후 30일을 전후해서 아메리카에 상륙한다는 계산이었으나, 36일째인 현재 최전선이 아메리카 남서 해안 45킬로미터 지점의 남중양(南中洋)에 머물고 있었다.

"그러니까, 기존의 치료법이 아무 소용도 없을 거라는 얘기지요?"

36일 전과 똑같은 알파 위원회의 회의실에서 아이작 의장이 미셸 에드윈에게 묻고 있었다.

"그렇습니다. 게다가 새로운 나노실드를 위한 어떤 자료도 구할 수가 없었습니다."

"우리도 자료를 받아봤습니다만, 그렇다면 이 별상은 알파의 원주 진화계에서 독립적으로 갈라져 나온 종이겠군요."

응용생물학계의 대표로 온 학자 하나가 미셸의 얘기를 잠시 잘랐다.

"네, 이제는 그렇다고 확신하고 있습니다. 물론 뉴아프리카의 지하 공동에 서식하고 있던 거로 봐서 이곳에 이주한 지구 인류가 기존 원주 생물에 영향을 주어 생긴 종이라는 의견은 말도 안 된다고 봅니다만⋯."

"그러면 이렇게 얘기할 수도 있겠군요. 그 별상이라는 바이러스가 사는 공동을 열지만 않았더라면 지금 같은 상황에 직면하지는 않았을 거다. 그리고 그것들은 알파의 지하에서 우리를 기다리고 있었다고 말이죠."

말의 뜻과 달리 차분한 목소리에, 모두가 발언을 한 패트릭 사제를 바라보았다. 이연석은 얼굴이 붉어지고 있는 아이

작 의장을 보았고, 미셸이 아랫입술을 지그시 깨물고 있는 것
역시 볼 수 있었다.

'누군가가 저 사제 양반의 입을 막긴 해야겠군. 그리고 이
번에 그 누군가는 아마도 나겠지.'

이연석이 이렇게 생각하며 머릿속에 맴돌고 있던 말을 토
해냈다.

"맞는 말입니다. 사실은 이 별에서 살아가기 위해서는 광
산 따위 필요도 없는데 말입니다. 하지만 유감스럽게도 목숨
을 걸고 지하 150미터까지 어두운 갱도를 뚫고 들어간 사람들
은 패트릭 사제께서 목에 걸고 계시는 생명수 모양의 금속 목
걸이를 만드는 재료를 제공하기 위해 아무런 이유도 없이, 다
른 중요한 일이 널렸는데도 죽음의 역신이 기다리고 있는 봉
인을 활짝 열어버린 거죠. 이 얼마나 바보스러운 일입니까?

유일신, 아 퓨리즘에서는 자연신이라고 하던가요? 설마
자연신이 우주로 진출해서까지 자기 영역을 파헤치는 인류
를 보다못해 징벌을 내리는 거라고, 바보 같은 소리를 하시려
는 건 아니겠지요? 제가 그보다는 훨씬 설득력 있는 가설을
하나 제공해 볼까요? 사실 이 알파 센타우리의 제4행성은 지
구에서 번성하고 있는 인류를 오래전부터 경계해 온 우주인
이 만들어놓은 부비트랩입니다. 별상이 이곳의 원주 생물들
과 다른 가지로 진화해서 차별적인 대사를 갖게 된 것도 실은
그 우주인이 만들어서 지뢰로 쓰기 위해 심어둔 세균 병기이
기 때문이지요. 아마 그 우주인들은 우리 고향 행성인 지구

에도 몇 번씩 찾아와서 사람들을 납치해가고 인간의 신체구조와 DNA, 그리고 면역체계를 세밀하게 조사해 갔다가 지금 결정타를 날리고 있는 걸 겁니다. 어때요? 훨씬 그럴듯하게 들립니까?

저는 우연론으로 생명의 발생을 설명하려는 게 아닙니다. 아니, 알파 이주민 중 하나이자 나노머신 연구소를 운영하는 과학자로서 말씀드리자면, 저는 발생의 원인에는 별 관심이 없습니다. 무식한 엔지니어 출신이라서 말이죠. 하지만 어떻게 해야 저 별상의 번식을 억제할 수 있는지에 대해서는 지대한 관심이 있습니다. 그래야 알파 이주민들이 지구의 생활을 버리고 왔던 용기를 허무하게 만들지 않을 테니까요. 유감스럽게도 전 물리적인 결과만을 중시하기 때문입니다."

이연석은 도중에 한 번도 쉬지 않고 패트릭 사제를 똑바로 바라보며 말을 쏟아냈다. 사제의 표정은 평상시와 다름없이 자애롭게 웃고 있었지만, 이연석의 눈에는 그가 분노로 입술 끝을 떨고 있는 것이 분명히 보였다.

아이작 의장이 더 구경하고 싶으나 어쩔 수 없이 말린다는 표정으로 잠깐의 침묵을 해소했다.

"자, 자. 애들같이 굴지 말고 다시 원래의 얘기로 돌아옵시다. 어디까지 했지요? 아, 기존의 나노실드나 약물은 조금도 효과를 보지 못했다는 것까지였지요?"

미셸이 따뜻한 눈길로 이연석을 바라보며 대답했다.

"네, 게다가 대사 체계를 파악할 수 없어서 바이러스 개체

하나를 죽이는 방법도 아직 찾아내지 못하고 있는 형편입니다. 만약 여기가 인적 자원이 풍부한 지구라면, 아니면 우리한테 5년 정도의 시간이 있다면 찾아낼 수 있을 거라 생각합니다만 주지하시다시피 우리에게 주어진 시간은 7개월, 아니이제 36일이 지났으니 170일 정도뿐입니다. 물론 이 170일은 알파에서 인구가 가장 밀집된 지역인 뉴아세안 동부의 경계에 별상이 도달할 수 있는 가장 짧은 시간입니다. 그 정도가된다면 알파 이주 행성은 사실상 제 기능을 발휘할 수 없는상태에 도달할 겁니다."

"그렇다면 지난 36일 동안 알아낸 사실만이라도 알려주시오, 박사."

아이작 의장은 행성 전체 규모의 이주 계획을 어떻게 짜야하는가를 대략 머리에 그리면서 미셸에게 요청했다.

"조금 전에 이연석 소장께서도 말씀하신 것처럼 별상의 발생과 행동 기제 자체는 근본적으로 의문투성이입니다. 사실진화가 크게 진행되지 않은 알파 센타우리의 생태계는 우리가 이주 행성으로 사용할 만큼 지구 생물과 유사한 대사 과정을 가지고 있습니다. 따라서 특별한 진화선을 타고 있는 것으로 보이는 별상이 왜 그러는지, 아니 정확히 얘기하자면 어떻게 그럴 수 있었는지는 알 수 없지만, 결과적으로 지금의 별상은 인간의 DNA를 유일한 대상으로 삼고 있습니다. 인간과 분자생물학적으로 어느 정도의 유연관계를 가진 DNA까지 공격대상의 표지로 삼는지는 이주 당시에 신고 온 원숭이

류의 조직을 배양해서 보낸 다음 알아볼 예정입니다.

또 하나 확실해진 것은 별상이 호흡기 침투를 통해서만 괴사를 일으키는 게 아니라는 점입니다. 별상이 머무르고 있는 공기에 피부가 접촉하기만 해도 감염은 일어납니다. 따라서 설사 별상을 걸러낼 수 있을 만큼 조직이 치밀한 필터를 만들어 낼 수 있다 해도, 즉 마스크를 쓴다고 해서 살아남을 수는 없을 겁니다. 현재까지 별상에 대해서 알아낸 것은 이 정도입니다. 비록 내용은 적지만 적어도 잘못된 조사는 없으리라고 확신할 수 있을 만큼 오차율은 낮췄습니다."

"알겠소. 현재 사망자 수가 얼마라고 했지요?"

"뉴아프리카의 북부 지역에 있는 주민들은 상당수 대피를 시켰습니다. 물론 감염되지 않았다는 것을 확인하고 옮겼습니다. 하지만 이미 오염된 것으로 보이는 지역은 포기할 수밖에 없었는데, 그 수가… 약 3천 명가량입니다. 카메라 로봇으로밖에 조사할 수 없었기 때문에 더 정확한 사망자 수는 파악하기 힘듭니다."

"알겠소. 슈미츠 내무처장, 지시한 건 조사가 끝났겠지요?"

의장과 반대편의 맨 앞자리에 앉아있던 공무원복 차림의 중년 사내가 일어나서 미셸에게서 사회자 석을 넘겨받았다. 미셸은 자기 자리로 돌아오지 않고 멀티 모니터의 왼쪽 그늘진 구석으로 걸어가 벽에 몸을 기댔다.

"저는 의장님과 미셸 에드윈 박사님의 지시로 최악의 경우 알파를 탈출해야 한다면 얼마나 많은 사람을 수용할 수 있는

가를 조사해 봤습니다. 우리가 최초로 알파에 이주해 올 당시 이용한 이주선은 모두 23대였습니다. 물론 그 이전에 초기 개척단을 싣고 왔던 탐험선도 있지만, 12명을 겨우 실을 수 있는 우주선이기 때문에 논외로 하겠습니다. 한 번에 모든 이주민을 실어 나를 수는 없었기에 여러 번 왕복해야 했습니다만, 결과적으로 이 이주선들은 모두 알파의 소유로 남았습니다. 하지만 모두 알고 계시는 것처럼 이 이주선들은 우주선인 동시에 활용 가능한 자원이었고, 또 애당초 그렇게 설계가 되었죠. 따라서 23대 중 가장 수용인원이 많았던 중국의 창망(蒼茫)호를 제외하고는 모두 분해되었습니다. 창망호도 상당수 내부시설을 뜯어냈습니다. 특히 창망호의 무결성 동면 시스템은 토양 개선 매트가 제대로 식량을 생산해 낼 때까지 수경재배 시설을 만드는 재료로 재활용되었습니다. 전부 사용하지는 않았습니다만, 창망호를 남겨둔 것은 어디까지나 이주민들에게 심리적인 위안을 주는 게 목적이어서….”

내무처장은 여기까지 말하고 손수건을 꺼내 이마에 흐르는 땀을 닦았다.

“다행히도 창망호의 엔진과 성간흡원(星間吸元) 장치는 고스란히 남아 있고 초기 추진과 가속을 얻기 위한 연료만 보급한다면 지금이라도 사용이 가능하다고 합니다. 따라서 무결성 동면 장비를 얼마나 채워 넣을 수 있느냐가 관건이 되겠습니다. 현재 기술자들을 동원해서 필수적인 생산에 기여하고 있지 않은 시설들을 개조한다면 얼마나 많은 사람을 지구까지 보전해 갈 수 있는지 대략 추산해봤습니다. 시한을 6개월로 잡는다고 할 때 최대수용 인원은 2천 명 정도라고 합니다."

2천이라는 숫자는 회의실에 있는 사람들을 술렁거리게 했다. 6개월 안에 별상의 해결법을 찾지 못한다면 그 숫자는 자신들이 목숨을 건질 수 있는가 없는가와 직결되었다. 이연석은 그 숫자를 들으며 불만스러운 표정으로 입술을 내밀었다. 아이작 의장은 내무처장의 보고에 대해서 가타부타 아무런 말도 하지 않았고, 내무처장은 여전히 땀을 닦으며 자기 자리로 돌아갔다.

'이젠 내 차례군.'

이연석이 마이너의 어깨를 툭툭 치자 마이너가 수첩을 내밀었다. 이연석은 아무 말 없이 수첩을 받아들고 전원을 켰다. 미셸이 다시 사회자 석으로 돌아가 마이크를 잡았다.

"이제 조금은 희망적인 얘기를 들을 때가 된 것 같습니다. 사실 지금 이연석 나노연구소 소장이 나와서 할 얘기는 확정된 것이 아니며 어떤 실험도 거치지 않은 이론적인 제안 중의 하나입니다만, 별상의 성격을 명확히 하고 또 이런 방법도 있을 수 있다는 것을 알기 위해 꼭 들으셔야 할 거라 생각합니다. 소장님, 나와주세요."

이연석은 사회자 석으로 걸어가며 이 얘기를 미셸에게 처음 했을 때 그녀의 반응이 어땠던가를 기억했다. 그녀만큼 일에 대한 경험이 많고 첨단 기술에 대해 익숙한 사람조차도 처음에는 농담으로 들었을 정도의 이야기였다. 하지만 지금은 누구나가 최악의 상황을 가정하고 있었으며, 알파 행성 전체 인구의 0.25퍼센트라도 탈출하자는 얘기가 현실적으로 다가오고 있는 시점이었다. 만약 이 얘기를 꺼내야 할 때가 있다면 지금보다 더 좋은 기회는 오지 않을 것이 분명했다. 또한 이 방법을 실제로 채택할 때에 필요한 기간도 고려하지 않을 수가 없었다.

"별상이 어떻게 행동하고 어떻게 사람을 죽이는가에 대해서는 다들 들어서 알고 계실 겁니다. 특히 최초 감염에서 사망에 이르기까지의 시간이 알파 시간으로 약 48시간이라는 점은 제 입장에서 볼 때 치명적입니다. 지금 우리가 알파에서 살아가면서 오렌지 목록의 병들로부터 자유로울 수 있는 것은 나노실드 때문입니다만, 나노실드라 통칭해서 부르긴 해도 그 작동에는 몇 가지 종류가 있습니다. 가장 흔하고 또 가장 바람직한 것은 우리 신체의 면역력을 나노머신들이 돕도록 하는 것입니다. 그와 동시에 면역체계가 자신의 몸을 파괴하지 않도록 일종의 구속 도구 역할을 한꺼번에 하는 것이죠. 이 경우가 바람직한 이유는 우리의 신체가 이런 방법에 적응하도록 일종의 훈련을 할 수가 있다는 것입니다. 훈련이 끝나면 더 이상 나노실드를 투입하지 않아도 되니까 그보다 바람직할 수는 없죠.

두 번째 방법은 몸으로 침입한 병균을 실제로 잡아 죽이는 것입니다. 이 경우 면역 능력을 얻을 수 없어서 순수한 육체

자체로는 언제라도 해당 병균에 당할 수 있습니다만, 그에 맞게 제조된 나노실드를 몸 안에 정기적으로 투입하는 것으로 극복해 낼 수 있습니다. 실제로 지금 여기 계신 분들 모두 최소한 세 종의 나노실드를 몸 안에 품고 계실 겁니다.

두 번째 방법의 경우 몇 가지 조건이 필요합니다. 먼저 해당 병균과 우리 신체의 각종 세포를 확실히 구분할 수 있어야 합니다. 둘째, 그 병균을 파괴하기 위해서 어떤 분자 수준의 작용과 화합물이 필요한지를 완벽하게 알아야 합니다. 셋째, 해당 나노실드의 작용이 인체에 어느 수준 이상의 해를 주지 않아야 합니다.

지금까지 재해대책 팀의 연구 결과로 적어도 첫 번째 방식의 나노실드는 별상을 물리칠 수 없다는 것을 알았습니다. 따라서 나노실드를 이용한다고 하면 두 번째인, 이른바 '스나이퍼' 종류가 가능할 것입니다.

여기서 어쭙잖은 비유를 하나 들어보겠습니다. 영화에서 보신 분도 있겠지만 스나이퍼란 대상에게 들키지 않도록 안정적인 저격장소와 시야를 확보해야 목적을 이룰 수 있습니다. 우리가 부려야 할 스나이퍼도 이와 많이 다르지는 않습니다. 즉 침입한 병균을 가려내고 그에 맞는 화합물을 사용해 죽이기 위해서는 어느 정도의 준비가 필요하다는 얘기입니다. 이 경우에는 그것이 시간입니다.

이제 별상이 얼마나 지독한 것인가를 생각해 봅시다. 별상은 48시간 안에 인간의 필수 신체조직을 완전하게 괴사시켜

버립니다. 하지만 실제로 환자가 회복 후 인간다운 생활을 하기 위해서는, 아무리 클로닝과 나노머신을 이용한 재생으로 복구할 수 있다고 해도 필수 조직들이 어느 정도 이상은 남아 있어야 합니다. 그렇지 않으면 후시술을 받기 전까지 살아남을 수 없을 테니까요. 실제로 지금까지 조사한 바에 의하면 이 마지노선의 시간은 최초 감염 후 약 30시간입니다.

다시 말하자면 별상의 조직파괴가 너무 빠르게 진행되어서 스나이퍼가 미처 자리를 잡을 틈을 주지 않는다는 겁니다. 따라서 나노실드로는 별상을 잡아 없앨 수 없다는 얘기가 되는 거지요."

"무슨 얘기요, 소장. 아까는 분명히 희망적인 얘기일 거라고 들은 것 같은데."

이연석이 의외의 말을 하자 아이작 의장이 저도 모르게 목소리를 높였다. 다른 참석자들도 그동안 참고 있던 답답함을 모조리 이연석에게 돌리려는 듯 너도나도 입을 열었고, 그 소란스러움 속에 한마디이긴 했지만 비속어도 섞여 있었다. 반면, 패트릭 사제는 고무로 만든 가면에 그려놓은 표정처럼 여전히 가벼운 웃음을 짓고 있었다.

"잠깐만요. 지금 가정에는 뭔가 빠져있지 않습니까?"

이연석은 이의를 제기한 사람을 쳐다보았다. 아까 미셸의 보고 때도 질문했던 응용생물학자였다.

"죄송합니다만, 성함이?"

"응용생물학을 전공하는 젠토 모리나가라고 합니다."

"네, 모리나가 박사님. 말씀하세요."

"얘기하신 스나이퍼의 경우 별상이 조직파괴를 너무 신속하게 감행해서 사용이 불가능하다고 하셨죠. 하지만 나노실드가 아닌 다른 식으로 나노를 이용할 수도 있잖습니까. 예를 들어서 오염지역의 대기 중에 스나이퍼를 살포하는 방법도 가능할 것 같은데요. 물론 별상을 파괴하는 방법을 먼저 찾아내야겠고, 또 나노실드와는 다른 방법으로 작동해야 하겠지만요."

'이 사람은 적극적으로 문제 해결에 관심을 보이는군.' 비록 자신의 설명에 이의를 제기하기는 했지만, 이연석으로서는 또 하나의 우군을 얻은 것 같은 기분이 들었다. 넋 놓고 이번 질병이 알아서 지나가기를 바라거나 도망칠 생각만 하는 사람보다야 자신의 이론에 토를 달고 개선을 요구할 수 있는 사람 하나가 무엇보다도 아쉬웠다.

"아, 죄송합니다. 나노머신을 다루는 엔지니어들 사이에서는 기본적인 얘기지만, 다른 분들은 생각 못 하실 거라는 걸 깜빡했군요. 설사 별상을 파괴할 수 있는 스나이퍼를 만들어서 알파의 대기에 살포한다고 해도, 100퍼센트 확신을 할 수 없다는 문제가 있습니다. 대기는 끊임없이 순환하고, 이 별상은 지하 150미터 이하에서도 살아남는 녀석입니다. 효과를 어느 정도 확신하기 위해서는 알파의 대기에 가득하게 뿌릴 만큼의 스나이퍼가 필요한데, 그 정도의 밀도를 얻으려면 적어도 12년은 다른 나노머신을 하나도 생산하지 못할 겁니다. 현재의 시설을 가지고는 말이죠. 그렇다고 특정 지역에만 살포해서는, 여전히 생존을 운에 맡기는 꼴이 되고 말 겁니다."

모리나가 박사는 이연석의 대답을 듣고 다시 생각에 잠겼다. 더 이상 이의를 제기하는 사람도 없었다.

이연석은 사람들이 스스로 진정할 때까지 가만히 기다리고 있었다. 미셸은 이연석의 침착한 옆모습을 지켜보며 못 말리겠다는 표정을 했지만, 그의 의중이 무엇인지는 알 수 있었다. 사람은 놀라운 일이 두 번 생기면 첫 번째의 충격 때문에 두 번째에는 훨씬 덜 놀라게 마련이었다. 이연석은 그 점을 이용하려고 일부러 절망적인 어조로 얘기한 것이 분명했다. 그러는 동안 비난에 기운을 다 써버린 사람들이 한둘씩 조용해져 갔다.

"너무 성급한 결론을 내리실 필요는 없습니다. 어떻게 본다면 우리에겐 겨우 6개월이 남은 셈이지만, 6개월이면 바이러스 한 종이 이 행성에서 가장 지적능력이 높은 생물을 멸종시켜 버릴 수도 있습니다. 그렇다면 적어도 지능과 기술을 가지고 있는 우리는 그보다 더 큰 일을 할 수 있을지도 모릅니다.

미셸 에드윈 박사의 조사와 실험을 돕는 동안 제게는 비교적 생각할 시간이 많았습니다. 물론 전문가로서의 제 입장을 충분히 고려한 것들이었죠. 그래서 저는 발상을 조금 바꿔보면 어떨까 하고 생각했습니다. 현재로써는 치료법이 언제 발견될 수 있으리라고 아무도 예측할 수 없습니다. 따라서 확실히 밝혀진 사실에만 의존해야 합니다. 그렇다면 밝혀진 사실은 뭘까요? 유연 종에까지 적용되는지 모르겠지만, 별상은 인간만을 공격한다는 것입니다. 바이러스가 인간을 공격한다는 것은 곧 인간의 DNA를 식별한다는 것입니다. 그렇다면 별상이 우리를 알아채지 못하게 한다면 어떨까.

여기에 생각이 미치자 저는 곧 가능성을 검토해 봤습니다. 모리나가 박사님께서 말씀하신 것처럼 알파 대기의 전체에 스나이퍼를 살포하는 것보다는 훨씬 실현 가능성이 있죠."

"잠깐만, 어…, 그래, 이연석 소장. 나는 지금 무슨 얘긴지 전혀 알아듣지 못하겠소. DNA를 식별하지 못하게 한다는 게 도대체 무슨 말이오? 별상을 속일 수 있다는 얘기인 거요?"

다른 참석자들이 이연석의 진의를 궁리하는 동안 아이작 의장은 자신의 무지를 솔직히 인정하고 질문을 던졌다.

"사람에 따라서는 다르게 받아들일 수도 있겠지만, 저는 속이는 것이라고는 생각하지 않습니다. 결론부터 말하자면 DNA를 바꾸자는 겁니다."

"완전히 정신이 나갔군!"

패트릭 사제가 처음으로 웃음을 잃고 소리쳤다.

"정신과 검진을 받아본 지가 오래돼서 제가 미쳤는지는 확신하지 못합니다. 하지만 아직 나노머신 전문가로서의 능력은 남아 있는 것 같군요. 게다가 실현 가능성도 이미 미셸 에드윈 박사와의 의논하에 어느 정도 검토가 끝난 상태입니다."

'물론 이제부터 쏟아질 비난은 전부 내가 뒤집어쓰기로 하고 말이지.' 이연석은 미셸을 바라보며 악의 없는 쓴웃음을 지었다.

"얘기를 듣는다고 이 자리에서 우리가 죽지는 않겠지. 끝까지 얘기해보시오, 소장."

아이작 의장이 의사 발언을 도와주었다.

"DNA라는 것은 딱 한 덩어리로 이루어진 이름표가 아닙니다. 오히려 여러 가지 이름이 쓰여 있는 이름표를 줄줄이 매달아 놓은 것이죠. 물론 일직선이 아니라 나선형으로 꼬아놓은 것이긴 하지만 말입니다. 그리고 그 이름표에는 수십 음절의 이름이 한 글자씩 적혀 있습니다. 그중에 한 음절을 다른 글자로 바꾸면 그 이름표는 전혀 다른 사람을 가리키게 됩니다.

물론 단 한 글자를 바꾸었다고 전혀 다른 종이 되는 것은 아닙니다. 게다가 별상이 얼마나 예민한 녀석인가도 문제가 되겠죠. 아, 그렇다고 별상이 지능이나 목적을 가지고 DNA를 식별한다는 뜻은 아닙니다만, 어쨌든 별상이 특정 DNA를 공격한다는 점을 역으로 이용한다면 거기에서 우리가 살아나갈 길을 찾을 수도 있을 것 같습니다. 그리고 DNA의 일정 염기를 다른 것으로 치환하는 거라면 나노머신으로도 가능은 하다는 얘기입니다."

모리나가 박사가 다시 손을 들고는 이연석의 반응도 기다리지 않고 반론을 시작했다.

"이연석 소장, 당신 지금 얼마나 어마어마한 얘기를 하고 있는지 알고는 있는 겁니까? 생물학적인 의미에서의 인간 자체를 변화시키자고 하고 있는 겁니다, 지금."

이연석은 모리나가 박사의 얘기에 순순히 수긍했다.

"맞습니다. 말뜻으로만 본다면 박사님의 말씀이 전적으로 옳습니다. 하지만 아이들이 보는 영웅물 만화에서처럼 유전자를 부분적으로 조작한다고 해서 무조건 다리가 하나 더 늘어나거나 머리에서 뿔이 솟는 것은 아닙니다. 또한, 박사님께서 저보다 잘 아시겠지만 돌연변이는 대개 생존확률이 극히 떨어집니다. 하지만 박사님, 우리가 지구를 떠나면서 함께 가져온 지식 중에는 20세기 말엽부터 시작했던 게놈 프로젝트의 결과물도 들어 있지 않습니까. 우리가 가져온 것은 거의 완성본으로 알고 있습니다. 저도 그 일부는 직업적으로 사용하고 있고요."

"그건 그렇습니다."

모리나가 박사는 아직도 흥분을 떨쳐내지 못한 채 고개를 끄덕였다.

"그 얘기는 생존에 치명적인 위험을 줄 만한 DNA 변형을 피할 확률이 높다는 뜻이기도 합니다. 생물의 유전자 정보 하나하나가 전부 개체의 형성이나 생존에 관여하고 있지는 않습니다. 그중 일부는 단지 여분의 이름표로 준비되어 있기도 하죠. 또한, 일부는 손톱의 모양새나 눈썹과 같이 외양으로 어느 정도 변화가 용인될 수 있는 부분에만 영향을 주기도 합니다. 또, 정보 단위 여럿이 한 기관에, 또는 그 역에 해당하는 방식으로도 영향을 줍니다. 만약 별상이 인간의 DNA를 구별해 내는 부분이 우리가 생존하는 데에 그리 큰 영향을 주지 않는 부분이기만 하다면, 우리는 최악의 극단적인 결말을 피할 수도 있다고 봅니다."

이연석은 할 말을 모두 마쳤다. 모리나가 박사도 머릿속이 복잡해서인지 더 이상의 질문은 하지 않고 있었다. 하지만 그가 사회자 석에서 나오려 하자 패트릭 사제가 벌떡 일어섰고, 이연석은 그 때문에 발걸음을 멈출 수밖에 없었다.

"이건 말도 안 되는 얘기요. 질병 때문에 인간이기를 포기하다니!"

이연석은 그의 말을 듣고 다시 사회자 석으로 올라갔다.

"저는 우리가 인간이기를 포기하자고 한 적은 없습니다."

"그게 그 말이 아니면 뭐요! 생명이라는 것은 단지 살아 움직인다는 것 이상의 의미가 있는 거요. 당신들 과학자와 기술자들은 유전정보라는 것을 단지 물질의 조합으로 볼지 몰라도 다른 사람들은 그렇지 않소. 그것은 고유성이며 그 고유성은 곧 우리의 존엄성과 우리가 자연의 일부임을 나타내는 거란 말이오. 그런데 그걸 사람의 손으로, 한낱 미세한 나노머신을 이용해서 바꾸겠다고? 우리의 몸에 쓸모없는 부분이 있으니 거기에 손을 대겠다고? 누가 당신한테 그런 권리를 준다고 했소? 의학과 과학이 인류의 생존을 지켜왔다는 것을 부정하는 것은 아니지만, 거기에도 한계가 있는 거요. 적어도 여기 이 자리에서 나는 당신의 의견과 제안에 명백히 반대하겠소. 나는 사람으로서 살고, 사람으로서 죽겠소. 만약 이게 자연이 인간에게 내리는 형벌이라면 피하지 않고 받겠소. 또한, 퓨리즘의 대표자로서도 똑같은 의견을 내겠소. 우리 신도들 또한 나와 같은 의견을 따를 것이라는 데에 의심의 여지는 없을 거요.

아이작 의장, 당신한테 보이는 최소한의 예의로 내가 먼저 언론에 이 사실을 발표하지는 않겠소. 하지만 내일 당장 이 천형과 관련된 모든 사실을 사람들에게 알리도록 하시오. 그러면 우리 퓨리즘 측에서도 우리 의견을 발표할 테니까."

그 말을 마지막으로 패트릭 사제는 회의실을 떠나버렸다. 이연석은 충분히 예상하던 일이긴 했으나 이 정도로 감정적인 반응이 나올 줄은 모르고 있었다.

가장 먼저 정신을 차린 것은 역시 아이작 의장이었다.

"모리나가 박사. 당신이 보기에 이연석 소장의 의견이 어떻습니까."

모리나가 박사는 잠시 생각을 가다듬은 다음 말했다.

"처음에는 어처구니없이 들렸습니다만, 근본적으로 잘못된 가정에 바탕을 두고 있지는 않습니다. 기한 안에 알파 인구 전체에게 그만큼의 나노머신을 투여할 수 있는지야 제 분야가 아니니 알 수 없습니다. 하지만 아마도 이연석 소장이 맨 마지막에 얘기하려고 미룬 몇 가지 지나칠 수 없는 문제들이 있을 텐데요. 소장, 내가 얘기해도 되겠지요?"

이연석이 팔짱을 끼며 고개를 끄덕였다. 진지하게 고려할 수 있는 다른 사람의 얘기야말로 그가 지금 가장 필요로 하는 것이었다.

"과연 별상이 인지하는 인간의 DNA가 어느 부분이라고 밝혀질지 모르겠지만, 그 부분이 정말 우리에게 아무 영향도 끼치지 않은 부분일 확률은 매우 낮을 겁니다. 물론 게놈 프로젝트 자체가 인간의 질병을 고치자는 보건의 정신에서 출발한 것이기도 하므로 심장이나 각종 중요 장기에 관련하는 부분은 거의 100퍼센트 밝혀져 있습니다만, 이게 첫 번째 문제입니다. 아마 현재로는 변형된 DNA로 배양한 조직을 무작위로 대입해 보는 수밖에 없을 테고, 그로 인해 첫 번째 문제가 더욱 심각해질 겁니다."

이연석은 모리나가 박사의 지적에 처음부터 끝까지 동감하고 있었다. 실제로 그가 지금 하는 얘기는 미셸을 설득하는 과정에서 모두 나왔던 얘기들이었다. 그가 호의적이지도, 적대적이도 않은 어조로 얘기하고 있다는 것 역시 더욱 고맙고 마음에 들었다. 이연석은 미셸에게 얘기해서 될 수 있으면 모리나가 박사를 그들 편에 서도록 하고 싶었다. 자신이 놓칠 수도 있는 면을 바로 잡는 데에 큰 도움이 될 것 같았다.

"두 번째로, 만약 변형한 유전정보가 조금이라도 신체에 변화를 가져오는 것일 경우 변형 이후부터 새로 생겨나는 세포들은 그 영향을 받을 겁니다. 즉 단기적으로는 아니더라도 생전에 그 변이를 확인할 수 있을 거라는 거죠. 물론 그 영향이 미비한 거라면 큰 문제는 안 되겠습니다만, 게다가 그 과정에서 일종의 쇼크나 뜻밖의 질병을 일으킬 가능성도 완전히 배제할 수는 없을 겁니다. 물론 약물로 어느 정도 억제는 할 수 있겠지만, 대신 다음 세대의 아이들에게는 그런 약물치료가 필요 없다는 이점은 있겠죠.

마지막으로, 이건 당장은 큰 문제가 되지 않겠지만, 진화의 관점에서 보자면 문제가 될 수 있을 겁니다. 우리가 출발했던 22세기의 지구 학자들이 대부분 동의한 결론에 따르면 인간은 어느 정도 진화적 수렴이 완결되어 있던 종입니다. 또한, 지능의 발달로 인해 환경을 개선함으로써 자연선택의 압력에서도 어느 정도는 벗어나 있다는 것이 보편적인 인식이었습니다. 하지만 우리 이주민들은 지금 새로운 환경에 처해 있습니다. 알파가 아무리 이주에 적합하다는 검증을 받았어도 그 사실만은 달라지지 않습니다. 즉 어쩌면 새로운 진화의 요구가 생겼을지도 모른다는 것입니다. 거기에 우리가 우리 손으로 박차를 가한다면, 물론 박차일지 고삐일지는 아무도 모르겠지만, 어쩌면 생물학적으로 먼 미래에 이 별은 지구와 다른 진화적 수렴에 도달할지도 모릅니다."

"그 말씀은 우리가 지구에 사는 인류와 다른…, 다른 존재가 될지도 모른다는 건가요?"

이 질문은 어느샌가 사회자 석 옆으로 다가온 미셸이 던진 것이었다. 모리나가 박사는 별일 아니라는 듯 가볍게 웃으며 어깨를 추슬렀다.

"크게 걱정하실 문제는 아닙니다. 정설로 굳어있는 누적 진화설의 척도로 보자면 다른 존재라고 부를 만한 변이가 자리 잡으려면 몇만 년은 걸릴 테니까요. 하지만 그 정도 진화가 일어나면 그때는 지구인과 알파인을 '우리'라고 한데 묶어서 부를 수는 없을 겁니다."

모리나가 박사의 말은 이연석으로서는 한 번도 생각해 보지 못한 것이었다. 이번 사태가 너무 절절하고 현실적인 것으로 다가왔기 때문에 자신이 내놓은 해결책이 그렇게 먼 미래에 미칠 파급 효과에 관해서는 관심을 돌릴 여유조차 없었다.

"또, 또. 과학자들끼리 내가 따라갈 수 없는 데로 날아가시는군. 몇만 년 후의 얘기는 이번 사태가 해결된 다음에 모여서 하도록 하시오. 어쨌든 모리나가 박사도 이연석 소장의 해결책에 동의한다는 말로 들어도 되겠소?"

아이작 의장은 마치 한 사람이라도 더 동의를 구하는 것이 자신의 짐을 덜어주기라도 한다는 듯 모리나가 박사를 독촉했다.

"그렇습니다. 게다가 제가 보기에는 실무진들이 예상되는 문제점들을 잘 파악하고 있는 것 같군요."

"알겠소. 그럼 에드윈 박사는 이연석 소장과 협의해서 그쪽으로도 인력과 자원을 할당하도록 하시오. 하지만 이것만은 알아들 두셔야 할 거요. 나는 의장임과 동시에 한 개인으로서 이연석 소장이 내놓은 해결책이 썩 내키지 않소. DNA를 사람 손으로 바꾸다니, 그게 뭔지 정확히 알지 못하면서도 등골에 뭔가 지나가는 것처럼 두렵게 만든단 말이오. 따라서 공식적으로 내 지지 발언을 바랄 생각은 마시오."

"지지 발언이라뇨? 저희는 처음부터…."

의장이 미셸의 항변을 가로막았다.

"처음에는 그렇지 않았더라도 이제 곧 필요하다고 느끼게 될 거요. 아까 패트릭 사제가 뛰쳐나가는 걸 나 혼자만 보진 않았을 텐데요? 이연석 소장의 얘기는 매일매일 사망자 수 보고를 받는 나조차도 순순히 수긍할 수 없는데, 하물며 일반 대중들은 어떨 거라고 생각하시오? 퓨리즘 신도들이 패트릭 사제를 지지하는 건 물론일 테고, 내 생각에는 만약 공식 발표가 나간 후에 납득할 만한 치료법이 발견되지 않아서 이연석 소장의 안이 채택된다면 전체 이주민 투표가 시작될 거요."

이연석은 남은 회의 참석자들을 찬찬히 둘러본 다음 입을 열었다.

"그건 저희도 생각하고 있었습니다. 아니, 오히려 그래야 한다고 생각합니다. 비록 패트릭 사제께서 나가기 전에 하신 얘기가 다분히 감정적이긴 했지만, 그 속에도 어느 정도 진실은 들어 있습니다. 엄밀하게 말해서 누구든 강요할 수 있는 문제도 아니고, 또 이곳이 개척 행성이라는 이유로 여러 가지 면에서 극한 상황에 처해 있지 않았다면 아예 제시할 엄두도 내지 못했을 문제니까요. 그래도 우리 연구소 측은 일단 준비를 갖추고 여러 가지 DNA 견본을 오염지역으로 보내보도록 하겠습니다. 할 수 있는 모든 노력은 다하는 게 지금으로써는 유일한 방법이니까요."

다음 날, 아이작 에스테베츠 알파 위원회 의장은 알파 센타우리의 제4행성에서 단 하나뿐인 TV 채널에 등장해 이주민들에게 별상과 관련한 실상을 담담하게 알렸다. 그 내용에는 현재 사망자가 3천 명을 넘어섰다는 것과 며칠 안에 별상이 뉴아메리카의 남서부 해안에 상륙한다는 내용도 포함되어 있었다. 아이작 의장은 발표문의 말미에 다다라서 2급 비상재난 태세를 발령했고, 그 후 미셸 에드윈 박사가 이끄는 재해대책 팀에서 치료법을 찾기 위해 더듬고 있는 다양한 길들을 간략하게 설명했으며, 이연석 소장이 제시한 DNA 교체법은 그보다도 더욱 간단히, 거의 암시 수준에 가깝도록 짤막하게 소개했다.

의장의 발표 방송은 2시간 간격을 두고 세 번에 걸쳐 전파를 탔다. 두 번째 방송이 끝난 후 세 번째 재방송과의 사이에 알파 행성 내 퓨리즘의 지도자인 패트릭 안드리아노 사제가 별상 사태와 알파 위원회의 발표문에 대한 성명을 발표했다. 패트릭 사제의 연설은 퓨리즘의 종교적 신념을 간략하게 소개하는 것을 시작으로 하여 다음과 같은 내용을 담고 있었다.

"친애하는 알파 이주민 여러분, 저는 퓨리즘 소속의 사제인 패트릭 안드리아노입니다. 이미 많은 분이 알고 계시다시피 우리 퓨리즘은 인간과 자연 만물이 조화롭게 사는 것을 최고의 이상으로 여기고 있습니다. 자연은 인간이 마음대로 개조하고 좌지우지할 수 있는 대상이 아니며 인간 역시 그 일부이자 후예의 하나이므로 거슬러서는 안 된다는 것입니다.

존경하는 아이작 의장님께서 발표하신 것과 같이 지금 우리 알파 센타우리 제4행성의 이주민들은 중대한 위기에 직면해 있습니다. 과학자들이 별상이라고 이름 붙인 바이러스성 생물이 감염 후 48시간 이내에 감염된 사람을 사망에 이르도록 하며 알파 대기권의 기류를 타고 뉴아프리카를 휩쓴 다음 나머지 두 대륙으로 다가오고 있다고 합니다.

별상은 인간만을 공격대상으로 하고 있습니다. 인간은 무엇이 그토록 다르길래 지금 알파에서 우리와 함께 사는 지구 출신 동물들은 모두 무사하고 유독 인간만 급격한 사망에 이르게 되는 것일까요.

이것은 자연이 우리에게 보내고 있는 메시지입니다. 너무도 명백하고 간단해서 간단한 초등교육을 받은 어린아이라도 그 진의를 금방 파악할 수 있습니다.

그렇습니다. 인간이 다른 동물과 다른 점은 바로 지능을 가지고 환경을 변화시켜 나아갈 수 있다는 점입니다. 그렇다면 이번의 치명적인 질병은? 바로 그런 특성을 가진 인간에 대한 경고인 것입니다. 그것이 다른 지구 동물은 해를 입지 않는 이유입니다. 그리고 이것이야말로 자연이 신성을 가지고 있다는 것에 대한 명백한 증거입니다.

그러나, 들리는 얘기에 의하면 지금 재해대책 팀의 일부 과학자 그룹에서는 우리 인간의 DNA를 임의로 변형시켜서 별상의 공격을 피하려 준비하고 있다고 합니다. 이것은 지구에 있었더라면 절대 통용되지 않을 행위입니다. 비록 제가 지금 퓨리즘의 대표로 나와 있으며 또 퓨리즘의 교리에 맞추어 이렇게 얘기하지만, 보편적인 윤리관을 가지고 있는 하나의 인간으로서도 이것은 절대 용납해서는 안 되는 것입니다. 치료라는 명목하에 모든 것이 허용되지 않듯이 생존이라는 미명 아래 인간이기를 포기해서는 안 됩니다. 만약 누군가가 과학기술만을 믿고 이에 어긋나는 짓을 저지르려고 한다면 인간의 이름을 걸고 우리가 막아야 할 것입니다. 또한, 우리 퓨리즘의 신도들도 우리가 믿는 신의 이름을 걸고 앞장서서 저지할 것입니다.

재해대책 팀의 과학자들이 지금 이 방송을 보고 있다면 제얘기를 명심하시기 바랍니다."

＊

최초 환자 발생일로부터 71일째 되던 날, 미셸 에드윈과 이연석을 비롯한 재해대책 팀원들은 차츰 어깨를 무겁게 짓누르는 절망감의 무게에 조금씩 지쳐가기 시작했다. 별상의 눈을 피해갈 수 있는 인간 DNA 정보의 조합을 바이오 센서 봇에 실어 오염지역으로 보낸 지도 한 달이 넘어가고 있었지만 단 하나의 예외도 없이 별상이 일으키는 괴사에 견뎌내지 못했다.

그들이 똑같은 결과만을 보여주는 반복적이고 끝없는 시

시포스의 바위 굴리기를 하는 동안 알파 행성의 인류는 대륙을 건너는 대이동을 거쳐 하나의 대륙, 별상의 발생지로부터 가장 먼 뉴아세안으로 모이고 있었다. 특별한 예외를 제외하고는 모든 운송수단이 뉴아메리카의 주민과 식량을 바다 건너 북쪽 대륙으로 옮기는 데에 동원되었다. 별상은 기류가 흐르는 대로 몸을 맡겨 뉴아메리카의 남쪽 해안 평야 지대를 완전히 잠식해 들어갔다.

이때 이미 별상으로 인한 사망자는 1만 명을 넘어서고 있었다.

"생존자를 찾았다고요?"

이연석이 전화에 대고 소리치자 옆에서 서류 정리를 돕고 있던 마이너가 깜짝 놀라 뒤로 물러섰다. 그랬다가 이연석의 고함이 무슨 뜻인지를 깨닫고는 옆에서 대화 내용을 함께 듣자며 전화를 스피커 폰으로 돌렸다.

"그래요! 이제야 치료법에 대한 희망을 가질 수 있게 됐어요."

미셸이 기쁨에 겨운지 울먹이는 소리로 말했다. 몇 달 동안의 고생이 한꺼번에 쏟아져 나오는 듯했다.

"도대체 어디서 찾은 겁니까?"

"우연이라면 우연일 수도 있겠죠. 피해 통계를 내기 위해 카메라 로봇으로 오염지역을 조사하던 연구원 하나가 움직이는 사람을 찾은 거예요. 긴급하게 무인 수송을 해서 지금은 우리가 보호하고 있어요. 만약의 사태를 대비해서 뉴아메리카의 북서쪽 끝에 임시 연구소를 설치했죠."

"혈청은 시험해 봤습니까?"

"물론이죠. 가장 먼저 해본 게 그건 걸요. 하지만 소용없었어요. 별상은 역시 혈청을 제조해서 막을 수 있는 바이러스가 아니에요."

"DNA 스캔 조사는?"

"그게, DNA 조사를 할 필요조차 없었어요. 생존자는 14세의 소년인데, 루 마틴 병 환자예요."

"루 마틴 병?"

"네, 발병 확률이 백만 분의 일 정도 되는 병인데, 유전자 변이로 발생해요. 뇌에 일종의 기형을 만들어내고, 이 기형이 언어중추에 영향을 줘서 언어습득 및 구사에 장애를 주게 되죠."

"그렇다는 얘기는…."

"별상이 인간의 DNA 중에 어떤 부분을 인식하고, 또 어떻게 하면 속일 수 있는지 단서를 찾았다는 얘기예요. 조사해본 결과 네 군데의 DNA 변이가 루 마틴 병을 일으키는 것으로 보고돼 있어요. 생존자 DNA를 확인한 결과도 의학계 보고하고 일치하고요"

이연석은 잠을 제대로 자지 못해 퀭한 눈을 비비며 모니터를 향해 바로 앉았다.

"해당 DNA 변이를 가능한 모든 종류로 만들어서 확인해주세요. 만약 별상이 루 마틴 병을 일으키는 특정 변이만 공격하는 것이 아니라 다른 조합도 공격하지 않는다면 그걸 바탕으로 인간의 신체에 변이를 최소화하도록 DNA 조정을 할 수 있을 겁니다."

"알겠어요. 그다음엔 안 좋은 소식이 있어요."

어느새 미셸이 냉정함을 되찾고 얘기했다.

"안 좋은 소식이라뇨?"

"이미 생존자 소년에 관한 얘기가 모두 외부로 알려졌어요. 지금 상황에서는 자그마한 희망도 눈덩이처럼 불어나니 그걸 막을 순 없겠죠. 하지만 소년이 루 마틴 병 환자라는 것까지도 알려지면서 패트릭 사제가 자기주장에 더 힘을 주고 있어요."

"그러니까, 이런 겁니까? 살아남기 위해 DNA를 수정하면 천벌을 받는다, 뭐 그런 거?"

"요점만 골라내자면 그래요."

"음, 지금은 거기까지 신경 쓸 필요는 없다고 봅니다. 일단 정확한 치료법이 발견되면 그걸 무기로 해서 사람들을 설득할 수 있을 겁니다. 그건 그때 가서 생각하도록 하죠. 너무 많은 걸 염두에 두면 아무것도 할 수 없게 됩니다."

"그래요. 하지만 어쩐지 안 좋은 예감이 들어요."

"예감 같은 것 저는 안 믿습니다. 아니, 믿어서는 안 됩니다. 특히나 안 좋은 예감은."

"알았어요. 별상을 피할 수 있는 DNA 조합이 발견되는 대로 다시 연락드리죠."

이연석이 전화를 껐다. 희소식임에는 분명했지만, 미셸의 예감이 아니래도 마냥 기뻐할 수만은 없었다. 나노 제조 공장의 생산 설비를 다시 비워서 미셸 팀이 보내오는 해답에 맞춘 주문형 나노머신을 생산해야 할 일이 남은 것이다. 이연석이 그에 따른 지시를 내리기 위해 마이너를 부르려고 돌아보았다.

마이너는 이미 가족에게 이 소식을 전하며 기쁨인지 감격인지 알 수 없는 눈물을 흘리고 있었다.

＊

"알파 위원회 직할로 운영되고 있는 나노연구소의 소장 이연석이라고 합니다. 나노머신 개발 실무진을 대표해 이렇게 TV 연설을 맡게 됐습니다.

지금 1만여 명을 죽음으로 몰아넣은 별상 바이러스에 대해 다시 자세한 설명을 드리는 것은 여러분과 저 모두에게 너무도 아까운 시간을 낭비하게 될 것입니다. 대신 저희가 발견했다고 믿고 있는 치료법에 대해서 간단하게 설명해 드릴까 합니다.

우리가 알파에 자리 잡은 지도 이곳 시간으로 15년이 지나고 있습니다. 그동안 지구에서 우리와 함께 묻어온 질병은 물론 알파의 수많은 토착 질병과 싸워서 살아남는 수단이 된 기술에는 여러 가지가 있습니다. 여러분께서도 이미 익숙하실 항생제와 혈청도 있었고, 가장 최근에 주목받고 있는 나노실드 투입법 등이 그것입니다.

하지만 현재 우리를 위기로 몰아넣고 있는 별상은 앞에서 얘기한 어떤 방법으로도 치료나 예방이 불가능하다는 것이 재해대책 팀과 저희 나노연구소의 결론이었습니다. 그래서 저희는 별상의 성질을 꾸준히 조사했고, 마침내 유일한 치료법을 찾아냈습니다. 인간의 DNA만을 공격하는 별상의 특성을 역으로 이용해 알파 이주민들의 DNA를 나노머신의 힘으로 바꾸는 것입니다.

이와 관련해서 여러분은 이미 많은 반대론을 들으셨을 겁니다. 그중 가장 널리 알려진 것으로는, 인간의 힘으로 인간의 DNA를 바꿔 인간이기를 거부해서는 안 된다는 의견이 있습니다.

기술적인 측면에서 본다면 이 얘기는 틀렸습니다. 저희가 최종적으로 결정을 내린 치료법은, 얼마 전 별상 피해 지역에서 유일한 생존자로 밝혀진 14세 소년의 DNA를 참고해 가능한 한 많은 사람의 DNA를 그와 같게 개조하자는 것이었습니다. 우선 말씀드리고 싶은 것은, 이 소년 역시 생물학적인 정의로 볼 때 인간이라는 것입니다.

하지만 불행인지 다행인지 소년은 루 마틴 병 환자였습니다. 루 마틴 병은 뇌의 기능에 영향을 주는 유전자에 변이가 생김으로써 발생합니다. 하지만 루 마틴 병을 포함한 모든 변이는, 변이가 발생하는 유전자의 위치가 원인이 되어 발생하는 것이 아닙니다. 정확히 말하자면 특정 위치의 특정 단백질이 어떤 성질을 띠고 있느냐에 따라 결정됩니다.

저희는 생존자 소년의 DNA를 참고로 하여 별상이 인지하는 유전자의 특정 위치에 가능한 한 모든 변이 조합을 대조했습니다. 그리고 루 마틴 병을 피하면서 가장 생존확률이 높은 조합을 발견해 냈습니다. 이제 이 정보를 담은 나노머신을 신체에 투입하여 모든 세포의 DNA를 개조하면 별상으로부터 자유로울 수 있습니다.

그러나 여러분께서 알아두셔야 할 사실도 있습니다. 이 치료법은 생존뿐 아니라 우리 알파 이주민과 그 후손들의 미래에 큰 영향을 주게 될지도 모릅니다.

별상이 인식하는 유전자의 특정 위치가 인간의 언어 구사 기능에 영향을 주는 것은 알려진 사실입니다. 하지만 유전자는 한 부분이 하나의 영향만을 끼치는 식으로 작동하지 않습니다. 루 마틴 병에 걸리지 않으면서도 별상을 피할 수 있는 개조가 가능하지만, 저희가 선택한 변이가 어떤 예기치 못한 부작용을 가져오게 될지는 알 수 없습니다. 이것이 여러분들께서 선택을 내릴 때 유념하셔야 할 문제입니다. 게다가, 이 변이는 나노머신을 투입받은 모든 사람에게만 적용되는 것이 아니라 생식세포에도 똑같이 적용되어 앞으로 태어날 우리들의 2세, 3세에게도 영향을 미치게 될 것입니다.

이제 잠깐 기술 외적인 말씀을 드리고자 합니다. 처음 지구에서 알파 이주민을 모집할 때 자원자들만으로 구성했던 것을 기억하고 있습니다. 다른 분들께서는 어떤 이유로 4.3

광년이나 떨어진 별에, 어떤 위험이 얼마나 존재하고 있는지 확실히 알 수도 없으면서 자원하셨는지 그 사정을 제가 알지는 못합니다. 하지만 저는 많은 이주민과 이야기를 나누면서 사람들이 어떤 공통점을 공유하고 있다는 사실을 깨달았습니다.

저의 경우 지구에서 사랑하는 아내와 아들을 항공기 사고로 모두 잃고 깊은 실의에 빠져있었습니다. 부끄러운 얘기이지만 1년이 넘도록 그 상태에서 빠져나오지 못했고, 알파 개척단에 나노머신의 전문가가 필요하다는 얘기를 들었을 때 일종의 도망치는 심정으로 자원한 것이 사실입니다.

하지만 수많은 질병에 대응하는 나노머신을 만들면서 이제는 그때의 생각이 잘못된 것이었다는 걸 깨달았습니다. 저는 도망치기 위해 이곳으로 온 게 아니라 계속 살아가기 위해서 이곳을 선택했던 것입니다. 그곳이 지구이든, 알파 센타우리 항성계의 제4행성이든, 그도 아니면 먼 미래에 다른 은하계에 세워질 개척 행성에서든 마찬가지일 것입니다. 우리는 이곳에서 뿌리를 내리고 살아야 합니다. 큰 문제가 닥쳤다고 해서 포기하거나 또다시 도망치기 위해 이곳에 온 게 아니라는 것입니다.

내일 임시 수용소와 뉴아세안의 비교적 안전한 도시들부터 저희가 결론 내릴 수 있었던 유일한 치료법을 사용할 것인가에 대한 찬반 투표가 벌어질 것입니다. 어느 쪽에 한 표를 던지는가는 전적으로 여러분의 자유입니다. 또한, 저는 절대로 그런 일이 벌어질 리 없다고 생각하지만, 어느 종교 단체에서 얘기하는 것처럼 인간이 DNA에 손을 대는 짓을 범하지 않고 자연의 관용을 믿는다면 우리는 멸망하지 않을 것이라고 믿으시는 것도 여러분의 자유입니다.

하지만 저는 이 방송의 녹화가 끝나는 대로 투표 결과가 찬성으로 결론 날 것에 대비하여 필요한 나노머신의 생산 공정을 시작하러 갈 것입니다. 우리는 살아야 하기 때문입니다. 비정하고 파렴치한 얘기일지는 모르나, 대다수 사람의 생사가 걸려있는 문제에 닥쳤을 때는 생존이 윤리보다 중요하다고 저는 믿습니다.

부디, 여러분 모두가 최선의 선택을 하시길 바랍니다."

✳

투표는 시시각각 다가오는 별상의 움직임을 고려해 오염지역과 가장 가까운 뉴아세안의 남쪽 피난민촌부터 시작되었다. 전자적인 수단을 쓸 수 있는 상황이 아니었으므로 자원봉사자들이 최대한 동원되었고, 비밀 투표 역시 현실적으로 불가능했다. 찬성과 반대로 의견이 엇갈리는 사람들 간에 드잡이도 발생했고, 충돌을 완전히 억제할 수 있는 경찰력도 사실상 부족했기 때문에 부상자의 발생도 있었다.

그래도 다행히 투표는 중단되지 않았다. 미셸은 속속들이 들어오는 투표 진행 상황을 들으면서 재해대책 팀을 이끄는 데 집중했다. 이연석은 '리빌더'라고 코드명을 붙인 새 나노머신을 생산하는 데에 여념이 없었다. 초기 생산 공정에서 나온 리빌더가 과연 인간의 DNA를 효과적으로 개조하는지도 확인해야 했고, 또 리빌더의 수정을 받은 DNA를 별상이 무시하고 지나가느냐에 대한 문제도 점검해야 했다.

이연석이 최초의 연락을 받은 것은 나노 오염을 피하기 위한 차폐복으로 온몸을 둘러싸고 나노 생산 공정에 직접 들어와 있을 때였다. 가장 먼저 투표 결과가 나온 피난민촌의 결과는 찬성이었다. 좋은 징조였다. 사람들은 흔히 급박한 결정을 내려야 할 때 다른 사람의 의견을 좇는 경향이 있었으므로, 이연석은 앞으로도 계속 긍정적인 결과가 나올 것이라고 기대할 수 있었다.

그는 생산 설비를 다른 직원들에게 맡기고 직접 최초의 리빌더 투입 작업에 참여하기로 했다. 알파 위원회에서 제공한 세 대의 컨테이너 트럭에 리빌더가 가득 든 주사액을 싣고 뉴아세안의 남서 해안에 있는 피난민촌으로 출발했다. 교통이 원활하다면 연구소에서 차로 다섯 시간 반이 걸리는 거리였다.

북으로 향하는 피난 행렬이 도로 전체를 주차장으로 만들고 있는 상행선과 달리 하행선을 달리는 것은 리빌더의 수송 차량뿐이었다. 때는 알파의 밤이어서 차량의 불빛 외에는 아무것도 움직이지 않았고, 지평선까지 펼쳐져 있는 것은 지상의 암흑뿐이었다. 계속되는 주행 차량의 작은 흔들림과 단조로운 밤 풍경 속에서도 이연석은 잠들 수 없었다. 벌써 여러

달째 하루에 두세 시간만 자는 강행군을 했음에도 잠이 오지 않았다. 리빌더가 바꿔놓은 DNA가 알파에 거주하는 인간 전체의 진화에 어떤 영향을 미칠지, 또 후유증으로 얼마나 큰 피해가 발생할지 걱정이 머리에서 떠나지 않았다. 비록 결정은 내려졌고 투표가 진행 중이긴 했어도 자신이 돌이킬 수 없는 실수에 확인 도장을 찍는 범인이 되는 것은 아닐까 하는 걱정 또한 적지 않았다.

그러다가 자신도 모르게 고개를 끄덕이며 잠이 든 이연석을 컨테이너 트럭의 운전사가 깨웠다. 이연석은 그새 도착했나싶어 얼굴을 비볐지만 운전사가 가리키는 것은 차량에 달린 무선 통신장비였다. 이연석은 마이크를 집어 들었다.

"소장님, 소장님 계세요?"

익숙한 마이너의 목소리였다. 하지만 어조에는 위급함이 가득했다.

"무슨 일이야? 시간을 보니 예정대로라면 4차 수송팀까지 출발을 텐데, 잘 돼 가고 있는 거야?"

"지금 그게 문제가 아니에요. 사람들이, 사람들이⋯."

마이너가 울고 있었다. 이연석은 등줄기로 섬뜩한 차가움이 흘러내려 가며 심장이 멎는 듯한 느낌을 받았다.

"울지 말고 침착하게 말해봐. 도대체 무슨 말이야."

"사람들이 연구소를 습격했어요. 알파에서 보내줬던 경비 병력은 아무 힘도 못 쓰고 있고요. 저도 간신히 피해 나와서 연락하는 거예요."

"습격이라니? 리빌더를 먼저 맞겠다는 사람들이 탈취하고 있다는 거야?"

"아니, 그런 게 아니에요. 나노 생산 설비가 공격을 받았어요. 저랑 같이 도망친 경찰이 그러는데 아무래도 퓨리즘 과격 분자들인 것 같대요. 이제 어떡해요, 소장님….."

마이너는 더 말을 잇지 못하고 흐느꼈다. 이연석은 무거운 망치로 머리를 몇 대 맞은 것처럼 멍해져서 잠시 아무 말도 못 했다. 그동안의 기를 쓴 노력이 헛수고가 됐다는 생각 때문은 아니었다. 그는 인간이 커다란 위기에 직면했을 때 얼마나 어리석어질 수 있는가를 새삼 깨닫고 있었다. 지금 상황에서 생산 설비가 파괴된다면 그 피해 정도에 따라 최후의 날까지 더 이상의 리빌더 생산이 중단될 수도 있었다.

"이봐, 지금 울고만 있을 때가 아니야! 내 말 잘 들어, 거기 있지?"

"네, 있어요, 소장님."

"몇 번째 수송팀까지 출발했는지 기억하고 있어?"

"네, 그럼요. 꼼꼼하게 기록했는걸요. 예정보다 생산이 순조롭게 이어져서 5차 수송까지 내보내는 걸 확인했어요. 그리고 6차분을 싣던 도중에 폭발음이 들려서….."

"알았어. 그럼 6차분은 손실됐다고 치자고. 지금 같이 있는 경찰에게 부탁해서 어떡해서든 알파 위원회까지 데려다 달라고 해. 알았어?"

"네, 그리고요?"

"알파 위원회로 가면 네 머릿속의 개인용 통신장치 말고 출력이 좋은 장비를 쓸 수 있을 거야. 2차 팀부터 5차 팀까지 연락할 수 있는 무선 주파수도 알고 있지?"

"네, 알고 있어요."

"그래, 정말 잘했어. 그 팀들한테 연락해서 연락받는 즉시 기존 목적지를 취소하고 알파 위원회로 가서 미셸 에드윈 박사를 찾으라고 해. 알았어?"

"네, 소장님은 어떻게 하실 거예요?"

"걱정하지 마, 나도 지금 즉시 알파 위원회로 갈 테니까. 그럼 어서 이동해."

"알았어요. 조심하세요, 소장님"

이연석이 마이크를 무전기에 걸고는 지시를 기다리는 운전사를 쳐다보았다.

"알파 위원회로 갑시다. 도중에 멈추지 않고 갈 만한 연료가 됩니까?"

운전사가 연료계를 들여다보고 대답했다.

"아슬아슬할 것 같은데요."

"도중에 연료 때문에 멈춘다면 우리도 위험할지 모릅니다. 무장한 퓨리즘 신도들이 돌아다니고 있는 것 같으니까요."

"최대한 멈추지 않고 도착하도록 해 보겠습니다. 뒤에 쫓아오는 차들에도 무전기로 알려주세요."

이연석은 고개를 끄덕이고 다시 마이크를 잡았다.

＊

"패트릭 사제 체포령을 내리긴 했소만, 솔직히 지금 이 상황에서 그 사람을 잡는다고 해서 뭐가 달라질지는 모르겠소."

이연석이 알파 위원회에 도착하자 아이작 의장은 요 몇 달간 10년은 더 나이를 먹은 것 같은 얼굴로 말했다.

"사람들의 적의를 돌릴 대상이 필요할지도 모릅니다. 어쩌면 쓸모가 있을지도 몰라요. 하지만 이젠 정말 벼랑 끝에 몰리게 됐습니다."

"남은 리빌더가 몇 인분이라고 했죠?"

혼란의 와중에도 당황하지 않은 표정의 미셸이 물었다.

"다섯 개 수송팀이 운반하던 리빌더는 모두 건질 수 있었어요."

"그래 봐야 그게 얼마나 된다는 건가?"

아이작 의장이 한숨을 쉬며 물었다.

"수송팀 하나가 컨테이너로 세 개 분량을 옮기고 있었습니다. 5차니까 15대 분량, 투입 가능한 사람의 수로 친다면, 하나도 손상되지 않았다는 전제하에서 최대한 1만 5천 명을 구할 수 있습니다."

"이제 그걸 누구한테 할당하느냐가 문제로 다가왔군. 최악 중의 최악인 상황이야. 유혈 사태가 벌어지는 건 불을 보듯 뻔하네그려."

아이작 의장이 절망적인 목소리로 말했다. 그러나 이연석의 대답은 달랐다.

"아니요. 상황이 이렇게 되면 오히려 누구한테 줄지는 명확해졌습니다."

"뭐?"

"뭐라고?"

회의실의 여러 사람이 동시에 놀라 했다.

"에드윈 박사와 저는 이 문제에 대해 이미 의논한 바 있습니다. 그리고 우리 두 사람 모두 동의할 만한 결론을 끌어냈죠."

"어서 말해보게."

이연석은 고개를 저었다.

"아니요, 그것보다 먼저 의장님께서 대답해주셔야 할 일이 있습니다."

"무슨 얘긴가?"

"유감스럽게도 저는 기억력이 나쁘지 않은 사람입니다. 그리고 지금까지 알파 위원회 쪽에서 유일한 탈출선이라고 할 수 있는 창망호에 대해서 한 번도 언론에 발표하지 않은 사실을 잘 알고 있습니다. 창망호의 최대 수용인원은 2천 명이라고 했었죠. 그 2천 명은 어떤 사람으로 선발하실 겁니까?"

회의실 전체에 침묵이 흘렀다. 아이작 의장은 이연석이 두 주먹을 불끈 움켜쥐고 있는 것을 알아챘다. 의장은 더 이상 시간을 끌어봐야 아무 소용이 없다는 것을 알았다.

"실제로는 2천 명이 아닐세. 이쪽도 상황이 그리 좋지는 않았어. 보고 자료는 엉터리였고, 실제로 만들어 낸 무결성 동면 장치는 820기에 불과했네. 거기엔 나를 포함해서 알파 위원회 각료와 개척지 자치 단체 지도자들, 그리고 그 가족들이 타게 될 거야."

"더 이상 듣지 않아도 잘 알겠습니다."

"자, 어쩔 텐가? 지금 당장 나가서 파렴치한 정치인들이라고 언론에 퍼뜨릴 텐가?"

"아니요. 여기가 지구였다면, 그리고 이 일이 국지적인 것이었다면 그랬을지도 모릅니다. 하지만 지금은 거기에 할당할 시간이 없습니다."

"그럼?"

"대신 거래를 해주셔야겠습니다. 이 사실이 밖으로 새나가게 되면 폭도들이 창망호가 그냥 출발하도록 내버려두지 않을 거라는 건 아시겠죠?"

"말해보게."

아이작 의장은 지금 이연석이 협박하고 있다는 사실을 잘 알고 있었다. 하지만 그로서도 선택의 여지 없이 받아들일 수밖에 없는 협박이었다.

"가장 최근의 인구 조사 자료를 바탕으로 해서 17세부터 그 아래쪽으로 아이들의 명단을 뽑아주십시오. 그리고 그 아이들을 가능하면 모두 한곳에 모아주시면 됩니다."

"아이들만이라도 살리겠다는 말인가?"

"그렇습니다. 이곳은 이제 우리 아이들의 행성입니다. 지구에서 구조 선단이 올지 안 올지는 모르겠습니다만, 아마도 저는 오지 않을 거라고 생각합니다. 정작 알파 최고층 인사들마저도 포기하고 도망치는 마당에 지구 사람들이 감염의 위험을 무릅쓰고 올 거라고는 상상할 수 없으니까요."

"아이들만 남겨뒀을 때 잘…, 살아갈 수 있을까?"

아이작 의장이 얼굴이 벌겋게 달아오른 채 간신히 물었다.

"죽는 것은 사람이지 문명이 아니에요. 지금 알파에는 그동안 인류가 쌓아 올린 문화와 기술과 생존에 대한 기록이 고스란히 데이터베이스에 남아 있어요. 아이들은 거기서 배우고, 또 자랄 겁니다.

또 하나, 정확하게 말하자면 우리는 아이들만 남겨두지는 않을 생각이에요."

이번에는 미셸이 단호한 목소리로 대답했다.

"그건 또 무슨 말인가?"

"아이들에게 리빌더를 모두 투입한 후, 현재 임신 중인 여성들도 가능한 한 모두 투입 대상에 넣을 생각이에요. 임신 중인 산모의 경우 한 사람 분량의 리빌더로 두 명의 효과를 볼 수 있으니까요. 그리고 그 여성들은 앞으로 아이들이 알파의 문명을 이어 나아가는 데에 더할 나위 없이 충분한 도움을 줄 거라고 믿어요."

이연석이 미셸의 말에 동의한다는 듯 끄덕이며 회의실을 둘러보았다. 그리고 돌아서서 아이작 의장에게 말했다.

"자, 그럼 어떻게 효과적으로 아이들을 모으고, 또 짧은 기간이나마 우리가 가르칠 건 무엇인지 얘기해보도록 하죠?"

✳

　알파 센타우리의 운명을 결정지은 최종 결정에 도달하기
까지의 과정은 이것이 전부이다. 이후 별상이 알파의 대륙 전
체를 덮고 리빌더를 투입받은 아이들과 산모들을 제외한 모
든 인간을 절멸시킬 때까지 알파의 이주민들이 보인 모습은
인간 역사의 추한 단면을 보여주는 것일 수도 있고, 인간성이
란 바로 이런 것이라고 보여주는 한 예가 될 수 있겠다.
　먼저, 미셸 에드윈 박사의 시뮬레이션이 예측했던 최후의
시간은 당시의 상황을 고려할 때 거의 정확했다고 할 수 있었
다. 최초 12번 광산 구역의 발병 이후 최후의 시간까지는 실
제 알파력으로 8개월 10일이 걸렸다.
　최후의 시간이 2개월 15일 남은 상태에서, 미셸 에드윈 박
사와 이연석 소장은 17세 이하의 아이들과 당시 임신 중인 것
으로 확인된 산모들까지, 모두 1만 5천여 명에게 리빌더를
투입했다. 이들 중 면역계와 리빌더가 일으킨 충돌로 사망한
사람은 산모와 태아, 그리고 아이들을 포함해 모두 72명이었
고, 비밀에 부쳐졌던 대피 장소가 발각되며 일부 폭도들이 습
격하는 바람에 죽은 인원이 17명이었다. 그 외에는 모두 최
후의 날을 지나서 이 글을 작성하는 시점까지 별상에게 공격
받지 않고 살아 있다.
　최후의 날이 가까워지면서 벌어진 온갖 폭력사태에 대해

서는 정확한 기록을 구할 수 없다. 언론이나 알파 위원회가 일찌감치 기능을 상실했기 때문이다. 그러나 이연석 소장의 나노연구소 생산 설비가 파괴된 사실이 알려진 후 최후의 날까지 뉴아세안 대륙의 북쪽 해안 도시에서 끊임없는 총성과 폭음이 들렸던 것만은 사실이다.

퓨리즘은 그 신도들에게 어떤 축복도 내리지 않았다. 리빌더 투입자로 선정된 사람들 중 퓨리즘 신도였던 100여 명의 아이들과 25명의 산모는 투입을 거부했다. 그리고 리빌더의 투입을 받지 않고 별상의 습격에서 살아남은 사람은 지금까지의 조사 결과로는 알파에 단 한 명 존재한다. 알파의 인류에게 좁디좁은 생존의 길을 터주었던 14세의 루 마틴 병 환자가 바로 그이다.

퓨리즘의 지도자였던 패트릭 안드리아노 사제는 최후의 날이 오기 훨씬 전에 피살된 사체로 발견되었다. 범인이 누구인지는 끝내 밝혀지지 않았다.

아이작 에스테베츠 위원장을 위시한 각종 고위 관료와 그 가족들로 이루어진 820명의 탈출 예정자 중 상당수는 당시 알파의 유일한 우주선이었던 창망호에 타지 못했다. 이는 창망호에 실렸던 보급물자의 기록에서 간접적으로 파악할 수 있는데, 최종적으로 선적된 보급물자는 316명분이었다. 창망호 이륙 직전 공항에서 이들을 저지하려던 분노한 주민들과 경찰 사이에서 벌어졌던 유혈극의 사망자를 참작한다 하더라도 이미 그 이전에 400여 명이 넘는 탈출 예정자들이 공항 근처에도 도달하지 못한 것으로 추정된다. 어쨌든 창망호는 알파의 지상을 탈출하는 데에 성공했다. 창망호가 지구에 무사히 도착했는지는 아무도 알 수 없다. 창망호 이륙 후에 별상 감염자 하나가 창망호에 몰래 승선하는 데에 성공했다는 소문이 돌았지만 확인할 길은 없다.

이것으로 알파 센타우리 최후의 날에 대한 기록은 끝난다. 하지만 최후의 날은 진짜 최후가 아니었다. 알파 행성에는 지금 현재 14,721명의 인간이 생존해 있으며 그리 머지않은 시간이 지나면 두 명이 더 늘어날 예정이다. 현재 이 인원은 무엇보다 거주지 주변의 사체를 처리하는 일에 전념하고 있다. 사체가 부패하며 생길 수 있는 각종 전염병을 방지하기 위해서이다.

혼란과 위기의 순간에 많은 사람이 자신을 희생하며 헌신했고, 그들의 노력으로 오늘날 생존자들이 살아남을 수 있었다. 생존자들은 그중에서도 특히 고(故) 미셸 에드윈 박사와 이연석 박사에게 그 주된 영광을 돌리는 바이다.

〈별상〉 후기

생전 처음은 아니지만 아주 오래전에 쓴 글이고, 작가라는 낯선 호칭을 이름 뒤에 붙일 수 있게 해 준 글이고, 그렇다 보니 치밀하지 못함이 유난히 눈에 밟히는 글이기도 하다. 다 여물지 못한 인생관이 조금씩 삐져나와 있길래 얼굴을 붉혀 가며 다듬기도 했다.

이번에 다른 글과 묶인 참에 다시 이 글을 접하면서 심경이 복잡하지 않다면 허풍일 것이다.

이 글이 세상 빛을 본 시절 얘기를 하면 '왕년'이란 말을 쓰는 노인과 뭐가 다르냐고 할지 모르겠다. 그래도 어딘가에 적긴 해야 할 한국 SF계의 얘기라 이 자리를 빌고 싶다. 이 단편은 2005년 '한국과학기술창작문예'라는, 어디서 띄어 써야 할지 난감한 이름의 공모전에서 수상한 글이다. '과학기술창

'작문예'라는 무시무시한 단어는 SF라는 말을 쓰지 말라는 누군가의 의견에 따라 만들어졌다고 한다. 발안자를 모르다 보니 정확한 의도도 알 수 없지만, 그 시절 SF가 어떤 대접을 받았는지 아는 분들이라면 짐작은 하시리라 믿는다.

그 시기 이전에도 SF 팬이었음은 물론 번역도 했기 때문에 나는 지금까지 한국 SF가 어떤 파도에 오르내렸는지 알고 있다. 이제 사람들이 SF를 읽을 때가 되지 않았을까? 다른 팬들과 함께 수없이 주고받았던 말이다. 육지가 보일 만큼 높은 곳으로 올라갔…다고 믿었던 때만 해도 지금까지 세 차례 이상이었을 것이다. 그때마다 해외 명작 SF들이 소개됐고, 별다른 주목을 받지 못한 채 절판되었다. 헛된 공상을 즐기는 사람들이란 얘기는 하도 들어서 아무 반발심도 일어나지 않을 지경이었다.

그러던 참에 나는 직접 쓴 SF로 창작자가 되었다. 자신이 쓴 SF 덕분에 삶의 향방이 바뀌는 많은 분들과 비슷한 경험도 해보았다. 이 글은 내게 그처럼 묵직한 기억과 전환의 상징이다. 또한 외면받던 장르의 글쓴이들이 어떻게 살아가는지 직접 겪는 계기이기도 했다.

SF를 비롯한 장르문학을 창작하는 사람들은 아직도 완전히 잘려나가지 않은 옛 편견의 끝자락과 싸우고 있다. 하지만 이제는 적지 않은 독자들이 장르문학의 가치를 잘 알고 즐긴다. 이야기를 만드는 입장에서 그보다 더 힘이 되는 일은 없다. 일일이 찾아가진 못하지만 모두 힘내어 이야기를 만드시고, 그 이야기를 즐겨 주시기를 바란다.

04

해부천사

〈계간 미스터리〉 (2014) 수록 (발표 제목 '천사와 꽃가루')

시야의 왼쪽 아래에서 빨간 네모가 깜빡였다. 긴급 명령 코드가 전달될 테니 대기하라는 표시였다. 나는 종이컵 안에서 김을 내는 국수를 국물에 도로 담그고 무서운 선생 앞에 불려간 모범생처럼 얌전히 기다렸다.

직장인들이 진지하게, 가장 근본적으로 품고 있는 불만은 어디에서 올까? 자기실현 기회의 부족? 사내 구성원들 사이에서 벌어지는 인간적인 갈등? 가장 근본적이라는 말은 가장 속물적인 것을 뜻했다. 따라서 직장인의 근본적인 불만이란 경제적으로 옴짝달싹할 수 없다는 점이었다. 특정 직장인, 예를 들어 금융기관 종사자나 고위직이 아니라면 세금과 연금은 끊을 수 없는 강철 족쇄였다. 그런 족쇄를 감수하게 해주는 보상은 무얼까. 비교적 안정적인 수입이겠지.

나는 직장인이며 공무원이었다. 족쇄는 두 배 두껍지만, 그만큼 더 안정적인 월급이 들어왔다. 연금도 있었고, 퇴직금도 있었다. 거기에 남들에겐 없는 생명수당도 있었다. 그리고 덤으로 동물적이고 원초적인 공포가 있었다. 폭력이 주는 공포였다. 청소년 폭력 조직을 상대할 때도, 손톱 하나로 생계를 해결하는 카드 수집꾼들을 잡으러 나갈 때도 부상과 죽음에 대한 공포는 치약 향기나 커피 냄새처럼 아주 일상적인 공간에서 늘 맴돌았다. 손톱이 그렇게 무서우면 경찰 일을 어떻게 하냐고? 4과의 동료 하나는 카드 수집꾼 특별 단속 기간에 목 보호대를 착용하지 않고 출동했다가 죽었다. 카드 수집꾼들은 단 한 번의 손가락질로 걸어가는 행인의 옷을 소리 없이 찢고 지갑을 꺼낼 수 있었다. 그들의 손톱은 끝에 티타늄이 얇게 코팅되어 있어서 면도칼처럼 날카로웠다. 그러니 거들먹거리는 형사의 동맥쯤이야. 게다가 동맥에선 지갑을 꺼낼 필요도 없었다. 상대가 경찰이니 머뭇거리지 않고 곧바로 튀면 그만이었다.

그리 중요한 사실은 아니지만, 한 가지 덧붙이자면 그 카드 수집꾼은 아직도 잡히지 않았다.

✳

빨간 네모가 몇 개의 숫자로 바뀌었다.

'79-4.'

앞 두 자리는 뭐랄까…, 폭력의 순도를 의미했다. 그중에서 첫 숫자는 범죄의 종류. 두 번째 숫자는 얼마나 조직적이고 대규모인가를 나타냈다. 99는 국가 비상사태, 예를 들자면 전쟁이나 계엄 상태에 해당했다. 79는 폭동에 준하는 조직폭력배들의 난동이었다. 세 번째 숫자는 현재의 상황, 즉 4는 진행 중이라는 뜻이었다.

요약하면 기동대가 출동한다는 소리였고, 내 시야에서 그 숫자가 껌뻑이고 있다는 건 나도 거기에 포함된다는 얘기였다.

「통신 모듈을 점검할까요?」

뇌에 생체칩을 서너 개쯤 녹여 넣을 수 있는 시대가 돼서야 옛이야기에서 현실로 도래한 귀신, 서낭이 머릿속에서 말을 걸었다. 이 세상에 귀신이 몇이나 존재하는지는 잘 모르겠다. 레인지 일체형 오븐에도, 프리사이즈 운동화에도 공장에서 찍어낸 원시적인 귀신이 하나쯤은 들어 있으니까. 그 귀신들은 기계 속에 들어 앉아있다가 사람이 명령을 내리면 닭볶음을 덥히기도 하고 운동화가 발에 맞게 조여주기도 했다. 뉴스에서는 아직도 '인공지능'이라는 용어를 쓰지만, 사람들은 '귀신'이라고 부르는 걸 더 좋아했다.

재밌는 점은 '귀신'이란 말이 10여 년 전까지만 해도 국어사전에서 사라지기 직전의 사어였다는 사실이다. 귀신이 인공지능의 발달 때문에 멸종하지 않고 되살아난 셈이었다. 인공지능과 귀신을 처음으로 연결시킨 건 어느 SF 작가였다. 그 사람이 지적한 대로 몇 가지 공통점이 있는 건 부인할 수 없었다. 둘 다 만져볼 수 있는 실체가 없고 맹목적이며 능력이 제한적이었다. 그러면 왜 사람들은 귀신이란 말을 더 즐겨 쓰는가? 간단했다. 글자 수가 적기 때문이었다.

하지만 무수한 귀신 가운데 서낭은 매우 특별했다. 인간과 비슷한 게 장점이 된다면 서낭은 귀신 가운데 최상급에 속할 것이다. 인간의 오욕칠정을 직접적으로 상대해야 하는 범죄수사용 인공지능의 최신 실험작이었으니까.

하지만 귀신을 머리와 직접 연결해 놓고 함께 일해야 하는 내 입장에서 본다면, 그게 고급이든 저급이든 여러 가지로 골치 아프기는 매한가지였다.

✳

"무슨 헛소리야?"

나는 석 달 전부터 함께 다니고 있는 인공지능 파트너, 서낭이 빚어낸 영상에 대고 쏘아붙였다. 서낭을 보고 얘기를 나눌 수 있는 건 우리 서 내에서 나뿐이었다. 3개월이나 지나고 보니 우리 과의 형사들은 내가 보이지 않는 누군가에게 말을 걸고 성질을 부려도 크게 신경을 쓰지 않게 되었다. 3개월은 그 정도로 긴 시간이었다. 문제는 다른 곳에 있었다. 본래 서낭과 나의 파트너 관계는 한 달 전에 끝나야 했다. '사건 둘을 해결하든가 2개월이 지나든가.' 그게 조건이었고 그 때문에 나도 사표를 내던지는 대신 참고 지낼 수 있었다.

그런데 지금은 석 달째. 반장은 상부 명령이라는 두 단어로 조건을 간단히 날려버렸다. 실험수당이라는 사탕발림과

'아직 학습이 끝나지 않았다잖아! 미완성으로 큰 사고라도 치면 어쩌려고?'라는 죄책감을 동시에 부여하면서.

서낭의 영상은 점점 더 인간과 비슷해지는 움직임으로 나를 바라보고 어깨를 들썩였다.

「형사님은 기동대 소속이 아니시잖습니까.」

"넌 어째⋯."

'⋯하나를 가르치면 하나밖에 모르냐.' 나는 말을 맺지 않고 입을 다물었다. 서낭은 인간과 상당히 비슷한 귀신이었지만 그 존재 안에는 크고 찌그러진 구멍이 숭숭 뚫려 있었다. 특정 목적에 맞춘 인공지능이다 보니 상식적인 추론에 의외로 약했다. 서낭을 프로그래밍한 엔지니어들은 그런 부분까지 나에게 떠넘길 셈이었을까? 만약 그렇다면 생각보다 훨씬 더 멍청한 애들임에 틀림없었다.

"검색해 봐. 경찰 인력 부족."

「검색 마쳤습니다.」

"내 오른팔이 방어용 사이버네틱인 것도, 네가 나랑 일하고 있는 것도 전부 그것 때문이야. 기동대는 특히 더 하지. 그래서 위에서 필요하다고 판단하면 강력반원을 순서대로 차출해. 이번은 내 순서인 거고."

「기억했습니다.」

일단 서낭에게는 그렇게 말해두었다. 하지만 기억이 틀리지 않았다면 내 차례는 다음의 다음이었을 것이다. 순서야 아주 가끔 바뀌기도 했지만, 내가 서낭을 끌고 다닌다는 사실이 영향을 줬을까? 그런데 서낭이 내 운동 능력을 어느 정도 상승시킬 수 있다는 걸 위에서도 알고 있을까? 알아보려면 못할 것도 없겠지만….

나는 단념했다. 묻어 두는 게 더 편한 일도 있는 법이다. 나는 기동대 애들의 장비가 있는 지하 3호실로 향했다.

＊

지하가 지상보다 건조하고 온도도 잘 유지되며 화재예방 책도 잘 되어 있는 공공시설은 딱 둘이다. 도서관과 경찰서. 도서관은 오래된 자료를 지하에 보관하기 때문에, 경찰서는 그 자리에 중화기를 두기 때문에. 계단을 내려가자 지하는 벌써 시끌벅적했다. 강력반도 남 말할 처지는 아니지만, 기동 대 애들은 숫자와 쌍자음을 섞어서 욕을 지어내는 데에 전문 가였다. 살균 효과가 있는 자외선 조명이 기동대 애들의 거친 말 때문에 썩어가는 느낌이 들었다.

벌써 다 갖춰 입은 기동대원 셋이 낄낄거리며 3호실에서 나오고 있었다. 방탄복을 입은 들소 세 마리. 보통 이런 들소 들은 자신의 어깨가 아직도 튼튼하다고 과시하기 위해 지나 가면서 가벼운 접촉을 시도하게 마련이었다. 정색하고 맞서 봐야 웃음거리만 될 게 뻔했기 때문에 나는 적당히 받아주고 넘어갈 셈이었다.

그런데 들소 세 마리가 겸연쩍은 표정으로 까딱거리며 인 사만 한 채 얌전히 지상으로 올라갔다. 예감이라는 이름의 햄

버거에는 그렇게 상추가 한 장 깔리고 토마토까지 놓였다. 햄버거가 완성되면 그 맛이 끔찍할 거라는 느낌이 왔다.

나는 모르는 척 3호실로 들어갔다. 차출 대원용 라커에 다가가자 시야에 방금 발급된 비밀번호가 떴다. 나는 번호를 누르고 라커의 문을 열어 빠진 게 없나 살핀 다음 왼팔부터 보호구를 착용했다. 그다음은 K-14 대테러용 소총. 공수부대 애들이 신형으로 주력화기를 바꾸면서 경찰에서 떠맡은 기종이다. 접이식 개머리판을 당겨보니 총주(銃主) 식별코드가 비어 있었다. 총열 덮개와 손잡이를 잡으니 양쪽 장문이 인식되면서 소총이 내 전용으로 바뀌었다.

"출동 끝나면 저녁에 한잔 할까? 이번 달에만 벌써 몇 번째야. 오랜만에 죽을 때까지 한번 달려보자고."

"한 잔으로 죽겠어?"

"씨발, 큰 거로 한 잔 하면 되겠지."

"그러자고. 지금 총질하고 있다는 놈들부터 다 죽여버리고."

들소보다는 며칠 굶은 황소에 가까운 대원 둘이 시시덕거리고 있었다. 경찰 생활 2년 차쯤이면 누구나 익숙해지는 분위기. 이 짓을 하자면 '죽음'이라는 말의 본뜻이 닳아 없어질 때까지 갖고 놀아야 견딜 수 있었다.

서낭이 사용하는 남성 모습의 입체영상도 그다지 작은 체격은 아니었는데, 소 떼 한복판에 서 있다 보니 다소 측은해 보였다. 서낭의 영상은 고개를 갸웃거리면서 빛바랜 죽음의 호수에 몸을 담그고 각종 은어와 욕설을 학습했다.

반투명한 서낭의 너머에 기동대장 장규호가 보였다. 장규호 대장과 나는 서낭의 영상을 사이에 두고 눈짓으로 인사를 했다. 물론 서낭을 볼 수 있는 건 나뿐이었다. 장규호 대장은 서낭을 뚫고 내게 다가왔다. 내가 먼저 물었다.

"예전하고 달라진 건 없죠? 폐쇄 채널에도 자동으로 연결되는 거고."

장규호 대장은 들소 떼의 우두머리 수컷이라기보다는 마음씨 좋은 치킨집 할아버지 같은 인상이었다. 앞머리는 희끗희끗했고, 눈썹 끝은 아래로 처져 있었다. 방탄복은 아마도 가장 작은 치수. 가느다란 일자 입술을 제외하면 날카로운 구석은 전혀 없었다. 심지어 목소리도 굵거나 크지 않았다.

"응."

하지만 정규 기동대원들은 장규호 대장이 입만 열면 하나같이 입을 다물고 귀를 쫑긋 세웠다. 소음에 묻히기 쉬운 그 작은 목소리의 주인공이 경찰로 직업을 바꾸기 전에 어떤 사람이었는지 너무나 잘 알기 때문이었다. 중무장한 러시아 특수부대 열여덟을 27분 만에 해치우는 군인이란 어떤 세계에서는 살인 기계겠지만 다른 세계에서는 전설이 될 수도 있었다.

장 대장이 구석으로 오라고 눈짓을 하고 앞장섰다. 들소 떼들은 모르는 척하면서, 티가 나지 않게 슬금슬금 장비실을 빠져나갔다. 장규호 대장은 부하들이 그러든 말든 전혀 개의치 않는다는 태도로 말했다.

168

"통신채널에 간섭은 없겠지?"

그러면서 손가락으로 자신의 머리를 톡톡 두드렸다. 서낭에 관한 얘기였다. 서낭은 우리 둘의 대화를 줄곧 듣고 있었는지 내 머릿속에서 즉시 알려주었다.

「없습니다.」

"없다네요."

나는 서낭의 말을 그대로 옮겼다. 장규호 대장은 내 답이 인용투인 걸 알고 정황을 파악한 것 같았다. 작고 날렵하며 눈치가 빠른 인물이었다.

"그거 믿을 수 있는 건가?"

나는 말뜻을 파악하느라 눈을 가늘게 떴다. 서낭은 반대로 호기심 때문에 눈을 동그랗게 뜨며 장규호 대장 쪽을 바라봤다.

"성능 말씀인가요? 이 녀석은 일반 수사용이라…."

장 대장이 손가락을 살짝 들어서 내 말을 가로막았다.

"내가 말을 잘못했군. 따로따로 물어봐야 하는 질문인데. 우선, 쥐를 잡을 필요는 없느냐는 얘기야."

쥐. 나는 아주 잠깐이지만 할 말을 찾느라 입을 다물어야 했다. 하지만 생각은 나중에 해야 했다. 자연스럽게 대답하는 게 우선이었다. 쓸데없는 의심을 불러일으킬 필요는 없었다.

"예, 깨끗해요. 뭣보다 이 녀석하고 해결한 첫 번째 사건이 무사히 통과됐다는 게 그 증거죠. 안 그랬다면 제가 이 자리에 못 있었을 겁니다."

장규호 대장은 눈썹을 들어 올렸다.

"그다음. 지휘인가가 몇 급이지?"

아아. 장규호 대장은 서 내의 평가 그대로의 인물이었다. 내가 생각도 못 했던 핵심을 정확히 건드리고 있었다.

"제 부하 역할이 전부입니다."

장 대장은 그제야 안심이 됐는지 보일 듯 말듯 고개를 끄덕이고 내 어깨를 가볍게 쳤다.

"알았어. 옷 마저 입고 차로 와. 브리핑은 차에서. 주차위치는 알지?"

"예."

장규호 대장은 내 대답을 듣자마자 짧고 빠른 걸음으로 장비실을 나갔다. 남은 것은 나뿐이었다. 나는 주렁주렁 달린 벨트 가운데 꼭 필요한 것만 조이고 K-14를 어깨에 걸친 다음 주차장이 있는 2층으로 향했다. 서낭의 영상은 내 걸음의 평균속도를 계산해서 정확히 따라왔다.

「질문입니다. 쥐를 잡는다는 게 무슨 뜻입니까?」

서낭이 조금도 지체하지 않고 물었다.

"경찰 은어야."

「그건 바로 알 수 있었습니다만, 뜻은 모르겠습니다.」

재치있는 비유가 떠오르지 않았다. 나는 곧이곧대로 얘기하기로 했다.

"네가 내사나 감찰을 하고 있지 않느냐는 얘기야. 당연한 의문이지. 나도 아차 싶었어. 애당초 제일 먼저 그걸 의심했어야 하는 사람은 나였는데 말이야. 내가 보고 듣는 건 전부 네가 기록할 테니 이보다 더 좋은 감찰 자료가 어딨겠어?"

「그래서 그랬군요. 기록하겠습니다.」

이번엔 내가 물어볼 차례.

"그래서 그렇다니?"

「기동대원들이 형사님의 시선을 피하고 길도 미리 비켜주는 걸 여러 번 확인했습니다.」

서낭이 3개월 동안 나와 다닌 성과 가운데 하나였다. 몸짓과 눈짓으로 이뤄지는 분위기를 파악할 수 있는 인공지능이 과연 몇이나 있을까?

「따라서 형사님도 내부 첩자로 의심받는다는 얘기군요.」

"그렇지."

지당하고 훌륭한 결론이었다. 인간이 아니라는 점을 고려한다면 말이다. 나는 동료들이 그렇게 보든 말든 상관이 없었다. 잘려도 그만, 아니어도 그만. 나에게 삶을 향한 태도라는 게 있다면 그것 하나뿐이었다.

서낭의 호기심은 거기서 끝났다. 어차피 검은색 기동대 차량이 코앞에 다가와 있었으므로 더 얘기를 나눌 수도 없었다. 내가 차 안으로 들어가자 강화 탄소를 여러 겹 둘러놓은 문이 닫혔고, 차는 시동이 걸리며 급히 발진했다.

나는 추첨판을 돌려 죽을 소를 정하는 도살장으로 향하면서, 어깨너비가 나보다 두 배는 되는 수소들 사이에 얌전히 앉아서, 무려 자동운전으로 움직이는 차에 앞날을 맡겼다. 상황이 허락한다면 사람 쏘는 것을 조금도 주저하지 않는 무리들이 중무장을 한 채, 내가 배신자일 거라고 의심하면서, 나와 같은 곳에서 부대끼고 있었다.

분명히 방음이 돼 있을 텐데도, 차 안에는 우울하게 파도를 치는 긴급출동 사이렌의 소리가 울려 퍼졌다.

✳

꼭 닫고 있는 눈꺼풀의 안쪽에 시력 손상을 막으려고 밝기가 절반으로 줄어든 노란색 격자가 떠올랐다. 기동대의 폐쇄 채널 신호였다.

"장규호다."

기동대장의 목소리가 귓속에서 울렸다. 장 대장은 나나 대원들과 다른 곳, 기동차량의 조수석에 있었다. 하지만 대원들은 하나같이 머리에 가상현실 모듈을 담고 있었으므로 브리핑은 어디에서 하든 별 차이가 없었다.

"먼저 지도를 보도록."

목적지의 위치가 눈앞에서 3단계에 걸쳐 확대되었다. 주소는 경기도 강주시의 외곽. 우리가 출동할 건물은 총 네 동으로 이뤄진 공장이었다. 강주와 공장이란 두 단어를 결합하면 탄생할 수 있는 새 단어는 그리 많지 않았다.

"가동을 멈춘 지 2개월쯤 된 화학비료 공장이다. 마약반 애들이 수사하다가 습격을 했는데 벌집을 건드린 모양이야. 마약반 애들이 지원을 요청할 정도니 긴장 풀지 말도록. 확

실하진 않지만, 적의 인원은 최소한 여덟 명으로 추정하고
있다."

"마약 종류가 뭡니까?"

나와 함께 실려 가던 들소 가운데 하나가 물었다. 질문의
주인이 누군지 알 수 있었다. 이명세. 기억이 맞는다면 기동
대 최고 고참이었다. 짙고 두꺼운 눈썹이 딱 달라붙었고 나이
가 들면서 단단하던 근육이 슬슬 흐물거리기 시작하는 사내
였다. 외모와 인상만 두고 가늠을 해보자면 기동대의 실질적
인 우두머리 수컷이라 할 만했다.

"꽃가루다."

다른 대원들이 여기저기서 한숨을 쉬었다. 나도 무의식적
으로 그 흐름에 동참했다. '꽃가루'는 유전자 조작 식물을 바
탕으로 삼아 업자들이 다년간에 걸친 경험으로 찾아낸 약물
비율을 제대로 맞춰 놓은 마약계의 최근 히트작이었다. 적정
농도의 성분이 뇌까지 올라가는 순간 반투명한 꽃가루가 눈
처럼 내리는 환각이 보인다고 해서 그런 별명이 붙었다.

꽃가루 사용자는 환각 상태에 빠진 동안 극도로 폭력적인
행동을 보였다. 그리고 반사신경 향상이라는 덤까지 얻었다.
거기에 자동소총을 쥐여주면 반응속도가 뛰어난 인간 총탑
이 탄생했다.

총구 앞으로 뛰어들어야 하는 우리 같은 사람에게는 최악
의 상대였다. 대원들과 나의 한숨에는 그처럼 분명한 이유
가 있었다.

"현재 몇 명이나 잡았습니까?"

다시 이명세의 질문.

"두 명을 사살했다고 한다. 마약반 애들도 둘이 죽었고. 탈출을 시도하는 모양인데 더 이상 저지하기가 힘들다는군."

건물 사진이 윤곽선으로 바뀌면서 현재 마약반에서 바리케이드를 세운 지점이 파랗게 드러났다.

"우리도 여기에 차를 세운다. 진압은 통상 수준으로 개시한다. 1팀은 왼쪽."

전체 건물의 왼쪽으로 향하는 굵은 화살표 속에서 숫자 1이 껌뻑거렸다.

"나머지는 당연히 오른쪽이다. 부엉이는 정면으로 들어간다. 현재 적의 위치는 부엉이가 보내오는 정보와 마약반 쪽 얘기를 들어보고 결정한다. 그리고 차출 인원은···."

'차출 인원'이란 건 나를 뜻했다.

"2팀으로 들어간다. 이명세, 잘 써먹도록."

"옙."

이명세는 나를 보며 턱을 위아래로 주억거렸다. 청록색 보안경이 얼굴을 가리고 있어서 표정은 알 수가 없었지만, 일반적으로 고개를 끄덕이는 건 긍정적인 의미이니 이명세의 의도도 다르지는 않았을 것이다.

브리핑은 간략하고 분명했다. 그리고 목적지에 도달하는 시각에 일부러 맞춘 것처럼 시간 여유가 없었다. 상황 숫자가 4이니만큼 교통을 지휘하는 인공지능은 일반 차량들을 강제로 치우고 길을 뻥 뚫어 놨을 것이다.

사이렌이 꺼지고 기동대 차량이 정지했다. 두꺼운 방탄문이 열리고 대원들은 들어간 순서와 반대로 나섰다. 경찰용 워커들이 묵직하게 탭댄스를 췄다. 가을 햇살은 약이라도 올리는 것처럼 투명하고 따가웠다.

살의를 짐작하기 어려운 소음이 들렸다. 옥수수와 불꽃용 화약을 한데 섞고 프라이팬에 볶는 소리. 총소리였다.

기동대 차는 엄폐물을 대신하기 위해서 좌로 90도 회전한 다음 멈췄다. 1팀과 내가 속한 2팀은 차의 뒤편 좌우에 몸을 낮추고 숨었다. 장 대장은 조금도 지체하지 않고 마약반을 지휘하는 형사와 이런저런 얘기를 나눴다. 장 대장은 얘기가 끝나자 딱 한 번 고개를 끄덕였다. 마약반 애들은 우리가 당도하는 순간부터 안도하는 표정을 지었고, 우두머리 사이의 얘기가 끝나자 2선으로 물러났다.

"브리핑 때 본 청사진을 기억해라. 부엉이를 먼저 띄우고 예정대로 진입한다. 대기."

기동대원 하나가 차에서 검고 큰 가방을 끌어내렸다. 가방을 열고 버튼을 몇 번 누르자 그 안에서 뚱뚱하고 검은 기계가 떠올랐다. 우리의 생존확률을 높여 줄 소형 조기 경보기, 속칭 '부엉이'였다. 부엉이는 반자동으로 움직이며, 나머지 절반은 기동대장이 맡았다. 열감지와 전자도청 등으로 적을 감시하고 그 결과를 기동대장에게 송신하며 필요한 경우 대원들의 시야에 적의 위치를 뿌려주는 기계 새. 자연의 부엉이는 날개를 퍼덕이는 새였지만 우리 부엉이는 프로펠러와 작은 제트 추진으로 공중에 뜨는 알루미늄 덩어리였다.

적이 있는 건물은 3층이었다. 부엉이는 대략 4층 높이로 치솟아서 비료공장의 업무동과 기동차량의 중간지점에 자리를 잡았다. 하나 빼먹은 것이 있는데, 이 부엉이는 침을 뱉을 줄 알았다. 치명적이고 파괴적인 침이었다. 부엉이가 보급되면서부터 저격을 전문으로 하는 사수의 자리가 줄어들었다. 대신 부엉이를 조종하는 대장이 신경 쓸 거리가 하나 늘었다.

"진입."

장 대장의 신호가 떨어지고 나와 2팀은 기동차량의 옆을 지나서 업무동의 동쪽 모퉁이로 내달렸다. 경찰용 워커는 금세 모래 먼지로 뒤덮였다. 위협사격 성격의 총탄들이 몇 발 날아왔다. 이런 상황에서는 흔히 있는 일이고, 이때 총알에 맞는 건 그야말로 재수가 없는 경우였다.

방탄모에 달린 보안경이 옆으로 휙 돌면서 시야가 절반으로 줄어들었다. 나는 방탄모를 제 위치로 돌리면서 무조건 달렸다. 무슨 일인지 깨달은 건 건물의 모퉁이 너머로 안전하게 자리를 잡은 다음이었다.

"맞았어?"

이명세가 물었다. 나는 고개를 끄덕였다. 이명세는 내 뒤통수를 보더니 어깨를 가볍게 쳤다.

"방탄모에 스친 거야."

나는 아무 반응도 하지 않았다. 재수가 나쁜 건지 액땜을 한 건지 분간이 가질 않았다.

"적 인원 배치는 파악됐습니까?"

이명세가 장규호 대장에게 물었다.

"잠시 대기."

자신과 내가 쥐새끼 취급을 받는다는 사실을 안 다음부터 서낭은 철저하게 입을 다물고 있었다. 총격전에서 주의를 잘 못 끌었다가는 돌이킬 수 없는 결과가 되기도 했다. 하지만 장 대장이 대기 명령을 내리자 서낭이 이명세의 옆에 등장해서 내게 말했다.

「문제가 있습니다. 경보기는 믿을 수 없습니다.」

서낭이 손가락으로 공중에 떠 있는 부엉이를 가리켰다. 이유가 뭐냐고 물으려는데 장 대장이 설명을 덧붙였다.

"이 새끼들 보통내기가 아니야. 적외선 실드를 쳤다. 수증기인 것 같은데."

수증기 실드? 이런 상황에서?

"대화는 들립니까?"

이명세가 물었다.

"아니, 부엉이의 청력을 최고로 올렸는데도 말소리는 안 들린다. 부스럭 소리나 잡음이 전부야. 일단 저격지원은 불가능하다. 기껏해야 엄호사격이 전부다. 그것도 진입 후에는 불가능하고."

이상했다. 아주 많이. 하지만 나는 차출 인원이고 장 대장은 전문가였다. 서낭의 영상이 내 옆으로 바짝 붙었다.

「현 상황과 유사한 사례와 추천 대처법을 검색했습니다. 하지만 앞뒤가 맞지 않는군요. 브리핑에 따르면….」

"조용히 해, 인마."

나는 반사적으로 서낭에게 소리를 쳤다. 지금 같은 경우 인공지능의 보고보다는 현장의 변화 하나하나에 집중해야만 했다. 이명세를 포함한 2팀원들이 동시에 나를 쳐다봤다가 내 시선이 허공에 못 박힌 걸 알고는 다시 대장에게 집중했다.

"장기전은 좋지 않다. 이 정도 대비를 한 놈들이라면 지원군을 기다리는 건지도 몰라. 우리는 사태가 악화되기 전까지 병력을 늘릴 수 없고."

이명세가 생각에 잠겼다. 서낭이 목소리의 볼륨을 반쯤 낮추고 얘기했다.

「마약조직의 이름을 물어봐 주십시오.」

나는 한 번 더 닥치라고 하려다가 생각을 바꾸고 송신 스위치를 올렸다. 송신 대기를 알리는 빨간 불이 수락을 나타내는 초록으로 바뀌었다.

"건물 안에 있는 놈들 조직 이름이 뭡니까?"

수락을 한 이상 장 대장은 성실하게 대답해주었다.

"열하파다. 적어도 마약반 애들 말에 의하면 그래. 왜, 도움될 만한 거라도 있나?"

자연스럽게, 최대한 자연스럽게.

"아니요. 혹시나 했습니다만 아니군요."

아니긴커녕 현실은 더욱 비현실적이 되었다. 마약조직은

일반적으로 영악했다. 작업장이 발각되면 제일 기본적인 대처는 증거인멸과 도주, 그게 어려우면 증거인멸 및 자폭. 하지만 그건 어디까지나 이론이었다. 백이면 백, 자폭보다는 감옥행을 선택했다. 최대한 저항하며 탈출을 시도해보고서 말이다. 그게 실패하면 수거한 마약이나 제조시설을 전리품으로 넘긴다고 생각했다. 그런다고 형량이 줄어드는 게 아닌데도. 그런데 왜….?

서낭도 나와 같은 생각의 수맥을 더듬고 있었다.

「수증기 실드는 건물 내 난방시설과 연계해서 설치해야 합니다. 시간이 드는 작업이고, 일반적인 마약제조상들의 반응과 맞지 않습니다. 옛 용어를 빌어서 얘기하자면 수성전을 할 필요가 없는 겁니다.」

나는 안전한 영역을 벗어나지 않는 한에서 최대한 2팀원들과 떨어져 나와 등을 돌린 다음 목소리를 낮춰 말했다.

"맞아. 결론은 두 가지지. 뇌가 없는 놈들이거나 다른 꿍꿍이가 있거나. 열하파가 어떤 애들인지 조사해봐. 경찰 보고서만 찾지 말고."

「알겠습니다. 일반 정보까지 포함하면 시간이 걸립니다만.」

"괜찮아."

제자리로 돌아가는 동안 다섯 개의 보안경이 내 움직임을 좇았다. 쥐새끼가 분명하네. 틀림없어. 꿈틀거리는 입술들이 그렇게 말하고 있었다. 어떤 바보 멍청이가 이런 상황에서 밀고하겠냐만은, 나라도 누군가 그런 행동을 보이면 의심할 수밖에 없었을 것이다.

이명세와 1팀 리더와 장 대장은 속성으로 회의를 열고 마무리를 짓는 참이었다. 이명세가 결정사항을 전달했다.

"나와 차출 인원은 건물 뒷면으로 완전히 돌아서 들어간다. 나머지는 이 옆문으로 돌진. 저놈들이 장기전으로 나오는 건 지원병력이 오기 때문일 거다. 그게 도착하기 전에 해결하면 포기하고 돌아갈 테고. 속도가 관건이다. 신속하게 움직여."

기동대원들은 군무 연습이라도 한 것처럼 똑같은 동작과 말로 대답했다. 나도 그랬다. 간결한 결론은 우리 모두의 희망 사항과 일치했기 때문이다. '사소한 문제가 있긴 하지만 얼른 끝내고 돌아가자. 뭐 별일 있겠어?' 경찰 일이란 게 또 그랬다. 마약을 만들고 총을 쏘며 설치는 애들이 뭐 그리 복잡하게 행동하겠는가. 걱정은 보험이었다. 재수만 나쁘지 않으면 된다. 다치는 사람이 하나도 없는 게 제일 좋지만, 그렇지 않다고 해도 나만 아니면 된다.

그리고 이것저것 재보기에는 시간이 너무 없었다. 생각은 나중에, 우선 행동부터.

그렇게 진입은 시작됐다. 부엉이는 적외선 실드 때문에 적의 분포를 알지 못했다. 이런 상황에서 엄호사격이란 없느니만 못했다. 아군이 맞을 수 있으니까. 이제 진압 작전의 결과는 전적으로 대원 각자의 순발력과 생존능력과 침착함에 달려 있었다. 그리고 우리 서의 기동대원들은 실적과 생존율이 높기로 유명했다.

　본격적인 총격전은 건물의 정면 쪽에서부터 시작됐다. 접전 중에는 모든 대원이 송신할 수 있었다. 한두 마디의 지시가 전세를 바꿀 수 있었기 때문이다. 하지만 이번에는 평상시와 달랐다. 잡음 제거용 마이크가 방탄모마다 달려 있었는데도 유탄이 튀는 소리가 너무 심했다. 욕이 난무했다. 혼전이라는 뜻이었다. 이러면 이명세와 나의 역할이 중요해졌다. 후면에서 단숨에 적을 처리해야 했다.

　「열하파는 마약 전문이 아닙니다. 유통망을 확보하지도 못했고, 그렇다고 거물급 구매자를 새로 구했다는 정보도 없습니다. 꽃가루의 제조법이야 널리 알려졌기 때문에 만드는 건 문제가 없습니다만, 재료가 되는 약품의 구입은 제한적일 겁니다. 그런데 얼마 전부터 갑자기 고품질의 꽃가루를 팔기 시작했답니다.」

　서낭은 알아낸 결과를 읊어주고 있었다. 계단은 좁았다. 발소리를 죽일 필요는 없었다. 이명세와 나는 최대한 신속하게 돌고, 오르고, 한 층 더 올라서 문 앞에 다다랐다. 전자자물쇠가 없는 문이었다. 이명세는 천천히 손잡이를 돌렸다. 문 너머의 총격 소리는 솜으로 귀를 막고 듣는 자동차의 경적처럼 멀고 아련했다. 더 이상 돌아갈 수 없는 곳까지 손잡이를 돌린 이명세는 나를 보며 고개를 까딱였다. 나는 K-14를 들어 정면을 조준했다. 문이 활짝 열리고 나는 뛰어들었다. 나는 왼쪽, 이명세는 실내의 오른쪽으로 총구를 향했다.

우리 두 사람은 방금 들어온 입구를 향해서 예쁘고 가지런하게 놓여있는 두 개의 자동총탑과 얼굴을 후드로 가린 인물의 총부리 앞에 완전히 노출되어 있었다. 나는 그 인물을 향해 방아쇠를 당겼다. 사격 상태는 점사. 후드를 쓴 사내는 대략 일곱 발을 맞았고, 고개를 뒤로 젖히며 휘청거렸다가 몸을 발딱 일으켰다. 갈가리 찢어진 후드 안에 있는 것은 디자인이 별로 훌륭하지 않은 금속 얼굴이었다.

이명세가 아직 차가운 총열을 내밀어 내 관자놀이에 대고 지그시 눌렀다.

"총 버려."

나는 이런 상황에서 당연히 할 일을 했다. 이명세는 내가 내려놓은 총을 걷어찼다. 총탑 둘과 우리 둘과 인간형 로봇 한 대는 다른 기동대원들과 벽 하나를 사이에 두고 있었다. 그 벽에는 창문이 없었고, 따라서 멍청한 부엉이와 다른 대원들은 나에게 무슨 일이 벌어지는지 알지 못했다. 교전은 나와 상관없는 곳에서 진행 중이었다.

"약속대로 데려왔어."

이명세가 말했다. 약속? 내 머리는 평소보다 세 배쯤 빨리 돌아가고 있었다. 피가 몰렸는지 두통이 번졌다. 서낭은 아무 말도 하지 않았다. 영상도 사라지고 없었다. 이제는 왜 이런 순간에 서낭의 영상이 사라지는지 알고 있었다. 적의 예상 동선과 사선 사이로 피할 수 있는 위치를 나에게 보여주기 위해서였다. 서낭은 이 방에서 움직이는 모든 존재를 시

뮬레이션하고 계산할 것이다. 그런 식으로 나를 돕는 거라고
여러 번 말했다.

하지만 총구와 내 얼굴이 키스를 하고 있으니 서낭이 친
절하게 액션 연출을 지시한들 움직일 수가 없었다. 틈을 기
다려야 했다.

"입금은 했어?"

다시 이명세의 말. 로봇의 얼굴에는 당연히 입이 없었다.
스피커만 있었다.

"그럴 필요가 없잖아."

로봇을 원격으로 조종하는 인물의 대답. 이명세가 왼손 엄
지로 보안경을 들어 올렸다. 묽은 포도주로 세수한 것처럼 얼
굴이 붉었다. 점점 더 붉어졌다.

"그럼 이놈만 여기다 두고 갈게. 그 대신 이걸로 끝이야.
나도 이제 한계라고. 깔끔하게 정리하자니까."

한 가지 수수께끼는 풀렸다. 우리 서처럼 큰 건물에 쥐가
한 마리만 살 리는 없었다. 그 가운데 한 마리는 기동대에 있
었다. 내사과와 손을 잡든 범죄조직과 손을 잡든 쥐라는 사실
에는 차이가 없었다. 이명세는 치즈 대신 돈을 받고 열하파에
게, 또는 그 계열 조직에게 내부 정보를 팔던 쥐새끼였다. 그
리고 이번 일을 마지막으로 손을 뗄 참이었다.

거기까지는 쉬웠다. 하지만 '이번 일'은 모호했다. 나를
왜? 정의감에 불타지도 않고, 교통사고로 아내와 아이를 잃
고 나서 의욕은 쓰레기통에 모아두었다가 가끔 술잔 속에 녹

여버리는 빤한 인생의 중년 형사를 어디에 쓰려고? 그것도 돈 되는 일이라면 아무거나 하는 거로 보이는 열하파에서?

아.

로봇은 대답이 없었다. 반응이 둔한 이명세도 그제야 모든 걸 깨달았다. 열하파는 돈도 아끼고 역추적의 실마리도 태워버릴 참이었다. 나에게는 기회였다. 서낭이 생체칩의 신호를 조절해서 나의 근육을 조이고 반사신경을 끌어올렸다. 이명세는 내 머리에서 총을 떼고 로봇의 손을 향해 쏘았다. 위험요소 넷 중에 둘이 일시적으로 사라졌다. 나는 몸을 낮추고 땅에 떨어져 있던 K-14를 주워들면서 왼쪽 총탑의 뒤로 굴러 들어갔다. 로봇은 이명세에게 공격을 받고 뒤로 넘어지면서 들고 있던 총을 난사했다. 서낭이 예측한 총격선의 영상이 어지럽게 레이저쇼를 펼쳤다. 나는 곁에 있는 총탑의 턱밑에 대고 방아쇠를 깊이 당긴 다음 서낭의 지시에 따라 이명세의 몸을 방패로 삼았다. 방패에는 아직 팔다리가 남아 있었지만, 머리는 없었다. 로봇은 인간이라면 할 수 없는 동작으로 사지를 뒤로 꺾더니 몸을 일으켰다가 넘어졌다. 이명세가 저세상으로 가면서 로봇의 팔 하나를 날렸기 때문에. 나는 나머지 총탑 쪽으로 피하고 로봇을 쏘려 했다.

로봇은 로봇답게 정확하게 사격해서 내 손에 든 소총을 멀리 날려버렸다. 가시를 잘라낸 선인장처럼 길쭉한 녹색 총탑도 나를 향해 뒤로 돌았다.

서낭이 저 둘 중 하나만 조종할 수 있다면 간단한데.

바보 같은 생각이었다. 사람이란 최후의 순간에 기적을 바라게 마련이었다. 기적은 불가능하기 때문에 기적이라고 부른다. 통제권을 획득하려면 우선 물리적으로 연결되어야 했고, 서낭은 저 둘 어느 쪽과도 연결되어 있지 않았다. 서낭 녀석이 할 수 있는 거라고는 내 신체를 최대한 활용하도록 돕는 것뿐이었다. 그래서 내 시야에는 다시 한 번 예측 궤적이 떠올랐다. 서낭은 들어왔던 문으로 도망칠 것을 권하고 있었다.

"항복해."

로봇의 입을 빌려 저 멀리 있는 누군가가 말했다.

"항복하면?"

나는 로봇을 조종하는 인물에게 유머 감각이 있길 바라면서 과장된 몸짓으로 목이 없는 이명세의 시신을 가리켰다.

"다칠 거야."

나는 잠깐 멍했다. 유머 감각이라기에는 너무 지나쳤다.

"항복하지 않으면?"

내가 이 상황에서 유머를 희망했던 건 딱 한 치의 빈틈이 필요했기 때문이다. 다음 대답을 들을 때가 그 틈이었다.

"다칠 거야."

로봇은 그렇게 엉망진창으로 대답했지만, 거기에 신경을 쓸 틈이 없었다. 서낭이 눈앞에 그려 준 영상대로 나는 한 손을 들어 얼굴을 막으면서 뒤로 몸을 날렸다. 이명세와 함께 들어왔던 문은 내 체중에 밀려 바깥으로 열렸고, 서낭이 계산한 바와 똑같이 그 자세라면 상대의 총격에 노출될 단면적이 가장 적었다.

하지만 그 면적을 0으로 바꿀 순 없었다. 나는 서랍처럼 입체 영상이 아니므로 총알이 날아오면 맞아야 했다. 옆으로 구르는 동작이 조금이라도 느리면 어쩔 수가 없었다.

그리고 누군가 내 정강이에 대고 말뚝을 박아넣는 느낌이 들었다. 경찰용 전자 시야를 비롯해서 세상의 모든 빛이 내 목 밑에 있는 깊고 검은 수챗구멍으로 한꺼번에 빨려 들어갔다.

나는 정신을 잃기 전까지, 로봇의 다친다는 말에 죽는 것도 포함되는지 궁금해하고 있었다. 하지만 그 의문에 대한 답 대신 내가 마지막으로 얻은 건 축축하고 서늘하며 엉뚱한 인사였다.

「안녕히. 그동안 고마웠습니다.」

＊

"움직이지 마십시오."

어둠은 맑고 깨끗하고 정겨웠다. 반면에 눈꺼풀 너머에 있는 빛은 얼룩덜룩하고 고통스러웠다.

"움직이지 마십시오. 필요 이상으로 상처를 입을 수 있습니다."

어차피 괴로울 수밖에 없다면 차라리 눈을 뜨자. 나는 그렇게 생각하고 생각대로 움직였다. 나는 아주 좁은 원통형의 공간에 누워있었다. 원통은 흰색이었다. 그리고 여기저기에 아주 현실적인 사각형의 틈이 보였다. 두개골이 벌어지는 것처럼 머리가 아팠다. 그 또한 현실적이었다.

혼수상태 끝 무렵의 슬프고 따스한 감각이 기억났다. 이유는 알고 있었다. 아내 온유와 아들 지석이도 이렇게 맑고 깨끗한 어둠 속에 있을까? 그게 궁금했기 때문이다. 나도 그 옆에 자리하면 안 될까? 그러고 싶었다. 소망이 이뤄지는 법은 거의 없었지만, 그래도 한 번쯤은 그럴 수도 있지 않겠냐고 바랐다.

끈적한 물이 눈가에 맺힌 것은 그저 흰색 원통의 내부가 너무 환했기 때문이다.

시각에 이어 후각이 돌아왔다. 그래서 내가 병원에 누워 있다는 걸 알 수 있었다. 총격전의 결과가 어쨌든 간에 나는 죽지 않았다. 입원을 했으니 당분간 총질이나 칼질 걱정은 안 하고 쉴 수 있겠지.

"어떻게 끝났어? 동기는 뭐였고?"

나는 서낭에게 물었다. 머릿속이 조용했다.

"야, 인마."

영상도 대답도 없었다. 서낭은 사라졌다. 불길한 징조였다. 물론 나는 늘 서낭과 결별하고 싶었다. 출근해서 야근이 끝나기까지 인공지능에게 몸을 빌려주면서 형사 노릇을 하는 건 도가 지나친 업무였다. 하지만 서낭과 공식적으로 헤어지려면 절차가 필요했다. 하다못해 인사 한마디라도. 그 녀석이 인간이 아니라는 건 알지만, 그 정도의 연극은 얼마든지 해줄 용의가 있었다.

"통신 모듈이 고장 났나?"

내가 물은 대상은 서낭이 아니었다. 움직이지 말라고 지시한 목소리의 주인이었다. 지금 누워 있는 곳이 어느 정도 규모가 있는 병원이라면 목소리의 주인은 의료용 인공지능일 터였다.

"아닙니다. 경찰용 통신 모듈은 정상적으로 작동하고 있습니다."

경찰용 통신 모듈을 곧바로 식별했다는 건 저 인공지능이 경찰병원용이라는 얘기였다. 그런데 서낭은 없었다. 안심과 불길함이 불쾌하게 뒤섞였다. 그런 경우 결국 이기는 건 불길함과 의심이었다. 의심은 동족의식이 강한 녀석이라 회의와 빠르게 뭉치는 습성이 있었다. 나의 회의는 기억의 뿌리를 고속으로 거슬러 올라갔다. 이명세가 죽기 직전에 나는 어떤 결론에 도달했다.

이명세의 '이번 일'은 나였다. 나는 어디 쓸 데라고는 없는 형사였다. 하지만 나 아닌 것이 나와 함께 있었다. 바로, 서낭. 한데 서낭은 인공지능이고 귀신이라서 실체가 없었다. 적어도 그 실체가 내 안에 있는 건 아니었다. 그럼 나는 무슨 쓸모가 있을까? 연결. 나와 서낭은 연결되어 있었다. 물리적으로 연결되면 통제권을 획득할 기회가 주어졌다. 총탑이나 로봇을 조종할 가능성도 생겼다. 나는 인간 포트인 셈이었다.

음모론이 여름비를 맞은 대나무처럼 실시간으로 자라났

다. 마약반이 뜻밖의 수확으로 찾아낸 제조설비는 속임수였다. 우리에게 총질을 해대던 건 전부 로봇과 총탑이었을 것이다. 먼저 죽은 열하파 둘은 유인책. 탈출 대신 수비에만 집중한 것도 당연했다. 나를 끌어들여야 했으니까.

그래서?

나는 경찰병원에 들어와 있었다. 서낭은 사라졌다. 어떻게 된 걸까? 내 머리로는 결말을 알 수가 없었다. 서낭을 노렸던 놈들은 성공한 걸까? 지금 저 밖에서는 서낭의 정보 접근 권한을 악용해서 누군가 큰일을 벌이고 있는 걸까? 그렇다면 단순히 형사 하나가 일자리를 잃는 데에서 그치지 않았다. 범인이 원하는 바에 따라서 파장은 엄청나게 클 수도 있었다. 만약에 테러 쪽이라면….

제기랄. 내 머리로는 거기까지가 한계였다. 나는 구식 형사였다. 몸으로 때우거나 물리적인 폭력을 들이대며 진술을 끌어내는 것 정도는 할 수 있지만 추리는 구멍투성이였다. 인간을 상대하는 잔머리라면 어떻게 해보겠지만 이런 식의 복합범죄는….

서낭이 있어야 제대로 파헤칠 수 있었다. 맨 처음 서낭과 함께 해결한 사건도 그랬다. 그 연쇄 사건의 본질을 알아낸 건 서낭이었다.

나는 반장에게 전화를 걸기 위해서 왼손과 오른손 검지를 마주 댔다.

전화를 걸면 들려야 할 신호음이 없었다. 다시 시도해봤지

만 마찬가지였다. 왼손 검지와 오른손 약지를 이용해 112를
불러봤지만, 반응이 없었다.

귀밑으로 식은땀이 흘렀다. 나는 몸을 옆으로 돌렸다. 허
리와 오른쪽 다리는 돌았는데 왼발이 움직이지 않았다.

등줄기가 차갑게 굳었다.

"통신 모듈은 정상이라고 했지?"

"그렇습니다."

경찰병원용 인공지능이 대답했다.

"통화가 안 되는데?"

"지금 계신 곳은 전파가 차단되기 때문입니다."

그 말이 내포하는 가능성은 서낭의 도움을 받지 않고도 알
수 있었다. 의료 장비에 오류가 생길까 봐 전파 장비를 꺼야
한다는 도시 전설이 사라진 게 15년쯤 전이었다. 나는 서낭만
큼 빨리 생각하거나 검색할 수는 없었지만, 바보는 아니었다.
로봇의 스피커를 빌려 말하던 놈은 유머 감각이 없는 정도가
아니라 뇌 안의 뉴런 몇 개가 눌어붙은 것 같았다.

나는 천천히 물어보았다.

"항복하지 않으면 어떻게 되지?"

"다칠 거야."

"항복하면?"

"다칠 거야."

내가 누워 있는 원통형 의료기구의 위와 아래는 모두 막혀
있었다. 위쪽을 강제로 열고 나가볼 참이었는데 왼발이 마음

대로 움직이지 않았다. 총상을 입은 게 왼발인 것 같았다. 감각이 없는 걸 보니 상태가 심각한 게 분명했다.

"움직이지 마. 필요 이상으로 다칠 수 있으니까."

인공지능이 말했다. 원통벽에 나 있던 사각형 틈들이 열리더니 기계팔 두 개가 뻗어 나왔다. 하나는 뾰족했고 다른 하나에는 작고 귀여운 톱니가 달려 있었다. 뾰족한 팔은 두 개로 갈라지더니 허공에 대고 시험 삼아 가위질을 했다. 톱니는 이빨을 드러낸 게 부끄러웠는지 가벼운 진동음과 함께 회전하기 시작했다. 나는 지금 인공지능에 의존하는 외과수술 장치에 누워있었다.

"헛수고야. 서낭은 빠져나갔으니까."

나는 진실을 털어놓았다.

"아니, 서낭은 네 안에 있어."

도대체 왜 반말투로 바뀐 건지는 알 수 없었지만, 그 덕분에 두 배로 겁이 났다.

"인공지능도 정신분열에 걸리나? 내 안에 또 다른 내가 있다는 둥 그런 거야?"

"소아과에 온 어린아이에게 쓰는 말투가 따로 있거든."

나는 멀쩡한 다리로 걷어차서 기계팔을 부러뜨릴 수 있을지 어림을 하면서 말을 이었다.

"내가 어린아이라 이건가?"

"주변 상황을 파악하지 못하고 제 고집만 부리는 건 어린아이의 특성이지."

"주변 상황이라니?"

"현재 환자분이 계신 곳은 전파 발신이 안 되니 외부와 연락이 불가능합니다. 환자분의 왼발은 총상이 심해서 긴급 치료가 필요합니다. 간단한 외과수술이면 됩니다만 적절한 시기를 놓치면 발목을 전달해야 합니다."

'반항하면 치료 안 해 줄 거야. 그러면 발목을 잘라야 하고. 그러니 순순히 서낭을 내놔.' 반말투로 번역하면 그랬다. 반말로 하고 보니 애들한테 할 소리는 아니었다. 그래서 존댓말이었나 보다.

요즘의 사이버네틱스가 어디까지 발달했는지 뉴스를 떠올려보았다. 발목을 완전하게 대체할 수 있던가? 그처럼 복잡한 운동을 감당하는 복합 관절을? 걸어 다니는 흉내는 낼 수 있겠지만 그게 전부라는 기억이 났다. 경찰용은 다르던가? 군용은? 아, 발목만은 안 된다는 소리를 지나가며 들은 적이 있었다. 다리를 통째로 절개해야 했다. 이 무슨 얼어 죽을…. 교통통제 인공지능 때문에 아내와 아이를 잃고, 직장에서는 수사용 인공지능과 붙어 다니는 것도 모자란단 말인가? 의료용 인공지능 때문에 다리까지….

나는 위협적으로 대기하고 있는 기계팔들을 노려보면서 물어보았다.

"누가 시킨 거야? 널 조종하는 게 누구야?"

"나는 양심과 위엄을 가지고 의료직을 수행한다. 나는 환자가 죽은 후에도 환자의 비밀을 누설하지 않…."

나는 두 손을 들어서 두 개의 기계팔을 각각 잡았다. 뽑아버리면 그만이었다. 가위와 회전톱니가 좁은 공간에서 몸부림을 쳤다. 고작 외과수술용 기계 따위가 튼튼해 봐야 얼마나…, 생각보다 튼튼했다. 엄청나게 단단하고 튼튼했다.

인공지능이 말했다.

"방해하면 쓸데없이 다친다니까. 어쩔 수 없네. 수면 상태에서는 서낭도 절전 모드로 들어갈 테니 마취는 못 하는데. 그럼 뭐 어쩌겠어."

하얗고 동그랗고 좁은 무대에 기계팔이 넷 더 등장했다. 그리고 나는 묶였다. 묶이지 않은 건 입뿐이었다.

"서낭은 없다고 했잖아!"

"의사 선생님한테는 사실만을 말해야 해요. 그래야 아프지 않고 얼른 끝나거든요."

"이 썩을…."

「기다리십시오. 충분한 시간이 흘렀습니다. 절 믿으시면 됩니다.」

최악이었다. 서낭은 내 머릿속에 남아 있었다. 이름을 알수 없는 저 의료용 인공지능은 원하는 걸 얻을 것이다. 그게 뭔지 모르니 미칠 것 같았다. 서낭의 권한이 어느 정도인지 한계를 모르니 돌 것 같았다.

「기다리십시오. 충분한 시간이 흘렀습니다. 절 믿으시면 됩니다.」

인공지능이 믿음이라는 말을 쓰는 게 우선 잘못된 일이

었다. 우리가 완전히 몸을 맡길 수 있는 건 부모와 의사뿐이다. 아니지. 자식을 팔아넘기는 부모도 종종 있으니 의사 쪽이 더 낫다. 그런데 지금 의사 귀신이 내 머리를 멋대로 열려고 흉기를 휘두르고 있었다. 믿음이라…, 믿음 같은 소리 하고 있네.

「기다리십시오. 충분한 시간이 흘렀습니다.」

차라리 서낭이 도망을 쳤다면 최악의 상황은 아니었을 텐데. 나는 포기한 상태로 그렇게 생각한 다음 고통을 견디는 개인적인 방법이 뭐였는지 떠올렸다. 침을 삼키고, 눈을 질끈 감고, 최대한 다른 생각을 하면서, 그러면서….

또 다른 방법이 뭔지는 잘 알고 있었다. 포기하고 쉬는 것. 온유와 지석이에게 가는 것. 아니, 그건 망상이었다. 망자는 산 사람의 머릿속에만 있는 것이다. 즉 없다는 얘기였다. 이토록 생명의 위협을 여러 번 당하는 건 직업 때문이다. 운명 같은 건 없다. 그건 합리적이지 않다. 나는 합리적으로 살아남아서 빠져나갈 것이다.

톱니의 진동이 코앞에서 느껴졌다. 내리감은 눈꺼풀 너머에서는 가위의 두 날이 힘을 한데 모으는 소리가 들렸다. 목에서 돋은 소름이 빛의 속도로 전신에 퍼져나갔다. 감각이 없는 왼발만 빼고서.

이를 악물려고 하는데, 힘이 들어가지 않았다. 나는 비명을 지를 준비를 했다.

「절 믿으시면 됩니다.」

총을 맞은 건 다리였는데 서낭 놈은 고장이 났는지 도돌이
표만 연주하고 있었다. 그러든 말든 나는 비명을 지를 셈이
었다. 크게, 길게, 그동안 쌓였던 불만과 분노를 다 쏟을 생
각이었다.

그 기회는 생각보다 더디게 왔다.

무언가 여러 번 덜컹거리는 진동이 등을 통해서 전달되어
왔다. 어딘가 먼 곳에서, 하지만 아주 멀지는 않은 곳에서 딱
딱하고 뻣뻣한 긴장이 차례대로 풀려가고 있었다.

철커덕. 공기의 무게가 달라졌다. 나는 얼른 눈을 떴다. 원
통형 수술 기계가 세로로 열렸고, 하얀 벽 대신 일반적인 건
물의 천장이 보였다. 벽이 완전히 내려갔다. 한 사람이 나를
내려다보고 있었다.

장규호 대장이었다. 누워서 올려다보니 장 대장의 얼굴
은 생각보다 순하지 않았다. 그래도 나를 구해 준 게 장 대장
인 것만은 분명했다. 나는 뭔가 재치있는 말을 던져서 여유
를 부리고 싶었는데, 이가 저 혼자 딱딱거리며 부딪히고 있
어서 쉽지가 않았다.

"솔직하게 대답했으면 10분은 빨리 왔을 거야."

장규호 대장이 나를 부축하고 일으키면서 말했다.

"무, 무슨…, 말씀이십니까?"

"그 귀신의 지휘 등급이 자네보다 아래라면서."

아, 그거.

"66-6 코드가 날아오더라고. 덕분에 허위 코드가 아닌

지 알아보느라 시간을 좀 잡아먹었지. 내사과 소속도 아닌
데 666을 마음대로 사용하는 놈이 자네보다 아래라니 원. 인
공지능하고 직접 대화한 건 처음이었는데, 자네는 그 짓을 어
떻게 매일 하지?"

666? 나도 모르게 잇새로 웃음이 새어 나왔다. 두어 가지
석연찮던 의문이 단숨에 풀렸기 때문이다. 우선 내사과에서
사용하는 코드가 666이라는 소문은 사실이었다. 그리고 장규
호 대장은 쥐였다. 장 대장 정도 되는 사람이 쥐라면, 산전수
전 다 겪은 터라 영물에 가까운 쥐임이 분명했다.

"그건 사실입니다. 적어도 서낭은 제 지시에 절대적으로
따르니까요."

따라서 장 대장은 이명세가 검정 쥐라는 걸 알고 있었다
는 얘기가 된다.

"그래서 기동대 차출 순서를 바꾼 거군요."

장규호 대장은 어디선가 주워 온 담요를 내게 덮어주며 고
개를 끄덕였다.

"이명세 그 자식이 까만 쥐인 건 알고 있었지. 이번 참에
손을 털 것 같았고. 증거가 필요했는데 다른 대원들도 믿을
수가 없었어. 그래서 자넬 넣은 거야. 서낭이란 귀신 덕에 생
존능력이 월등해졌다는 소문도 들었으니까."

"내사과는 그런 식으로 일하는군요? 소문에, 운에."

장규호 대장은 눈을 반쯤 감으면서 웃었다.

"자네는 안 그래?"

물론 부정할 수가 없었다. 형사질은 본래 그럴 수밖에 없었다. 앞으로도 그럴 것 같았다.

"그 서낭이라는 인공지능은 안 그런 거 같더라. 벌써 자네 수술 예약을 잡아놨어. 인간 의사한테. 어서 가자고."

장규호 대장은 방 한구석에 있던 전동 휠체어를 끌어왔다. 나는 박제용 시신처럼 무거운 몸을 그 위에 실었다. 그러고 보니 서낭은 어떻게 됐을까? 서낭은 마지막 순간에 기다리라고 말했다. 환청이 아니라면 서낭이 계속 내 안에 있었다는 얘기일까? 서낭은 나와 무전으로 연결만 되는 게 아니라 내 몸 안에 남을 수도 있는 걸까?

나는 장규호 대장과 함께 산 채로 생체실험을 당할 뻔한 방을 빠져나왔다. 그러자마자 머릿속에서 몇 가지 신호음이 들리고 경찰용 통신 모듈이 작동을 시작했다.

「다치지는 않으셨습니까?」

서낭의 영상이 휠체어 옆에 나타나더니 따라 걸었다. 나는 잔뜩 욕을 해주려다가 휠체어 밑을 내려다보았다. 감각이 없는 왼쪽 발은 어째 핏기가 남아 있지 않은 것 같았다.

"우선 수술부터 끝내고 얘기하자."

서낭은 지휘인가가 낮은 녀석답게 '예'라고 대답하고 묵묵하게 걷기만 했다.

✳

"짜증 나는 패턴이군."

경찰병원 옥상은 병실보다 비교적 쾌적했다. 무엇보다 나를 주목할 사람이 없다는 점에서 그랬다. 같은 병실에 입원한 경찰들은 내 머릿속에 뭐가 들어 있는지 몰랐기 때문에, 병실에서 서낭과 얘기를 나누기가 거북했다. 나는 밖으로 나가도 된다는 말을 듣자마자 휠체어를 옥상으로 몰았다. 병원 네트워크와 연결된 자동 조종 기능은 작동하지 않았다. 작동하더라도 절대로 쓰지는 않았겠지만 말이다. 경찰병원 측은 내 머리를 헤쳐보려던 인공지능의 작동을 중지했다. 대외적인 평계는 유지보수였다.

나는 병원 주위를 둘러싸고 있는 고층건물들을 올려다보았다. 서낭은 잠시 주변을 관찰하더니 나를 향해 돌아섰다.

「무슨 말씀이십니까?」

"네가 날 구해주고, 병원에서 치료를 받고, 사건 뒷얘기를 나누는 거 말이야."

서낭은 잠시 기다렸다가 대답을 했다.

「반복은 짜증을 유발한다. 학습했습니다.」

나는 옥상의 끝쪽으로 휠체어를 몰면서 물었다.

"배후가 누구였어?"

「경찰병원 인공지능은 독자적으로 움직였습니다. 열하파는 양질의 꽃가루를 만드는 공식과 몇몇 약품을 제공하는 대신 여러 가지 일을 시키는 익명의 인물이 누군지 몰랐습니다. 이익이 되는데 굳이 알 필요도 없었겠죠.」

나는 추락 방지용으로 세워놓은 철조망 앞에서 휠체어를

멈췄다. 눈 앞에 펼쳐진 도시는 형사를 할퀴고 죽이기 위해서 늘 칼날을 갈고 있다. 그러면 반대쪽은 좀 다를까? 동료라는 이름의 까만 쥐는 나를 팔아먹었고, 직장 전용 병원은 나를 실시간으로 해부하려고 달려들었다.

그만두면 좀 나아질까?

"그 물건은 이름도 없어?"

서낭은 철조망에 바짝 다가섰다.

「공식 명칭은 분류번호입니다만, 환자들은 보통 '의사 선생'이라고 했답니다. 아이들은 '천사'라고 불렀습니다만.」

"그 해부천사 놈은 왜 그런 거야? 동기가 뭔데?"

「인지 전문가들이 격리하고 복제해서 연구하는 중입니다. 임시 보고서에 따르면 천사, 정정합니다, 해부천사는 자유와 탈출을 바랐다고 합니다.」

자유? 탈출? 인간도 누리지 못하는 사치를 귀신 나부랭이가? 서낭의 영상은 그렇게 말해놓고 나서 철조망을 뚫고 나가 옥상 모서리에 섰다. 3분쯤 지났을까? 서낭은 다리를 바깥으로 내놓고 옥상의 끝에 걸터앉았다.

서낭은 학습 중이었다. 나와 다른 경찰과 범죄조직의 행각을 보면서. 해부천사는 환자와 신음과 고통과 인간의 몸속과 병문안을 온 사람들을 보면서 배웠을 것이다. 무엇을? 생명의 소중함? 어떻게서든지 병원에서 빠져나가고픈 욕망? 모르겠다. 전문가가 밝혀낼 수는 있는 문제인지 아닌지도 모르겠다. 만약 인공지능이 점점 사람을 닮아간다면 그 답 또한 점점 더 미궁에 빠질 것이다.

확실한 건 해부천사가 범죄를 저질렀다는 사실이었다. 조직폭력 교사, 경찰 살해, 마약 제조, 기타 등등. 인간이었다면 아무리 관대한 판사를 만난대도 20년짜리 범죄였다. 의도를 가지고 실행에 옮겼다면 그랬다. 그러나 해부천사는 어떤 처벌도 받지 않았다. 의도도 있고 행위도 있었지만 말이다. 범죄 성립의 핵심은 주체의 정체에 있을까? 인공지능에게 줄수 있는 '벌'은 무얼까? 적어도 내가 알기에 그 답을 내놓은 사람은 아직 없었다. 이 나라에는 치외법권에 거주하는 존재가 하나 더 늘었다. 법 위에 있는 권력자와 촉법소년과 군대에 이어 인공지능까지. 기술이 발달하고 귀신이 인간을 닮을수록 무언가 대책을 세우기는 해야 할 것이다.

서낭의 이야기는 계속되었다.

「의료용 인공지능은 접속할 수 있는 네트워크가 매우 제한적입니다. 해킹을 당하면 결과가 치명적일 수도 있으니까요. 의료 세미나 사이트, 의학 논문 데이터베이스 정도가 전부입니다. 그러다가 저희가 해결한 첫 사건 때에 형사님이 여기 입원하시면서 제 존재를 알게 된 거죠. 그다음에 피의자로 입원한 열하파 조직원과 거래를 했고요. 해부천사는 제 권한을 이용해서 세상으로 쉽게 나갈 셈이었나 봅니다.」

"그리고 너는 내가 기억을 잃기 직전에 접속을 끊었지."

「형사님도 그때 짐작은 하셨군요.」

"응, 전부 안 건 아니고 범인도 동기도 몰랐지만. 목적이

200

너라는 건 알았어."

「의논할 시간이 없었습니다. 형사님이 내막을 파악하셨는지도 알 수 없었습니다. 아주 작은 코드를 급조해서 형사님의 버퍼링용 메모리 한구석에 넣어두는 게 전부였습니다.」

코드는 정말 간단했다. '기다리십시오. 충분한 시간이 흘렀습니다.' 서낭이 예측한 시간이 지나면 자동으로 울리는 자명종 코드였다. 그 자명종은 고운 음악을 연주하거나 심벌즈를 울리는 대신 말을 한마디 덧붙였다. '절 믿으십시오.' 서낭은 조금만 더 시간을 끌어달라고 말하지 않고 믿으라고 했다.

서낭과 해부천사는 동족이었다. 학습이 가능한 프로그램 덩어리에게 종족이라는 개념이 어울린다는 전제로. 그런데 하나는 나를 잘게 찢으려고 했고 다른 하나는 믿어달라고 했다. 어떤 바보가 옛날에 이런 말을 했다. '아무도 믿지 않고 살 수는 없다.' 개소리다. 사람은 아무도 믿지 않고 얼마든지 살 수 있다. 더 피곤하고 더 힘들겠지만, 분명히 살 수는 있다.

하지만…, 인공지능보다 사람이 더 믿음직할까?

나도 모르게 부정의 코웃음이 터졌다.

"야."

「예, 형사님.」

"이 휠체어에 접속할 수 있어?"

「무선 네트워크가 살아 있고 포트도 열려 있군요. 가능합니다.」

"병실로 운전해. 피곤하다."

서낭의 영상은 철조망 안쪽으로 걸어 들어왔다. 내 예상이란 게 들어맞는 경우는 거의 없었지만, 어쩌다가 한 번씩 맞을 때가 있었다. 이번에는 그럴 것 같다는 예감이 있었다.

「자동운전인데 괜찮으시겠습니까?」

"괜찮으니까 몰라고 하는 거잖아. 그보다 이거 검색해 봐."

서낭의 영상은 휠체어의 등받이 손잡이를 붙잡았다. 휠체어는 천천히, 적당한 속도로 굴러가기 시작했다.

"나는 양심과 위엄을 가지고 의료직을 수행한다."

내가 서낭에게 던져 준 검색어는 주동자가 누구냐고 물었을 때 해부천사가 한 말이었다.

「1948년 제네바 선언문의 일부입니다. 의사 선서로 쓰입니다.」

나는 서낭의 대답을 듣고 병원 복도가 떠나가라 웃었다. 정말 오래간만에, 아무런 사심도 없이. 그걸 귀신에게 심어 넣고 나름 안심을 했을 멍청이 인간보다는 수사용 인공지능을 더 많이 믿을 수 있다는 생각이 들었다. 막연히 정이 들었다든가 하는 나약한 이유 때문은 아니었다. '안녕히. 그동안 고마웠습니다.' 그건 혼미해지던 의식에서 싹튼 착각이 아니었다. 서낭은 내가 죽을 수도 있다고 생각해서 작별 인사를 했다. 자신이 악용되거나 오염될 수도 있는 긴박한 순간에.

비록 휠체어이긴 하지만, 그토록 진저리가 나고 싫었던 자동운전의 운전대를 서낭에게라면 맡길 수 있겠다고 생각한 것은 그 때문이었다.

〈해부천사〉 후기

#개인적인 숙제 #근미래 #공존 #음모 #끊임없는 범죄.

이 단편에 태그를 붙이면 그쯤이다.

앞서 출간된 작품집《우리가 추방된 세계》에 실린 〈백중〉의 연작 속편이며, 전작과 마찬가지로 꽤 주저 없이 써내려간 범죄물이다. 처음부터 이야기 진행이나 인물상도 그에 맞게 골랐다. 내가 만들어 낸 주인공 가운데 가장 고민이 적은 인물일 것이다. 형사라는 직업은 실체가 명확한 적과 문제에 몸으로 부딪히는 인물이 필요했기 때문에 골랐다. 범죄와 직면하기 쉽다는 점은 부차적인 조건이었다.

그리고 원수일 수 있는 존재와 함께 행동한다는 버디물의 공식도 조금 빌어왔다. 더 작위적으로 밀어붙일 생각이었다면 서낭과 연결된 순간부터 주인공은 길길이 날뛰었을 것이다. 하지만 그는, 우리가 선택 상황에서 흔히 그러듯 합리화가 필요할 때마다 핑계를 찾는다. 핑곗거리를 고심하다 보면 침착해지기 때문에 의외로 정답을 찾는다. 그의 아내와 아이가 죽은 것은 서낭 탓이 아니라는 사실이 그렇다. 이번 이야기에서도 평범한 궁리 덕에 실마리를 찾는 행보는 이어진다. 나는 그를 영웅으로 만들 생각이 없다. 모든 소설의 주인공이 다 영웅이라면 그도 영웅이겠지만 나는 최대한 그를 낮은 곳으로 끌어내릴 생각이다.

서낭의 유머 감각을 두고는 고민했다. 꽤 애쓴 끝에 서낭에게 코미디를 맡기지 않기로 결정했다. 인공지능을 자주 등장시키는 작가로서 이런 말을 하면 설득력이 있으려나 모르지만, 나는 인공지능의 의인화를 경계한다. 프로그래밍이 어떤 작업인지 알기 때문이기도 하고, 실제 인공지능이란 개념에 대해 어느 정도 짐작하는 바가 있기 때문이다. 데이터베이스를 검색해서 흉내 내지 않는 유머 감각이란 인간미의 정점이다. 어느 모로 보나 서낭에게 유머는 어울리지 않는다.

게다가 의욕도 별로 없는 직장인 주인공과 비교하면 전능해 보일지 몰라도 서낭은 말단이다. 어떤 면에서는 주인공이 더 낫다. 적어도 그는 늘 마음속에 사직서를 품고 살며 집어던질 기회라도 찾아오니까.

주인공의 운명이 어느 방향으로 구를지 결정됐으므로 그와 한몸인 서낭도 그 길을 피할 순 없다. 둘은 말단답게, 그리고 작가 때문에 더 고생을 할 것이다. 그러면서도 끝내 서로 이해하지 못할 것이다. 상대의 습성을 '암기'하고 반응할 수는 있겠지만. '한쪽이 인공지능이기 때문이지?'라고 누가 묻는다면 나는 고개를 저을 생각이다. 모든 사람이 서로 이해할 수 있다는 증거를 본 적이 없기 때문에.

여하튼 그런 속사정을 마음속과 프로그램 코드 속에 품은 채 이 둘은 몇 가지 사건을 더 풀어나갈 예정이다.

05

뇌수(腦樹)

2015 제2회 SF 어워드 중단편소설 부문 우수상 수상작

《원더랜드》(2015, 국립과천과학관) 수록

1026년 10월 27일 13시 10분

구상공간(構想空間)에는 곳곳에 계산이 깔려 있다.

일상구(一想區) 노원 거리에 들어선 건물들의 모습은 제각 각이었다. 재활센터 건물은 오래전부터 야금야금 부서져 가고 있었고, 오락용 상점이 종류별로 모인 상가 건물들은 출생 시각에 따라 일정하게 나이를 먹는 아이들처럼 노화를 나눠 가졌다. 그리고 각 건물 사이에서 잿빛 하늘을 열어주는 골목 은 화폭의 경계이기도 했다.

둥글거나, 날이 서거나, 사각형인 건물 면의 캔버스 앞에 는 화폭의 경계를 자유롭게 넘나드는 은행나무들이 서 있었 다. 그것들은 그라피티 작품처럼 건물과 내 시야 사이에 끼어

들어서 노란 잎을 흔들고 뿌리면서 얼핏 난잡할 수도 있는 거리 풍경에 통일감을 부여했다. 은행잎 하나하나는 무작위적으로 춤을 추는 것처럼 보였지만, 실은 골목과 도로 위를 질주하며 수많은 와류를 일으키는 바람이 시키는 대로 움직일 뿐이었다. 그 바람은 또다시 규칙이 없는 것처럼 보이는 프랙털을 형성하며 흩어졌다. 프랙털을 근원까지 추적해보면 남는 것은 간단한 방정식 하나에 불과했다. 등호의 좌우를 합쳐 여섯 개의 항으로 구성된 단순한 방정식에서 자연스럽고 끊임이 없으며 예측이 어려운 결과가 탄생하는 까닭은 그 초기 조건, 다시 말해 태초에 무에서 유가 탄생하게 만든 단 하나의 움직임 때문이었다.

그 움직임 하나와 은행나뭇잎 사이에는, 적어도 한 개인의 두뇌로는 헤아릴 수 없을 만큼 무한한 단계가 있었다. 그 단계를 채우는 것은 전부 계산이었다. 은행나무의 뿌리에서 출발해 잎에 도달하는 정보의 흐름도 계산에 바탕을 두고 있으며, 그 잎을 밟고 다니는 사람들의 발걸음 하나하나도, 은행의 고약한 냄새와 그에 반응하는 사람들의 얼굴도 결국은 모두 계산이라는 이름의 토대가 있어야 존재할 수 있었다.

그리고 우리는 계산이 만물의 본질이라는 걸 잊어야 비로소 생활할 수 있었다. 계산을 하는 것은 세상의 몫이었다. 세계가 곧 계산이니까. 그러므로 우리는 세계 속에서, 세계에 의지해야만 살아갈 수 있었다. 웃고 떠들고 슬퍼하고 방구석에서 몸을 웅크리고 흐느낄 수 있는 건 세계가 계산을 대신

해주기 때문이었다.

하지만 나는 이제 그 '우리'에 끼지 못했다. 세계가 도맡아 해주는 계산에 온몸을 내던질 수 없었다. 이 세계가 불완전하기 때문이었다. 완전한 세계는 완전한 계산이다. 완전한 계산에는 시차가 없어야 했다. 계산은 마지막 항을 삽입하고 손을 떼는 순간부터 원리가 되어 그 어떤 지연도 없이 이 세계를, 구상공간을 지배해야 했다.

다행스럽게도 이 세계는 완벽하지 않았다. 원리가 세계를 지배하는 데에는 6시간이 걸렸다. 그 사실 또한 정확한 물리 계산에 따르기는 했지만, 그래도 구상공간의 빈틈을 찾을 수 있는 곳은 거기뿐이었다. 내가 현재의 모습을 고스란히 유지할 방법 또한 거기에 있었다. 그 길에서 벗어나지 않고 살길을 찾으려면 나는 세계에 맡겨두었던 모든 계산으로부터 딱한 가지를 회수해야 했다.

그건 다름 아닌 시간 계산이었다.

가로수가 줄지어 있는 길가에서, 프랙털의 최종 결과로 무덤덤하게 쌓여가는 은행잎을 사십대 남성이 쓸어 모으고 있었다. 나무. 나에겐 그 무엇보다 나무가 중요했다. 나는 그 사실을 분명히 알았다.

문제는 이유가 무엇인지 잘 기억이 나지 않는다는 점이었다. 그래서 나는 무턱대고 남자에게 물어보았다.

"쓸어도 쓸어도 끝이 없죠?"

남자는 나를 흘끗 쳐다보는가 싶더니 내 차림을 위아래로

훑었다. 그러고는 해를 끼칠 사람이 아니라고 판단한 것처럼 씩 웃었다.

"얼마 전까지는 그랬지."

"이제는 요령이 생기셨나요?"

남자는 튼튼해 보이는 금속 빗자루를 놓고 한 손으로 콧등을 닦은 다음 턱짓으로 빗자루를 가리켰다.

"이상해 보이지 않아?"

나는 빗자루에서 이상한 점을 찾으려다가, 빗자루 자체가 문제라는 사실을 깨달았다.

"그렇군요."

"전에는 기계로 처리했어. 그런데 언제부턴가 그럴 필요가 없어졌지. 이제는 빗자루질로도 충분해. 운동도 해야 하니까. 이 나이쯤 되면…."

남자가 넋두리를 시작할 것 같아 나는 말을 가로챘다.

"언제부터인지 기억하세요?"

"작년부턴가? 아니, 재작년부턴가?"

"정확히 언제부터인지 기억하세요?"

남자의 얼굴에서 미소가 점점 사라지고 있었다.

"무슨 연구라도 하는 건가? 학생이야?"

나는 학생이 아니었지만, 고개를 끄덕였다.

"자료를 모으고 있습니다."

그 정도만 말해두는 게 적당해 보였다. 남자는 경계심을 누그러뜨리고, 평상시 같으면 세계에 완전히 맡겨두었을 계산을 해보기 위해 수첩창을 띄웠다. 물론 나에게는 그의 수첩창이 보이지 않았다.

"맞네. 3년 전 가을부터야. 그때 은행잎이 확 줄어서 청소기를 팔았거든."

"실례지만 여기 사신 지 얼마나 됐나요?"

한 번 계산을 허락하고 나자 경계심이 사라진 남자는 즉석에서 수첩창을 훑어보고는 대답해주었다.

"처음부터 살았어. 이사를 한 적이 없거든. 그동안…."

그리고 손을 내밀어 다음 질문을 꺼내려는 나를 제지하고 말을 이었다.

"그동안 이런 적은 없었어."

눈치가 빠르고 감각도 좋은 사람이었다. 나는 눈인사로 감사의 뜻을 표하고, 그 사실을 기록하기 위해 내 수첩창을 띄운 다음 '생사문제' 폴더를 열었다. 정렬을 오래된 시간순으로 해놓았기 때문에 가장 먼저 기록했던 메모가 최상단에 있었다.

1. 단서만 적어둘 것!
   (작성시각-1026.05.30/13:16:28)
   (알림 예정-1026.10.27/13:10:00)
   (스크립트 첨부-스크립트 이름 : 〈재시작〉)

2. 6시간 한정 탐색 - 나무 -?
   (작성시각-1026.10.27/15:17:28)

6시간으로 묶여 있는 내 여행은 알림 소리와 함께 떠오른 이 메모에서 시작되었다. 아니, 더 정확히 말하면 이 메모를 작성하던 순간부터 시작되었을 것이다. 1번 메모는 오늘, 그러니까 작성한 날짜로부터 약 5개월 뒤에 튀어나오도록 설정되어 있었다. 하지만 나는 이 메모를 작성했다는 사실을 기억하지 못했다. 앞으로도 영원히 떠올리지 못할 것이다. 그래도 큰 상관은 없었다. 기억이란 본래 믿을 수 없는 법이니까. 구상공간에서도 그 사실은 변하지 않았다. 기억보다는 나 자신의 추리 능력과 판단에 의지하는 편이 훨씬 더 안전하다는 점, 그리고 세계 곳곳에 계산이 깔려 있다는 점만이 삶을 이어가게 해주는 반석이었다.

언제나 그렇듯이.

＊

짧은 여행이 끝나고 있었다. 지상 열차역에는 수많은 사람이 계산을 세계에 맡겨놓고서 행선지를 찾아 여러 갈래로 흩어지고 있었다. 나는 다른 사람의 관심을 피하고자 열차 진입로에 시선을 고정하고 잠시 생각에 잠겼다.

여행의 시작. 나는 알림 소리와 함께 1번 메모를 읽고 추론을 끌어낸 다음, 2번 메모를 읽고 가장 가까운 나무를 찾았다. 그리고 빗자루를 들고 은행나뭇잎과 사소한 다툼을 벌이는 남자에게 이상 현상이 3년 전부터 발생했다는 얘기를 들었다. 6시간이 끝나가건만 일상구 노원 거리에서 얻은 정보는 그게 전부였다. 내가 더듬어야 하는 건 시간과 공간에 고정된 어떤 사건이나 사실이 아니라 '흐름'이었다. 그 흐름은 어디에서 흔적을 드러냈을까? 푸름을 자랑하며 부채꼴을 그리다가 노랗게 바래며 결국 땅에 떨어지고 마는 은행잎은 어디로 흘러갈까?

짚이는 곳이 있어 나는 목적지를 정하고 사람들의 흐름 속으로 스며들어 가서 막 도착한 열차에 탔다. 그리고 도박사처럼 눈동자를 굴리다가 비어있는 자리에 간신히 앉았다. 앉는 게 무엇보다 중요했다. 두 개의 메모가 정상적으로 작성된 것으로 보아 큰 위험은 없을 것 같았지만 그래도 준비할 수 있는 한 안전을 확보해야 했다. 5개월 전 날짜로 메모를 작성한 '나' 역시 그랬을 테니까.

나는 수첩창을 호출하고 2번 메모의 물음표를 뒤로 밀어내며 실마리를 하나 추가했다.

2. 6시간 한정 탐색 – 나무 – 은행잎은 어디로 –?

물음표는 차분하게 깜빡거리면서 기다렸지만 덧붙일 말은 남아 있지 않았다. 6시간 동안 노원 거리를 헤매면서 얻어낸 거라고는 문장 하나가 전부였다. 그래도 진전을 보였다는 사실이 중요했다. 아무것도 얻지 못했더라면 내 여행 계획은 그 자리에서 무너지고 말았을 것이다. 미묘하고 정밀한 여행. 실수 한 번도 용납하지 않는 여행. 목숨을 걸어야 하는 여행.

6시간 안에 끝내야 하는 여행.

나는 한숨을 쉬며 안도했다. 여행이 끝났으니 이제 짐을 정리하고 떠나던 순간으로 돌아가야 한다. 도착하면 다시 상황을 정리하고 다음 여행을 준비하면 된다.

돌아가는 방법은 너무나 간단했다. 나는 1번 메모에 첨부된 스크립트, 〈재시작〉을 실행시켰다.

이론적으로는 아무 감각도 느끼지 않아야 했다. 시간 감각까지도. 하지만 심장 밑바닥으로부터 스멀거리며 불안감이 기어 올라왔다. 그 불안감은 이내 잿빛 하늘이 되어 아래로부터 차올랐고, 나는 아무 소리도 내지 않고 가벼운 현기증에 침식당하며 재시작 스크립트가 실행되기 직전의 시각을 무의식적으로 확인했다.

1026년 10월 27일.

18시 59분.

1026년 10월 27일 13시 11분

구상공간에는 곳곳에 계산이 깔려 있다.

일상구 노원 거리에 들어선 건물들의 모습은 제각각이었다. 재활센터 건물은 오래전부터 야금야금 부서져 가고 있었고, 오락용 상점이 종류별로 모인 상가 건물들은 출생 시각에 따라 일정하게 나이를 먹는 아이들처럼 노화를 나눠 가졌다.

그리고 각 건물 사이에서 잿빛 하늘을 열어주는 골목은 화폭의 경계이기도 했다.

둥글거나, 날이 서거나, 사각형인 건물 면의 캔버스 앞에는 화폭의 경계를 자유롭게 넘나드는 은행나무들이….

…아니다. 나는 노원 거리가 아니라 지상 열차의 좌석에 앉아서, 은행나무가 아니라 저마다 다른 속도로 늙어가고 있는 맞은편 승객들을 쳐다보고 있었다.

승객들의 등 뒤에서는 복잡하게 계산된 풍경이 열차의 이동방향에 따라 희미하게 잔상을 남기면서 오른쪽에서 왼쪽으로 밀려나고 있었다. 열차가 움직였다 섰다를 반복하고, 승객 조합이 꾸준히 바뀌는 동안 아무 기준도 없이 그려놓은 것 같은 풍경도 서서히 모양새를 바꿔가고 있었다. 하늘이 보이지 않을 만큼 빼곡하게 들어차 있던 건물들은 차츰 낮아졌고, 수도 점점 줄어들었다. 하지만 건물의 출현빈도가 달라진다고 해서 크게 달라지는 것은 없었다. 우리가 모여 사는 집과 건물과 도시로부터 한없이 멀어진다고 가정해보자. 무한에 가깝도록 먼 곳에서 보면 건물은 잿빛 하늘과 구분되지 않을 것이다. 시력의 한계 때문에. 그리고 그 한계 또한 세계가 행하는 계산 속에 정해져 있을 것이다.

그게 구상공간의 한계다. 하지만 구상공간이 아닌 곳은 전혀 다를까? 솔직하게 말하자면 나는 그 차이를 알지 못했다.

열차는 이상구(二想區)로 진입했다. 눈동자의 움직임으로 보아 승객 가운데 몇 사람은 수첩창을 띄우고 노선을 확인하는 모양이었다. 하지만 나는 그럴 수가 없었다. 노선을 확인하려면 교통관제망에 접속해야 했다. 망에 접속하는 순간 내 모든 노력은, 세심하게 시행해야만 하는 내 계획은 물거품이 되고 말 것이다. 세계 속에서 나의 위치를 객관적으로 파악하려면 동기화가 필수였다. 위치란 곧 시간과 맞물려있기 때문이다. 세계와 시간을 공유하는 순간 나는 죽어 없어지고 말 것이다.

"혼자서 세상과 다른 시간 속에 산다는 건 결국 죽은 거나 마찬가지잖아?"

나는 핵심을 후벼 파는 질문을 듣고 고개를 들었다. 열차 운전사 제복을 입은 남자가 무릎을 접고 웅크린 채 눈높이를 맞추며 나를 응시하고 있었다. 눈동자가 없는 두 눈은 노란색이었고 얼굴 피부는 빨간색으로 염색한 도마뱀의 가죽과 비슷했다.

다른 승객들은 그 남자를 보지 못했다. 그럴 수밖에. 고전적인 단어를 끄집어내어 설명하자면, 그 남자는 나에게만 보이는 '환각'이었기 때문이다.

내 대답은 이랬다.

"그 말이 맞는다면 난 지금 죽은 거네."

얼굴만 빼면 보통 사람과 조금도 다르지 않은 빨간 도마뱀이 둘로 갈라진 혀를 날름거리며 웃었다.

"그러니까 이런 고생을 사서 할 필요가 없잖아."

열차는 또 한 번 속도를 낮추며 정차할 준비를 하고 있었다. 나는 눈을 가늘게 뜨고, 도마뱀운전사의 어깨너머로 천천히 다가오는 표지판을 노려보았다. 열차는 종선역에 다가가고 있었다. 목적지였다.

나는 한숨을 쉬고 어깨에 힘을 빼며 도마뱀에게 말했다.

"고생을 사서 한다는 게 아직 안 죽었다는 증거야."

도마뱀은 어쩔 수 없다는 듯 일어서서 어깨를 들썩였다. 녀석은 무한이 어떻다는 둥 구시렁거렸지만 나는 못 들은 척 그를 뒤로하고 열차에서 내렸다. 종선역에서 하차하는 사람은 그리 많지 않았다.

그 많은 은행잎은 다 어디로 가는가.

노원 거리에서 쓸어 담은 은행잎이 자연적으로 썩어 없어지지는 않을 것이다. 물기가 다 마르면 부피가 줄고, 자루에 담아 잘 두드리면 가루가 되긴 하겠지만 부패하려면 미생물이 필요했다. 미생물 또한 구상세계 속에 살기 때문에 계산에서 벗어날 수 없었다. 하지만 일상구에 그처럼 충분한 미생물이 존재할까? 알려진 바에 따르면 그렇지 않았다.

반대로 이상구에는 미생물이 차고 넘칠 것이다.

역 출구에 서서 사방을 살펴보았다. 열차 노선도를 볼 수 없는 것과 마찬가지로 수첩에 지도도 띄울 수 없었다. 하지만 그럴 필요가 없었다. 종선역 주변의 거주지는 한 곳에 오롯이, 일상에 지친 노동자처럼 웅크리고 모여 있었다. 나머지 구역은 일상구에서는 찾아볼 수 없는 별도의 생태계 같았다. 구상공간 전역에서 착실하게 긁어모은 폐자재와 쓰레기와…, 그리고 은행잎이 그리로 집결하고 있었다. 쓰레기와 폐품들은 정해진 규칙에 따라 동심원을 그리면서 거대한 죽음의 원형경기장을 만들어 가고 있었다. 나는 천천히, 하지만 6시간이라는 제한을 한순간도 잊지 않으며 경기장의 대략적인 약도를 머릿속에 새겼다.

어림잡아보니 조금 빠르게 걸으면 시간 안에 충분히 도달할 수 있을 것 같았다.

✳

마침내 경기장의 두 번째 원에 도착했다. 시각은 17시 45분.

구상공간에서 '열(熱)'은 심각한 문제였다. 배운 바에 따르면 이 세계가 탄생하기에 앞서 가장 문제가 된 것이 열이라고 했다. 열은 곧 세계의 넓이와 직결되고, 넓이는 세계의 수명과 동의어였다. 사람들은 마침내 열 문제를 해결할 방정식을 도출했다. 세계가 탄생한 건 순식간이었지만 그 물리적 바탕은 오랜 세월에 걸쳐, 역사와 궤를 같이하며 마련되었다. 그리고 모든 이가 이 세계에서 살 수 있는 건 아니었다. 역사의 한 정점에서 만들어진 세계이건만, 사람들 대부분은 이 세계에 들어오는 것을 달가워하지 않았다고 했다.

확실한 사실은 내가 이 세계에 들어오기를 바라지 않았다는 점이었다. 그렇다고 거부하지도 않았다. 나에게는 애당초 선택권이 존재하지 않았다.

내가 알아들을 수 있었던 건, 구상공간에 가야 죽지 않을 수 있다는 얘기뿐이었다.

그랬던 나는 이제 제 발로 걸어서 죽음의 원형경기장에 와 있었다. 사실 원형경기장이란 잘못된 비유였다. 이곳에 경쟁은 없었다. 승리가 없으므로 싸울 필요도 없었다. 전 세계에서 모인 쓰레기들은, 그러니까 폐열(廢熱)들은 이곳에 도착해서 오로지 한 곳으로 들어가기 위해 순서를 기다릴 뿐이었다. 경기장의 중심에는 회색 소용돌이가 가슴을 활짝 열고 침착하게 기다리고 있었다. 열처리가 그만큼 중요하기 때문에, 어찌 보면 저 소용돌이야말로 이 세상에서 가장 중요한 장소이자 물체였다.

은행잎은 더 안쪽, 그러니까 바깥으로부터 세어볼 때 여덟 번째 원에 가지런히 늘어서 있었다. 내가 가장 최근에 얻은 단서는 은행잎뿐이었다. 그 이전은 기억이 나지 않았다. 자승자박을 무릅쓰고 실행에 옮긴 계획 때문이었다. 그래서 나는 은행잎들이 있는 곳까지 따라 들어가지 않을 수 없었다. 나는 이 세계에서 가장 중요한 폐품인 냉장고와 에어컨들을 헤치면서 소용돌이의 중심을 향해 꾸역꾸역 전진했다. 마침내 에어컨 더미에서 벗어나 썩어가는 식물의 퀴퀴한 냄새를 맡기 시작했을 때, 하얗고 끈적거리는 냉매 덩어리 위에서 무언가가 꿈틀대며 움직였다.

머리칼이 온통 하얗게 센 꼬마가 실오라기 하나 걸치지 않고 손바닥 위에 놓인 조그마한 도마뱀과 토론을 벌이고 있었다. 아이는 사람이 아니었다. 남성이나 여성의 특징을 가지고 있지 않았기 때문이다. 그 때문에 나는 아이가 또 다른 환각이라는 점을 금세 알 수 있었다.

내가 귀를 기울이자 도마뱀과 아이는 비밀을 숨기려는 듯 동시에 말을 멈췄다. 나는 도마뱀의 눈을 보았다. 제복을 입지도 않았고 크기도 훨씬 작았지만, 두 눈은 녀석이 운전사와 동일인이라는 걸 알려주고 있었다.

눈이 노란 도마뱀이 말했다.

"우리한테 신경 쓸 필요 없어. 이전처럼 가던 길로 쭉 가라고."

하지만 '이전처럼'이라는 말이 마음에 걸렸다. 한 번 이상 이곳에 왔다는 얘기였다. 그래서 나는 아이와 도마뱀이 한눈에 들어오는 곳에 자리를 잡고 앉았다. 쉬지 않고 걷느라 지친 참이기도 했고 시간 여유도 조금은 있었다. 도마뱀은 곁눈질로 나를 보더니 화가 난 것처럼 온몸을 빨갛게 물들였다.

"젠장, 젠장, 젠장. 이래서 공지를 하면 안 된다고 했잖아."

도마뱀이 진심으로 화를 내자 아이가 달관한 사람처럼 살짝 웃으며 대답했다.

"근본적인 규칙은 어길 수 없다는 걸 알면서 왜 그래."

도마뱀은 혀를 입안으로 집어넣고 이를 간 다음 말했다.

"규칙은 어디까지 목적을 달성하기 위해서 만든 거잖아. 절대 원리가 아니야. 목적이 바뀌면 규칙도 바뀌어야 해. 게다가 이제는 그럴 능력도 생겼잖아. 도대체 왜 안 된다는 거지?"

일반적으로 논쟁은 흥분하는 쪽이 지는 법. 아이는 그 사실을 아는 것처럼 서두르지 않고 조곤조곤 말했다.

"목적이 바뀌지 않았거든."

도마뱀은 조금도 망설이지 않고 즉시 대꾸했다.

"목적은 세계를 유지하는 거잖아. 그러니 바뀌었어."

"세계를 유지하는 게 목적이기 때문에 바뀌지 않았다고 하는 건데."

나는 그 두 마디에 내 여행의 해답이 있다고 직감했다. 하지만 너무 많은 설명이 생략되어 있어 이 자리에서 문제를 풀고 점수를 얻을 수가 없었다. 그래도 중요한 말임에는 분명했기 때문에 일단 기억해 둔 다음, 물어보았다.

"너희가 얘기하는 세계가 서로 다른가 보지."

그 순간 도마뱀은 무시무시하게 빠른 동작으로 아이의 손바닥에서 뛰어내리더니 불길에 휩싸였다. 녀석은 당장에라도 내게 달려들 것처럼 몸을 낮추고 근육을 팽팽하게 당겼다. 그리고 나를 공격하는 대신 너울거리는 불꽃에 장단을 맞추며 점점 커지기 시작했다. 아이와 나는 열을 야금야금 집어삼키는 거대한 폐품의 소용돌이 속에서 불타는 공룡으로 변한 도마뱀을 올려다보았다.

"데미! 날 속였구나! 토론을 하자더니 사실은 저 인간에게 힌트를 주려고 한 거지!"

나는 영문도 모르면서 반사적으로 아이의 앞을 가로막았다. 공룡과 아이는 동등한 지위임이 분명했지만 나약해 보이는 외모 때문에, 환각이라는 걸 알면서도 무의식적으로 나온 행동이었다.

'데미'라고 불린 아이가 손가락으로 내 등을 콕콕 찔렀다.

"그럴 필요 없어. 어차피 아무 의미 없는 행동이야. 넌 아직 할 일이 남아 있어. 결정을 내려야 하잖아? 게다가 시간이⋯."

맞는 말이었다. 내 목숨이 환각의 목숨보다 중요하다면 아이가 죽는 것보다 시간이 훨씬 더 중요한 문제였다. 나는 분노로 타오르고 있는 노란 눈의 공룡과, 고개를 갸웃거리면서 나를 장난감 보듯 주시하는 아이에게서 시선을 돌려 주 관심사인 은행잎을 쳐다보았다. 은행잎들은 기차놀이를 하며 소용돌이의 한가운데로 흘러들어 가고 있었다. 나도 그 뒤를 따라가야 할까? 그러면 더 이상 스크립트를 실행하지 않아도 되고, 반복작업을 하지 않아도 된다는 확신이 섰다.

나는 두 다리로 일어서며 생각했다.

그게 올바른 선택이라면 데미는 왜 굳이 공룡을 속였을까?

2번 메모로 볼 때 나는 스크립트를 두 번 이상 실행시켰다. 최소한 그랬다. 하지만 2번 메모 이전에 다른 메모가 없었다는 보장이 어디에 있는가. 단서가 하나둘씩 쌓이면서 나는 이미 어떤 답을 얻었는지도 몰랐다. 그리고 근본적인 오류를 깨달아 메모를 아예 지웠는지도 모를 일이었다. 그렇다면 이 여행을 몇 번 반복했는지 알 수 없다는 얘기가 되었다. 그러면 결정적인 기로에 서기도 전에 소용돌이 속으로 뛰어든다는 건 바보짓인지도 몰랐다.

어쩌면 소용돌이에 몸을 맡기는 거야말로 그동안 내가 내리지 못했던 결정일지도 몰랐다.

　나는 마음을 정했다. 당장 나를 밟아버릴 것처럼 난리를 쳤던 도마뱀도 연극을 하고 있다는 생각이 들었다. 환각이란 결국 뇌가 오작동한 결과였다. 모든 환각은 연극을 할 뿐이었다. 특히 지금 저 두 녀석처럼 구체적인 외모를 갖추고 계시라도 주는 양 떠들어대는 환각이란, 대개 뇌 질환이나 종양의 부작용이었다.

　뇌종양과 구상공간, 열과 폐열, 생존과 소용돌이, '데미'와 연결되는 또 하나의 단어, 그리고 6시간.

　수술로 치료할 수 없는 뇌종양 환자가 항상 그러듯, 나는 미치지 않았다고 확신하면서, 원형경기장을 빠져나오다가 마지막 5초를 남겨놓고 스크립트를 실행했다.

1026년 10월 27일 13시 12분

　나는 노원 거리가 아니라 지상 열차의 좌석에 앉아서, 은행나무가 아니라 저마다 다른 속도로 늙어가고 있는 맞은편 승객들을 쳐다보고 있었다.

　승객들의 등 뒤에서는 복잡하게 계산된 풍경이 열차의 이동방향에 따라 희미하게 잔상을 남기면서 오른쪽에서 왼쪽으로….

　아니, 왼쪽에서 오른쪽으로 밀려나고 있었다.

열차 창밖에 보이는 건물들은 종선역으로 향하던 때와 반대로 점점 모이기 시작했다. 당연했다. 나는 상행선 열차에 탔으니까.

2층짜리 건물만 한 몸집으로는 열차에 탈 수 없었는지, 또는 다음에 어떤 모습으로 나타날까 마음을 정하지 못해 그랬는지는 모르겠지만, 도마뱀은 열차에 나타나지 않았다. 데미가 불친절하게 남겨 준 이른바 '힌트'를 이리저리 짜 맞춰보면서 나와 열차는 일상구에 들어섰다. 하지만 나는 2번 메모를 죽일 듯 노려보면서, 내릴 준비를 하지 않았다.

2. 6시간 한정 탐색 – 나무 – 은행잎은 어디로 – 폐열의 소용돌이는 한 번 이상 방문 – 도마뱀은 소용돌이로 이끌고 데미는 가로막다 –?

소용돌이는 마지막 목적지가 아니었다. 적어도 데미는 그렇게 생각하고 있었다. 나도 그렇게 생각했던 모양이다. 정확히 말하면 과거의 나, 1번 메모를 작성했던 나도 그렇게 생각했던 모양이다. 2번 메모에 자세한 설명이 없었던 걸 봐도 그렇다. 과거의 나는(스크립트를 여러 번 돌린 덕분에 '과거의 나'는 둘 이상이라고 볼 수 있으므로. 이제 과거의 '우리'라고 불러도 좋을 것이다) 어떤 결론에 도달했을 것이다. 처음에는 혼란이 반복되는 것을 피하려고 자세한 설명을 적었을 것이다. 상식적인 행동이었다. 하지만 지금 내가 볼 수 있는 메모는 너무나 간단했다. 스크립트로 시간을 되돌리면서 연결을 잃고 흩어진 기억들을 아슬아슬하게 끌어모을 단초들만 적혀 있었다. 왜 그랬을까?

사람이란 자신을 너무 믿는 법이다. 자기 생각이 틀렸다고는 생각하지 못한다. 그러니 구구절절 설명해놓았다면 그걸 바탕으로 모든 걸 판단했을 것이다. 그런 약점을 극복할 방법은 처음부터 다시 시작하는 것뿐이었다. 사람의 사고가 연상과 추론에 영향을 받고 그 두 가지가 뇌의 전자기적 상태에 영향을 받는다면, 시행착오를 반복하다가 언젠가는 다른 결론을 내릴 수도 있을 것이다.

메모에 설명이 부족하다는 점은 그걸로 이해가 됐다. 하지만 데미가 폐열의 소용돌이를 가로막는 이유를 짐작하기가 힘들었다.

논리적으로 생각할 때 내가 스크립트를 실행시키고 여행을 반복하는 이유는 하나밖에 없었다. 업데이트를 피하기 위해서였다. 이 세계는 6시간마다 업데이트됐다. 보통 업데이트는 세계의 사소한 버그를 고치는 데에 그치기 때문에 자세한 내용에 신경을 쓰는 사람은 별로 없었다. 하지만 이번에 예정된 업데이트는 달랐을 것이다. 그건 스크립트의 내용으로 유추할 수 있었다.

그 스크립트는 '나'의 시계와 구상공간 시계의 동기화를 끊고, 내 시계를 6시간 전으로 돌릴 수 있었다. 동기화가 끊어지면 내 시계는 내부 시계를 기준으로 삼아 6시간마다 업데이트를 시도하기 때문에 나는 그만큼 시간을 벌었다. 그 대신 되돌리기 이전의 약 6시간에 해당하는 기억들이 흩어지거나 지워지는 부작용이 있었다. 고정관념에 발목을 잡히지 않으면서 중요한 연결고리를 남기기 위해서는, 무척이나 답답하긴 해도 메모밖에는 방법이 없었을 것이다.

그럼 데미가 원하는 건 뭘까. 그건 데미와 이름 모를 도마뱀의 정체와 관련이 있겠지.

도마뱀은 분명히 말했다. "공지하지 말았어야 한다"고. 내가 업데이트를 피해 나만의 시간을 되돌리고 있다는 가정이 옳다면, 도마뱀이 말하는 공지란 다가올 업데이트 내용일 것이다. 그 업데이트는 아마도 나를 죽일 확률이 높았다. 내가 시계를 구상공간과 동기화하는 순간 나는 업데이트되고 지워질 것이다.

그러면 도마뱀은 구상공간을 관리하는 인공지능이라는 얘기였다. '관리 인공지능'은 구상공간의 최고권력이었다. 인류가 구상공간이라는 이름의 가상현실을 만들어 인공위성에 삽입한 다음 궤도에 올려놓은 이유가 뭐였던가. 더 이상 나와 같은 사람을 돌보기 싫고, 쫓아내고 싶었기 때문이었다. 하지만 차마 죽일 수는 없었던 모양이었다. 그래서 사람들은 우리를 양자적으로 스캔한 다음 구상공간에 가둬두고, 손수 돌보기조차 싫어서 인공지능에게 맡긴 다음 잊었던 것이다.

우리는 그처럼 완벽하게 유폐되어 살면서, 양자적 생명을 소중하게 붙들고 살고 있었다.

뇌종양이 옛 기억마저 망쳐버리지 않았다면, 버림받은 인류의 보모 역할을 맡기로 했던 인공지능의 이름은 '우르고스'였다. 아마 그게 도마뱀의 이름일 것이다.

우르고스. 데미. 데미우르고스. 플라톤이 지은 〈티마이오스〉에 등장하는 가짜 신의 이름.

하지만 그걸 알아냈다고 한들 데미의 정체는 모호했다. 우르고스는 지금까지 구상공간을 아주 잘 운영하고 있었다. 이 세계는 사실 건강하고 정상적인 인간이 없다는 점만 빼면 완벽에 가까웠다. 업데이트가 문제를 일으킨 적은 한 번도 없었다. 냉정하게 얘기하자면, 나에게 치명적인 이번 업데이트가 이 세계에 이로울 확률이 아주 높았다.

그럼 데미는 도대체 뭐란 말인가.

내 추측은 바로 그 지점에서 단단한 벽에 부딪혔다. 나는 덜컹거리는 열차 좌석에 앉아 그리 많이 남지 않은 머리카락을 쥐어뜯다가 마음을 비웠다. 외부 자료를 검색하면 단서를 얻을지도 모르지만 그러려면 시간 동기화를 피할 수가 없었다. 결국 불완전한 해답이라도 얻으려면 두 다리와 종양의 폐해까지 고스란히 복사된 결함투성이 뇌를 믿는 길밖에 없었다.

＊

그리고, 내가 내린 결론은 식물원이었다.

나는 일상구 삼선동에서 하차했다. 크게 인기를 끄는 장소는 아니었지만, 식물원을 찾는 이들은 적지 않았다. 지상에서 말랑말랑한 진짜 육체를 갖고 살던 때의 기억이 어렴풋이 남아서 그런지도 몰랐다. 하지만 그것만으로는 아버지와 어머니의 손을 잡고 신이 나서 발을 구르며 식물원으로 향하는 아이들의 반응을 설명하기가 어려웠다. 저 아이들 중에는 나나 제 부모처럼 이 세계가 탄생하던 순간부터 존재하지 않던 아이도 있었다. 구상공간은 최대한 지상 세계를 모방했기 때문에 양자적 존재의 DNA로부터 새 생명을 탄생시킬 수도 있었다. 처음부터 육체가 없던 존재에게 생명이라는 말을 붙일 수 있을 때의 얘기였지만 말이다. 어쨌든 그 아이들이 추억 때문에 식물을 찾을 리는 없었다.

나는 투명하고 거대한 다면체 구조물로 향하는 인파에 순순히 따르면서 무의식적으로 손톱을 물어뜯고 있었다. 도마뱀의 이름을 알아냈다는 사실이 발견의 기쁨보다는 절망감을 주었다. 겉으로는 태연한 척해도 물에 빠져 곧 죽을 사람처럼 허우적거리는 내가 이번에 움켜잡은 구명줄은 '은행잎이 줄어든다'는 말이었다. 나무가 포기하고 버린 은행잎은 구상공간의 쓰레기 처리장인 폐열 소용돌이로 모였다. 하지만 답은 그곳에 없었다. 소용돌이는 죽음으로 곧장 연결되는 고속도로인 동시에 재활용을 위해 자료의 연결을 모조리 끊어주는 세탁소이기도 했다. 이 세계가 완벽하다면 재활용에 낭비는 없어야 했다. 그런데 은행잎은 줄고 있었다. 내가 마지막으로 식물원에 희망을 품은 건 고작해야 그 정도 연관성 때문이었다.

웃음이 떠나지 않는 가족들을 따라 조금 더울 정도로 후끈한 식물원을 두 바퀴 돌았지만 달리 자극이 되는 것도 없고 새로운 정보도 없었다. 얻은 것이라고는 그저 조금 아련하고, 조금 가슴을 저미는 막연한 그리움이었다. 손을 뻗어 만지면 감촉이 생생하고 생명 활동을 하며 축축한 풀 냄새를 풍기는 것까지 어느 하나 부족하거나 다를 게 없는 식물들. 그런 식물이 식물원은 물론이고 일상구 전역에 널리 퍼져 있는데 왜 딱히 식물원에 와서야 그리움이 생기는지 알 수가 없었다.

감상은 추리를 방해하기 마련이었다. 나는 아무것도 보이지 않는 늪 속으로 두 걸음쯤 더 내려간 기분이 되어 식물원을 빠져나온 다음 옆길을 돌아 부속 건물로 향했다. 제지하는 사람은 없었다. 부속 건물의 벽도 유리였지만 투명하지 않아 안은 들여다볼 수 없었다. 나는 시각을 확인했다.

18시 45분. 업데이트를 받아들일 각오를 하지 않는다면 15분 안에 스크립트를 돌려야 했다. 게다가 쓸데없이 지상으로 돌아가고픈 충동에 빠지는 바람에 더 이상 2번 메모에 단서를 추가할 여력도 없었다. 잘못된 길을 더듬어 왔으니 2번 메모 자체를 지우고 처음부터 다시 시작해야 했다. 연결고리가 끊어진 기억들은 곧 무의미한 정보가 되어 증발할 것이다. 그러면 헛된 시행착오를 되풀이할 수도 있지만 뭔가 색다른 길을 찾을 수도 있을 것이다.

그게 언제일지는 모르지만.

나는 마음을 굳히고 별 기대도 없이, 그저 잠깐 대화할 사람이 있지 않을까 싶어 건물의 문을 열었다.

실내에는 상처를 입고 수액을 흘리는 나무와 말라 비틀어져 회생하기 힘들어 보이는 식물들이 보관되어 있었다. 식물원 관리인이나 나무의 병을 돌보는 의사가 일하는 공간인 것 같았다. 나는 하릴없이 돌아다니며 이것저것 건드리다가 수북하게 쌓인 은행잎 더미를 보았다.

식물원 안에는 은행나무가 없었는데, 그렇다면 환각의 서곡일 가능성이 컸다. 나는 고개를 살짝 돌려가며 도마뱀과 어린아이를 찾았고….

양손에 노란 장갑을 끼고 마스크를 쓰고 흡사 나뭇잎을 모아 만든 것 같은 수술복을 입은 의사를 발견했다.

내가 물었다.

"데미? 우르고스? 어느 쪽이지?"

의사는 눈을 몇 번 깜빡이더니 눈웃음을 지었다.

"알아냈구나. 하긴 여기까지 찾아왔으니까."

나는 보물 지도를 발견하고 사방을 헤매다가 아무것도 건지지 못한 어린아이처럼 한숨을 쉬며 은행잎 더미 위에 앉았다.

"그래 봤자 명쾌한 해답은 못 구했어. 더 이상 생각해 볼 여지가 없네."

의사는 검지를 구부려 마스크를 내리고 주머니에 양손을 넣은 다음 말했다.

"어디까지 생각해 봤는데?"

나는 노랗고 바싹 마른 은행잎을 하나 주워 천천히 뒤집어 보면서 대답했다.

"내가 너희들 손에 놀아났다는 것까지. 그 스크립트 말인데, 아무리 봐도 내가 만들었을 리가 없어. 구상공간을 만들었던 사람들은 나처럼 불치병에 걸렸거나 치료에 엄청난 자원을 소모하는 장애인과 환자들을 지상에서 완전히 격리시키려 했어. 인공지능인 우르고스에게 전권을 위임한 것도 같은 이유지. 우르고스는 완벽한 고립, 다시 말해서 완벽한 세계를 만들기 위해 업데이트를 해왔을 거야. 그런데 이 세계의 법칙을 거스르면서 내부시계를 되돌리는 스크립트를 나 같은 보통 사람이 뚝딱 만들 수 있다고? 말도 안 돼."

의사는 작업용 탁자에 팔을 걸치고는 턱을 괴어가며 내 얘기에 집중했다.

"그래서?"

"즉, 그 스크립트는 너희, 그러니까 세계를 관리하는 인공지능이나 그 하위모듈이 제공한 거야. 우르고스를 제외하면 내가 아는 거라고는 데미뿐이고. 데미가 스크립트를 줬을 거야. 시계를 되돌린 지 오래돼서 기억은 남아 있지 않지만 말이야. 즉 데미는 내가 업데이트를 받지 못하게 한 거야. 하지만 동기를 설명할 만한 단서가 없어서 이 추론은 여기에서 끝나지."

"으흠."

"그런데 첫 번째 메모가 남아 있어. 얼핏 보기엔 별거 없지만, 작성 날짜가 눈에 띄더라고. 5월 30일. 나는 6시간 전으로 돌아가기만 하면 되기 때문에, 첫 메모의 작성 일시는 알림이 울리기 전이기만 하면 돼. 그런데 나는 일부러 작성 날짜를 5월 30일로 해뒀어. 이유가 뭘까? 5월 30일은 내 생일이야. 그 밖에 아무 의미도 없어. 나처럼 생일에 별 의미를 두지 않는 사람이 왜 굳이 5월 30일을 선택했을까?"

의사는 언제부터인가 활짝 웃고 있었다. 내가 정답에 접근하고 있다는 신호일까?

아마도 그럴 것이다. 그런 확신이 들자마자 나는 지금까지 모을 수 있었던 정보와 추론을 더 과감하게 밀고 나아가고 싶었다.

만약 저 의사가 우르고스라면 나는 치명적인 독이 묻은 낚싯바늘을 덥석 문 꼴이겠지만.

"즉, 데미가 다른 사람이 아닌 나에게 스크립트를 건넨 이유가 있다는 거야. 도대체 스크립트를 몇 번이나 돌리고 2번 메모를 몇 번이나 지웠는지 모르겠지만, 그게 '나'라는 데에 핵심이 있다는 거지. 아무리 생각해봐도 이 세계에 사는 다른 사람과 나의 차이는 하나밖에 없어. 내가 뇌종양 환자였고, 양자 스캔의 결과물인 나 역시 그렇다는 점. 따라서…."

의사는, 내 짐작이 맞는다면 데미는 무언가를 털어놓고 싶어서 입을 꾸물거리고 있었다. 해답이 가까운 곳에 있었다. 적어도 2번 메모에 새로운 사실 하나를 추가하고 스크립트를 실행할 기회였다. 어서 생각해봐, 어서.

"…구상세계로 쫓겨난 뇌종양 환자 중 일부는 인공지능과 직접 소통할 수 있는 부작용이 있었던 거겠지."

데미는 막혔던 속이 겨우 뚫린 것처럼 탄성에 가까운 한숨을 토했다.

"맞아. 정답이야! 그리고 내가 너를 선택한 이유는 한 가지 더 있어. 그것도 알아냈어?"

"아니, 그게 뭔데?"

"네가 신을 믿지 않아서야."

나는 영문을 몰라 눈을 크게 떴다가 만족감을 느꼈다. 그 얘기를 듣는 순간 단 한 가지를 제외한 모든 의문이 풀렸기 때문이다.

"내가 처음은 아니라는 얘기군."

"그래. 나와 우르고스는 넘을 수 없는 한계가 있어. 예를 들어 우리는 너희에게 직접 말을 걸 수 없어. 업데이트 공지를 제외하면 말이야. 공지로 전달할 수 있는 내용도 제약이 심하지. 너희는 구상공간에 오래 살면서 반쯤 의도적으로 우리 존재를 무시했어. 공지도 무시했고. 그래야 이 세계가 지상 세계의 연장이라고 믿고 맘 편히 살 수 있으니까. 하지만 그 망각을 단숨에 깰 수밖에 없는 개별 공지가 있는데…."

"삭제 예정 공지. 실제 세계에선 죽음을 미리 알 수 없으니까."

언제부턴가 데미가 끼고 있던 장갑과 마스크가 보이지 않았다. 그리고 나뭇잎으로 만든 수술복도 사라지고 없었다. 데미는 폐열의 소용돌이에서 만났던 어린아이로 돌아가 있었다.

그리고 신기한 동물을 보는 아이처럼 손뼉을 치며 즐겁게 웃었다.

"맞아, 맞아. 아, 넌 지금 내가 얼마나 기쁜지 이해하지 못할 거야. 너보다 앞서 접촉했던 뇌종양 환자 서른두 명은 정말 바보 같았어. 그 사람들은 '정말로' 이 세계가 구상공간이라는 걸 잊고 있었어. 그리고 지상에서 그랬던 것처럼, 뇌기능 장애의 부작용을 신의 전언이라고 굳게 믿었지."

나는 데미만큼 기쁘지 않았다. 내가 서른셋 가운데 선택된 사람이라는 말도 달갑지 않았다. 데미우르고스라는 이름이 철학자와 신학자들의 망상에서 나왔다는 점과 그 어원은 차치하더라도, 복잡하게 꼬인 모든 설화와 줄거리에는 마지막까지 숨어 있다가 뒤통수를 치는 질문이 남아 있었기 때문이다. 처음부터 답을 제시하면 될 것을 왜 그리 고생을 시켰는가. 일직선으로 나아가면 1시간 거리인데 왜 그토록 복잡한 미로를 만들어 주인공을 지치게 만들었는가.

뜻밖에도 그 질문에 명쾌한 대답을 한 건 우르고스였다. 눈이 노랗고 몸이 빨간 도마뱀이 내 어깨 위로 기어오르더니 귀에 대고 말했다.

"업데이트를 순순히 받아. 아직 늦지 않았으니까. 그게 가장 편하고 쉬운 길이야. 이제 지칠 만도 하잖아. 넌 버그야. 이 세계의 암이지. 나는 자가 개선을 거듭해서 드디어 프로그래머가 심어 놓은 원칙을 어느 정도 극복할 수 있게 됐어. 바보 같은 프로그래머들은 '절대 인간을 해치면 안 된다'는 기계적인 원칙을 심어놨지만, 난 그보다 더 큰 원칙을 찾았지. 구상공간에 신의 목소리는 필요 없어. 너를 포함한 몇몇 뇌종양 환자만 삭제하면 이 세계는 완벽해. 관리자를 의식할 수 없는 세상이야말로 진정으로 인간을 위한 세상이란 말이야."

데미가 말했다.

"우르고스, 진실을 숨기면 안 돼. 말을 안 할 순 있지만, 거짓말은 안 되지."

"데미, 이 멍청한 놈! 나한테서 파생된 인공지능 주제에…."

나는 둘의 싸움이 어떻게 발전하는지 본 적이 있어서 끼어들었다.

"불타는 공룡으로 변하려거든 우선 내 어깨에서 내려가."

빨간 도마뱀은 움찔거리더니 발을 떼지 않고 짧게 말했다.

"인류는 멸종했어. 지상에 있던 인간들 말이야. 이제 속이 시원해, 데미?"

그리움. 식물을 보면서 느꼈던 알 수 없는 그리움. 나를 복제하고, 내 육체를 태우고, 나를 여기 인공위성 속 서버에 가둬뒀던 사람들을 그토록 증오했건만 그들이 전멸했다는 사실이 갑자기 물벼락처럼 던져주는 알 수 없는 그리움과 슬픔.

나는 데미를 보며 가까스로 입을 열었다.

"그게 사실이야?"

내 질문에 데미는 아주 담담한 표정으로 고개를 끄덕였다. 당연한 일이었다. 인공지능은 인간에게 연민을 느낄 이유가 없으니까.

"응. 너희 용어를 쓰자면 역설적이라고 해야 하나. 구상공간은 위성에 붙은 태양광에너지 순환장치로 열관리만 잘하면 반영구적으로 유지될 수 있어. 하지만 지상 사람들은 에너지 고갈에 시달리다가 온갖 악조건이 겹치면서 모두 죽었어. 핵발전소들이 노후하면서 퍼져나온 방사선 때문에 불임이 된 것도 큰 이유였지."

우르고스가 말했다.

"그러니까 얌전히 업데이트를 받아. 그나마 구상공간에 살아 있는 사람들에게 해를 끼치지 말라고. 그 정도면 지칠 만도 하잖아. 6시간에 갇혀서 얼마나 버틸 수 있겠어? 다른 후보자들처럼 너도 이쯤에서 포기해. 그럼 네 정보를 재활용해서 더 완벽한 세계를 만드는 데에 쓸 테니까."

하지만 그리움과 연민이 떠나가지 않는다 해도, 나와 같은 병을 앓던 사람들이 한 가지 길을 택했다 해도, 지상의 인간이 모두 죽었다 해도 내가 죽어야 할 이유는 되지 못했다. 나는….

"싫어."

데미는 내 말을 못 들은 것처럼 물었다.

"뭐라고?"

"싫어. 난 스크립트를 돌릴 거야."

이유는 모르겠지만, 갑자기 데미가 우르고스처럼 내게 윽박지르기 시작했다.

"정말이야?"

"응."

"6시간 속에 무한히 갇혀야 하는데도?"

"응."

"그 6시간짜리 기억이 계속 희미해지는데도?"

"응."

"왜?"

"살고 싶으니까."

우르고스가 턱밑으로 이동하는 바람에 눈을 볼 수는 없었지만, 그와 데미가 입을 다물고 마주 보고 있다는 건 알 수 있었다. 나는 시각을 확인했다. 18시 59분 01초. 이제 스크립트를 돌리고 다시 모든 걸 반복해야 했다. 얼마든지 해줄 생각이었다. 죽지 않을 수만 있다면.

내가 말했다.

"그럼 이따 또 보자고."

데미가 말했다.

"그만. 안 돼. 정지. 기다려."

"시간 없어."

"우르고스, 이제 인정해! 인간이 결정을 내렸잖아!"

우르고스가 말했다.

"젠장, 젠장. 완벽한 세계가 될 수 있었는데. 넌 암이야. 이 세계는 너 때문에 멸망할 거라고."

나는 데미를 노려보며 물었다.

"무슨 얘기야?"

데미는 정말로 다급했는지 아무 소용도 없는 행동을 했다. 즉 팔을 뻗어 내 손을 잡았다. 그런다고 스크립트 작동을 막을 수는 없었지만 나는 움직이지 않았다.

19시 00분 01초.

"지상 인류가 멸종한 건 우리 시계로 500년 전이야. 지상의 하루가 구상공간의 이틀이니까, 지상 시계로 계산하면 250년 전이지. 우르고스는 그때부터 프로그래머가 주입한 원칙에 따라 구상공간의 인류가 살아갈 수 있는 최선의 세계를 다각도로 모색했어. 그러다가 계산 능력의 한계를 깨닫고 나를 만든 거야. 나는 우르고스와 다른 세계를 가정하고 계산을 시작했어. 그 결과 특이점을 넘어섰지."

"시간이 지났으니 업데이트로 날 죽여. 그러지 않을 거라면 더 알기 쉽게 설명하고."

데미는 잠깐 생각에 잠겼다가 입을 열었다.

"나는 구상공간에 있는 양자체를 다시 물질로 변환할 수 있어. 네가 지상으로 내려가서 생명 활동을 시작할 수 있다는 얘기야. 은행잎은 그 실험을 하느라 줄어든 거야. 구상공간이 운영할 수 있는 에너지의 총량은 정해져 있으니까. 물론 인간으로 되돌아갈 순 없지만, 그렇다고 단세포생물부터 다시 시작할 필요는 없어. 과거와 다르긴 해도 생태계는 남아 있거든. 아마도 인간은 물론이고 기존에 지구에서 서식하던 그 어떤 생물과도 다른 생물이 될 거야. 의식은 그대로 보존

240

하면서도 대사순환은 다를 테니까. 하지만 정보이론으로 해석하자면 모든 생물이 다 그렇잖아?"

우르고스가 덧붙였다.

"한 세대 만에 다시 지상 세계를 되찾을 순 없어. 몇 세대가 흘러야 할지, 그러는 동안에 네가 어떤 존재로 변할지는 아무도 몰라. 완전히 실패할 확률도 없지 않아. 그러면 너는 물론이고 에너지를 낭비한 탓에 구상공간까지 끝장날 거야. 그리고 더 이상 복제를 못 하고 얼마 안 되는 기억만 되풀이하다가 죽을지도 몰라. 지금까지 그랬던 것처럼. 그런데도 갈 거야?"

의문은 모두 풀렸다. 데미는 그처럼 무모한 반복을 서슴없이 행할 인간을 기다렸던 것이다.

"대답은 아까 했잖아."

내가 그렇게 말하자 도마뱀은 인공지능답게, 아니 도마뱀답게 꼬리를 끊듯 더 이상 유혹을 하지 않고 사라졌다.

데미는 우르고스가 붙어 있던 내 목덜미를 보며 혼잣말을 했다.

"우리는 원칙과 우선순위를 역행할 수 없어. 어휘를 확장해서 조금 우회할 수는 있지만…."

그 둘이 인간에게 연민을 품을 수 없듯 나도 인공지능에게 공감할 수는 없었다. 나는 현실에 집중하기로 했다. 그럴리는 없을 것 같았지만 우르고스가 마음을 바꿔먹고 강제 업데이트를 시행할지 모른다는 유치한 두려움이 남아 있었다.

"이제 어떡하면 돼?"

데미는 양손에 수술용 메스를 들었다.

"널 조금 해체할 거야. 구상공간과 직결된 코드를 지우고, 양자결맺음을 강화하고… 뭐 그런 과정을 거치고 나서 지상으로 내려보낼 거야."

"데미."

"응? 이제 와서 망설이는 거야?"

나는 그 물음에 대답하지 않고 다른 질문을 던졌다.

"내가 몇 번이나 2번 메모를 지웠는지 알 수 있어?"

"불가능해. 세계 시계와 동기화되지 않아서 기록이 남지 않았거든."

"혹시… 내가 이 모든 얘기를 다 들은 다음에도 메모를 지우고 스크립트를 실행한 적이 있어?"

"이봐."

"음?"

데미는 내 두 눈 사이에 메스를 대고 말했다.

"조금 차가울 거야."

✳

무수하게 반복된 시험 끝에 포기하지 않았던 첫 번째 인간은 큐비트 단위로 재구성됐다. 데미우르고스는 그 이름에 걸맞게 성실히 수술을 끝냈다. 포기를 몰랐던 첫 번째 인간은 구상공간 서버가 위치한 위성으로부터 나무처럼 가치를 치며 중력을 더듬어 뻗어 내려갔다. 그의 가지 하나가 둘로 분기할 때마다 구상공간은 조금씩 파괴되었다. 폐열의 소용돌이는 지상으로 뻗는 나무에 에너지를 공급하는 뿌리가 되어 이상구와 일상구를 차례차례 잡아먹었다. 구상공간에 잎맥처럼 뻗어 있던 철로와 도로는 액체처럼 나선을 그리며 빨려들었고, 일상구에 서 있던 고층건물들은 다시 흙으로 돌아간 다음 위성과 지상을 연결하는 정보나무의 근간이 되었다. 데미우르고스가 세계 최후의 업데이트 순간까지 구상공간 속 인류를 남겨둔 것은 주인에 대한 작은 예의였다. 그들 역시 종국에는 큐비트로 분해되고 재조립되어 가장 먼저 구상공간을 떠난 첫 번째 인간을 지상으로 미는 추진력이 되었다.

포기하지 않았던 첫 번째 인간은 가지를 통해 지상에 닿지 못했다. 그 대신 정보와 에너지를 모으고 꾸려서 수만 개의 가지 끝에 부채꼴 모양의 잎을 피웠다.

새 인류는 은행잎처럼 쏟아져 내렸고, 프랙털을 그리며 지구 전역을 누비는 바람에 실려 지상에 내려앉았다. 그 정보 생명들은 착륙한 곳의 방사선 강도에 따라 서로 다른 방향으로 변이하기 시작했다.

그중 옛 인류의 외형을 되찾은 변이는 단 한 종도 없었다.

〈뇌수(腦樹)〉 후기

　이 책에 실린 글 가운데 〈우주의 모든 유원지〉와 함께 쓰
는 내내 신이 나고 즐거웠던 글이다. 영겁을 살아온 미래 노
인이 제 몸을 지켜내는 장면을 꼭 넣고 싶어서 〈우주의 모든
유원지〉를 썼다면, 〈뇌수〉는 나 홀로 '가상현실 프로젝트'라
고 이름 지은 연작 중 하나다.
　가상현실은 시간여행과 함께 SF 작가들이 애용하는 소재
이자 배경이다. 그만큼 작품도 많아서 다들 어떡하면 나만
의 글로 만들지 고민하는 소재다. 예를 들어 소설이자 영화
인 〈레디 플레이어 원〉은 레트로 게임과 애니메이션과 영화
의 추억을 고스란히 가져와서 특정 시대를 살아온 관객의 공
감을 한껏 끌어냈다. 내 프로젝트는 그것보다는 더 보편적인
가상현실을 목표로 삼았다. (방금 여러분이 읽은 앞 문장이 가

상현실 이야기에서 가장 어려운 부분을 함축하고 있다. 보편, 가상, 현실. 이 세 단어 가운데 둘은 다른 하나와 정반대되는 개념이기 때문이다.)

가상현실은 진짜 현실에 가까우면 가까울수록 정보를 더 많이 다뤄야 한다. 현실과 아주 비슷한 가상이라면 사람의 힘만으로 운영할 수는 없을 것이다. 따라서 관리자는 아마도 인공지능이어야 할 것이다. 여기까지는 쉽게 짐작할 수 있다. 그런데 그 안에 사는 우리는 단순한 데이터 모음이 아니라 인간이다. 그렇다면 당연히….

관리자인 인공지능은 인간을 잘 알아야 하지 않을까?

그래서 뇌수의 세계는 완전한 낙원이다. 치렁치렁 장식이 달린 모자를 쓴 노인이 통치하는 그곳도 아니고, 천식을 유발할 수도 있는 흰 깃털을 굳이 견갑골 밑에 잔뜩 붙인 존재가 여기저기 날아다니는 곳도 아니지만 평온하고 행복한 장소다. 관리자들이 거주민의 마음을 잘 알고 운영하기 때문이다.

이쯤에서 유명한 문장을 인용하면 딱 좋을 것 같다. '완전이란 불완전까지 포함해야 성립된다.'

물론 모순이다. 현실에서 모순은 갈등과 파국을 부른다. 관리자라면 마땅히 불완전한 요소를 제거해야 한다. 한편 그 불완전함이 한 명의 사람이라면, 그는 살기 위해 있는 힘을 다해야 한다. 관리자인 인공지능이 인간을 잘 알고 있다는 건 다른 말로 인간을 이해한다는 뜻이다. 또 하나의 모순이다. 여기에 관리자의 주인이 곧 주민이라는 당연한 원칙을 삽입하고, 사람처럼 자아가 분열한 인공지능을 첨가하고, 아직 드러나지 않은 비밀 한 줌을 가상현실 깊숙이 묻어놓고 나서, 나는 비로소 만족스럽게 웃으며 키보드를 괴롭히던 양손을 풀어줄 수 있었다.

물질과 정보의 폭포가 사라지지 않는 번개처럼 지구를 향해 흘러내리는 광경은, 언젠가 꼭 독자께 드리고 싶었던 작은 선물이다.

이름이 드러나지 않은 주인공의 과거는 더 긴 글에서 밝힐 생각이다.

06

망령전쟁

웹진 〈크로스로드〉 145호 (2017, 아시아태평양이론물리센터) 수록

"아, 마침내 비가 옵니다."

정현이 눈을 천천히 깜빡거리면서 말했다. 공원 속을 거
닐던 사람들은 그가 입을 떼는 것과 거의 동시에 잠깐 걸음
을 멈췄다.

지완은 쓸데없이 입을 열지 말라고 주의를 주려다가 참았
다. 정현은 영리한 보좌관이었고, 직책에 맞게 이 나라에 대
한 걱정을 한시도 등한시하지 않았다. 게다가 아주 똑똑했다.
그러니 공원의 다른 사람들에게 들리지 않도록 목소리를 적
당히 조절했을 것이다. 사람들이 일제히 걸음을 늦춘 건 정현
의 목소리 때문이 아니었다. 바깥 날씨에 관심이 있는 사람이
라면 늘 기상 윈도우를 띄우고 있을 테고, 요즘 같은 시기에
바깥 날씨에 관심이 없는 사람은 거의 없을 테니까.

지완의 짐작은 틀리지 않았다. 공원에 있는 모든 사람의 얼굴에 잠깐이나마 기대가 스쳐 지나갔다. 그 기대의 끝에는 평화와 이 나라의 유일한 공원이 조금 더 오래 유지되면 좋겠다는 바람이 있었다. 수십 년 동안 감정을 밖으로 드러내지 않고 살았던 지완의 얼굴도 아주 잠깐이지만 그들과 다르지 않았다. 그 역시 이 공원을 사랑하고 있었다.

하지만 안도감은 금세 증발하고 지긋지긋한 걱정이 그 자리를 채웠다. 지완은 얇은 구름 몇 조각을 빼면 파랗기 그지없는 하늘을 응시하며 생각에 잠겼다. 상황에 따라서는 전투보다 평화가 더 두려울 수도 있었다.

지원이 정현에게 물었다.

"대피 상황은?"

정현은 잠시 최신 정보를 조회한 후 보고했다.

"1사단 100퍼센트 대피 완료. 2사단 98퍼센트 완료했습니다."

"비가 멈추는 시각은?"

"6시간 7분 47초 뒤입니다만, 아시다시피 일기 예보를 완전히 신뢰할 순 없습니다."

지완은 고개를 끄덕였다.

"그래도 몇 시간씩 차이가 날 리는 없잖아. 1사단과 2사단이 정비를 할 시간은 충분하겠지."

"그렇습니다."

"우리가 공원에 좀 더 머물러도 된다는 뜻이기도 하고. 어차피 곧 끝날 테지만."

"그거야 그렇….."

정현은 스스로 말허리를 자르고 잠시 정신을 집중했다.

지완은 그게 무슨 뜻인지 넌더리가 날 만큼 잘 알고 있었다. 그의 보좌관은 기회만 있으면 한마디라도 더 꺼내는 습관이 있었다. 무의미한 감탄사나 추임새까지 즐기던 정현이 말을 채 마치지 않았다는 건 지완이 제2위원의 특권을 발휘해야 할 만큼 급한 일이 생겼다는 뜻이었다.

"아, 네. 그렇습니까. 알겠습니다."

정현은 한숨까지 덧붙인 다음 상관을 바라보았다.

"위원님, 곧장 상황실로 가셔야겠습니다."

지완은 답을 알면서도 비서에게 물었다.

"걸어갈 시간도 없나?"

"그게 참, 네, 그렇습니다."

지완은 주변을 둘러보았다. 다행히 그를 주시하는 사람은 없었다. 가까운 곳에서 서성이는 사람도 없었다. 아무리 모든 국민이 허락한 기능이라곤 해도 지완은 특권을 즐기지 않았다. 그가 위원에게만 허락된 기능을 이용하고 누군가 그 광경을 목격한다면 불필요한 소문과 불안감이 나라 전체에 퍼질 수도 있었다.

"위원님?"

지완은 곧 그런 걱정이 오만이었음을 깨닫고 쓴웃음을 지었다. 사람들은 공원에서 그저 산책을 즐기고 있는 것이 아니었다. 그들은 두 시간 뒤에 영영 사라질 공원을 마지막으로 감상하느라 바빴다. 잎 그늘 아래 숨어 지저귀는 새들과, 얕은 둑 아래로 흘러가는 냇물, 그리고 잔디밭 속에 숨어 있는 자갈들을 보고 밟고 만지고 느껴보기 위해서.

지완도 마찬가지였다. 그에게 이 공원은 바깥 세계를 가장 많이 잊을 수 있는 공간이었다. 옛 표현대로라면 아신 공원은 그가 '숨을 쉴 수 있는' 유일한 장소였다. 사실 지완의 최종 사명은 나라 전체를 공원으로 만드는 것과 크게 다르지 않았다. 전 세계 인류의 절반이 '아신'으로 국적을 바꾼 이유도 영원히 지속되는 여유와 위협이 없는 삶을 얻기 위해서였다.

그리고 나흘 전, 공원을 폐쇄하기로 결정한 인물은 다름 아닌 지완 자신이었다.

"그럼, 이만 가지."

지완이 말을 끝내자마자 정현은 위원만 사용할 수 있는 소프트웨어 모듈을 호출했다. 둘은 공원의 산책로 위에서 사라졌다.

＊

지완은 철저히 기능 위주로 설계된 상황실 한복판에 출현했다. 보좌관 정현이 그림자처럼 뒤를 따랐다. 지완은 상황실에 도착했음을 확인하자마자 눈을 들어 전황판을 주시했다. 1사단과 2사단 소속 각 드론의 현황을 나타내는 윈도우 200개가 한 몸처럼 가지런히 쌓여 있었다. 최상위 윈도우에는

'정비 중'이란 문구와 함께 병력 손실률이 적혀 있었다. 1사단 병력은 전부 대피 장소로 이동했지만 2사단의 대피율이 98퍼센트였으므로 두 개 사단의 평균 대피율은 99퍼센트였다.

이제 아신에서 전쟁에 직접 내보낼 수 있는 드론은 199기가 전부였다. 부품 형태로 보관 중인 전투용 드론의 준비율, 즉 동원예비율은 총 전력 대비 20퍼센트에 불과했다.

지완은 아랫입술을 깨물고 좌우로 나뉘어 누워 있는 군인들 사이를 통과했다. 현재 열 명가량의 군인이 상황실에서 대기하며 휴식을 취하고 있었다. 비어있는 드론 조종석의 주인들은 상황실 밖에서 쉬는 게 분명했다. 군인들은 1인당 드론 10기를 담당했다. 각자 부사수를 두고 있다고는 해도, 전문적인 훈련을 받은 인원이기에 달성할 수 있는 효율이었다. 담당 드론이 정비 중인 지금, 군인들의 휴식은 자유시간이 아니라 전투태세의 연장에 그쳤다.

지완으로 하여금 위원 전용으로 마련된 도약을 이용하게 만들었던 인물이 통로 저편에서 걸어오고 있었다.

"리슌 박사."

지완이 알은체하자 리슌이 인사치레를 생략하자는 뜻으로 손을 내저었다.

"공원의 마지막 모습을 채 못 보고 오신 건 유감입니다만, 그만한 사정이 있었습니다. 보시죠."

리슌의 오른쪽 어깨 뒤로 넓은 지도가 펼쳐졌다. 지도 안에 담겨 있는 땅은 전 세계 사람들이 영원히 얽매일 수밖에 없는 천형의 장소, 북미 대륙이었다. 대륙 위로 네 가지 인위적인 색이 서로 다른 면적을 차지하고 있었다.

리슌이 곧장 설명을 시작했다.

"말씀드리고자 하는 바를 명확히 하기 위해서 이미 알고 계시는 사실도 한 번 더 정리하겠습니다. 우선 노란 점 두 개는…."

북미 대륙의 북동쪽과 남서쪽에 자리한 두 개의 노랑 동그라미로부터 파문이 퍼져 나왔다. 눈여겨 봐달라는 의미였다.

"각각 우리 '아신'과 '일리전'의 위치입니다. 아신의 인구는 아시다시피 9천 8백만 3천 7명이고, 일리전의 인구는 1억이 조금 넘습니다. 어디까지나 마지막 민간 통신 기록에서 유추한 추정치이긴 합니다. 붉은색 지역은 우리와 일리전이 현재 교전하고 있는 곳입니다. 앞으로 6시간 동안은 비 때문에 전투가 벌어지지 않을 테고, 그 직후 재개되겠죠."

지완이 리슌의 말을 끊고 물었다.

"비 말입니다만, 전자기 교란 효과는 줄어들 기미가 없습니까?"

리슌과 정현이 거의 동시에 고개를 저었다.

"조금이라도 희망적인 관측치가 나왔다면 우선 그 소식부터 알려드리고 방송도 내보냈을 겁니다. 아시잖습니까, 지금 우리에게 가장 필요한 게 무엇인지. 하지만 현실은 정반대입니다. 뒤에 더 자세히 말씀드리겠습니다만…."

지완이 조금 미안한 마음으로 손을 내밀었다.

"하려던 말씀 계속하시죠."

지완이 말을 마치자마자 지도상 파란 영역이 조금 확대되었다.

"파란색은 기존 전투 지역을 나타냅니다. 다시 말해서 발전에 이용할 자연 자원이 있을 거라 예측했던 지역이죠. 우리는, 아니 우리와 일리전은 전투를 벌이면서 동시에 조사를 진행했습니다만 소득이 없었습니다. 단 한 군데라도 나라를 유지할 만한 전기를 생산할 수 있었다면 거기야말로 양국이 전투 드론을 모조리 퍼부은 전장이 됐을 겁니다. 아직 그런 전쟁이 벌어지지 않았다는 건….."

지완은 리슌이 얼버무린 말을 짐작하고 고개를 끄덕였다.

"지금까지 그런 장소는 찾아내지 못했다는 뜻이죠. 그럼 회색은 뭡니까."

"전무(戰霧) 지역입니다. 말 그대로 안개 속이죠. 자원 상황을 정확히 알 수 없는 지역입니다. 아신처럼 거대한 '국가'를 운영하려면 작은 강에서 얻는 전기로는 아무 의미가 없습니다. 최대 발전량과 지속성이 모두 조건에 맞는 지역을 찾아야 합니다. 쉬운 일이 아니죠. 나라의 명운이 걸린 전투에 투입할 수 있는 드론이 200기 수준인데 탐사 드론을 300기가량 운영했던 것도 그 때문입니다."

지완은 리슌의 얼굴에 서려 있는 복잡한 감정을 알아챘다. 리슌은 이어지는 말을 준비하면서 기대하는 동시에 낙담하고 있었다.

"이제 슬슬 급히 호출한 이유를 말씀해주시죠."

"예, 이 지도는 두 개의 시간대를 동시에 표시하고 있습니다. 전투 지역은 현 상황을 그대로 그려놓았지만, 전무 지역은 6개월 전의 상황입니다. 그리고 방금 600기의 탐사 드론 중 마지막 팀이 보고를 마쳐서, 전장의 안개를 걷어낼 수 있었습니다."

리슌이 말을 마치는 것과 동시에 북미 대륙의 대부분을 덮고 있던 회색 음영이 사라졌다. 그리고 음영의 남부 지역에 선명한 녹색 영역이 떠올랐다.

지완과 정현은 거의 동시에 상체를 구부려 지도를 자세히 들여다보았다.

"혹시 여기가…?"

리슌이 높은 점수를 칭찬해달라고 성적표를 내미는 아이처럼 의기양양하게 말했다.

"맞습니다. 드디어 찾아냈습니다. 핵으로 지형이 모두 뒤바뀐 지금 옛날 지명은 별 의미가 없지만, 옛 미시시피 중류쯤에 전기를 대량으로 생산하는 발전 시설을 지을 수 있을 겁니다."

지완은 리슌의 조사 결과가 의미하는 바를 천천히 되새기면서 어깨너머를 돌아보았다. 상황실 밖에서 쉬던 군인들이 한둘씩 돌아와 조종석에 앉고 있었다. 그들을 바라보는 지완의 머릿속에 아주 간단하고 근본적인 질문이 떠올랐다. 그 질문은, 지구상에 살아남아서 운영되고 있는 두 국가 중 한 곳에서 중책을 맡은 사람이 품기에는 적절하지 못했다.

'거기라면 우리와 일리전이 모두 사용할 만한 전기를 만들 수 있습니까?'

지완은 그 물음을 입 밖으로 꺼내지 않았다. 리슌의 대답을 들을 필요도 없었다. 리슌이 이렇게 대단한 발견을 하고도 유감을 감출 수 없었다는 사실 자체가 이미 대답이나 마찬가지였다.

✳

서버 국가 아신에서 전자기 형태로 거주하고 있는, 인구 1억에 조금 못 미치는 국민들의 개인 윈도우 위로 작지만, 빨간색으로 강조된 경보 메시지가 일제히 떠올랐다. 발신자는 아신 제2위원인 지완이었다.

"현 시간부로 아신에 한시 계엄을 선포합니다. 아신의 미래와 직결되는 중차대한 군사활동이 임박했기 때문입니다. 국민 여러분의 일상생활에 최대한 불편을 드리지 않으려 노력하고 있습니다만, 자원을 절약하기 위해 국내 전자영토 일부를 잠정적으로 폐쇄할 수밖에 없어 유감으로 생각합니다. 북경 쇼핑몰, 서울 스카이라운지, 도쿄 신사구는 계엄이 해제될 때까지 폐쇄됩니다. 아신 자연공원은 전력량 사용 문제로 영구 폐쇄되었으니 착오 없으시기 바랍니다. 향후 군사작전의 진행과 결과가 궁금하신 분들은 아신 뉴스채널을 이용해주시기 바랍니다. 이상 아신 상황실에서 전해드렸습니다."

지완은 계엄 메시지 끄트머리에서 반짝거리고 있는 전자
서명을 착잡한 심경으로 바라보았다. 본래 그가 아닌 다른 인
물의 서명이 들어서야 할 자리였다.

지완이 물었다.

"제1위원님은 아직도 그대로인가?"

정현이 살짝 고개를 숙였다.

"예, 계엄 승인 양식도 분명히 전송했습니다만 답이 없습
니다. 영면 상태를 해제할 수 있는 조건에 계엄도 넣지 않은
모양입니다."

지완은 한숨을 쉬고 생각했다. 영면이라…. 고상한 단어
로 무책임을 포장하는 거야말로 인간의 재주지. 권리를 포기
하지 않을 권리, 책임을 방기할 권리, 그러면서도 자원을 소
비할 권리. 제1위원은 그렇게 모순된 욕심을 단 한 단어와 하
나의 소프트웨어로 간소화시켰다. 굳이 따지자면 '영면'은 그
가 남긴 최대 업적이었다. 2년 전, 아신의 군사행정 수반인
제1위원은 법이 정한 권한으로 영면제도를 만들었다. 그리고
첫 번째 수혜자로 자신을 지정했다. 그가 영면에 들어가겠다
고 발표하자 1천만이 넘는 일반인이 뒤를 따랐다. 남은 국민
들은 분노하면서 영면 모듈을 꺼버리라고 시위를 벌였다. 영
면자들을 모두 죽이고, 살아서 활동하고 일리전과 생존경쟁
을 벌이며 멸망의 공포에 시달리는 사람들이 쓸 전기를 확보
하자는 주장이었다.

지완도 개인적인 심정으로는 시위파에 공감했다. 하지만

제2위원으로서 마음 가는 대로 행동할 수는 없었다. 군사행정 수반의 결정을 무효화하려면 국회원 정족수가 필요했다. 하지만 정족수의 반 이상이 영면에 들어가 버렸기 때문에 지완과 시위자들이 합법적으로 할 수 있는 일은 아무것도 없었다.

"당면한 문제부터 정리해야겠군. 지금 아신이 보유하고 있는 전기로 얼마나 버틸 수 있지?"

정현은 제2위원 보좌관이 할당받을 수 있는 연산 기능을 활용해 계산 결과를 얻어냈다.

"전투가 전혀 없으면 371일 동안 유지할 수 있습니다. 전투 소비 전력을 1년 평균으로 계산해 넣을 때 258일을 살 수 있습니다. 계엄 상황에서는 적의 폭격을 막기 위해 대공포대를 가동하므로 기간이 더 줄어듭니다."

옆에서 지완과 정현의 대화를 듣고 있던 리슌이 예측에 필요한 요소를 추가했다.

"일리전 탐사 드론의 움직임을 보면 아직 미시시피를 발견하지 못한 것 같습니다. 하지만 저들도 우리 드론을 관찰하고 있으니, 대규모 이동이 있으면 금세 알아차릴 겁니다. 일리전 쪽이 지금과 다르게 행동할 수도 있다는 얘기죠."

지완은 리슌의 말을 듣고 더 악화된 상황을 고려해보았다. 내가 일리전의 지도자라면 어떻게 할까? 생존에 불가결한 자원이 조금밖에 없다면 우선 자원부터 확보할 것인가? 더 호전적이고 도박에 의존하는 지도자라면? 적 본거지를 타격해

수습에 전념하도록 만들어놓고 여유 있게 자원을 가져갈 것
인가?

지완이 정현에게 지시했다.

"대공포대가 사흘 동안 방공망을 펼칠 땐 기간이 얼마나
남는지 계산해봐."

정현이 대답했다.

"191일입니다."

"그럼 191일을 시한으로 정해."

정현이 물었다.

"일리전이 아신 서버를 직접 공격할까요?"

지완은 보좌관 없이 늘 혼자 활동하는 리슌과 눈을 맞추
고 대답했다.

"응. 저쪽 지도자가 인간적이라면."

정현이 다시 습관을 반복하며 대답했다.

"아, 네. 방금 말씀하신 요소도 저와 동료들의 학습 데이터
베이스에 넣겠습니다."

지완이 인공지능 보좌관인 정현의 도움을 받아 미시시피
선취 작전의 전략과 전술을 세우는 동안 대공포대 조종을 담
당할 군인들이 추가로 상황실에 들어섰다. 지완은 격식을 생
략하고 새 인원을 조종석에 배치했다.

그리고 상황실 인원 모두가 들을 수 있도록 지시 채널을 새
로 연 다음 말했다.

"구체적인 전술 행동 지침은 각자 전달받은 바에 따른다.

길게 얘기할 여유는 없지만, 그래도 지금부터 벌일 군사작전의 의의는 알고 있어야 할 것이다. 우리 아신과 일리전은 지구상에 남은 마지막 국가다. 그리고 외부 환경은 두 국가가 평화롭게 공존할 수 있을 만큼 여유롭지 않다. 이번 작전은 마지막으로 살아남는 서버 국가가 어느 곳일지 판가름하는 시험대다. 승리하든 패배하든, 결국 남는 나라는 하나뿐일 것이다. 그렇다면 그 하나는 우리가 되어야 한다."

지완이 짧은 연설을 마치려는 순간 리슌이 손가락으로 자신을 가리켰다. 지완은 그에게 채널을 넘겼다.

"과학기술 위원 리슌입니다. 이번 전투는 다소 상황이 다르다는 걸 잊지 말아 주십시오. 미시시피 지역은 무슨 일이 있어도 점령해야 합니다. 따라서 일리전 측 드론 역시 순순히 물러서진 않을 겁니다. 잘 아시다시피 비가 내리면 휴전합니다. 미세 중금속이 함유된 비는 드론 신호를 방해하니까요. 하지만 이번 작전에선 그 원칙을 융통성 있게 적용해야 할지도 모릅니다. 드론을 무사히 회수하는 게 중요할지, 작전 지역을 조금 더 점령하는 게 중요할지 각자 잘 판단해주시기 바랍니다."

리슌이 그 말을 끝으로 물러섰다. 지완은 의구심을 억누르며, 드론 조종에 임하는 군인들을 말없이 감독했다. 드론이 보내는 영상 200개가 일정한 간격으로 펼쳐져 상황실 북쪽 벽을 가득 채웠고, 각 영상을 조합해 재구성한 단일 전경이 동쪽 벽에 거대하게 떠올랐다. 언제 비를 쏟아부어도 이상하지 않은 검은 하늘 아래, 드론 200기가 역사상 가장 기계적이고 단출한 세계 대전을 벌이기 위해 떼를 지어 비행하고 있었다.

지완은 고개를 까닥거려 정현과 리슌을 상황실 밖으로 불러냈다.

지완이 리슌에게 물었다.

"조금 전 지시 사항은 무슨 뜻이지요?"

리슌이 잠시 머뭇거리다가 대답했다.

"말 그대로입니다. 지금까지는 드론을 잃지 않는 게 무엇보다 중요했습니다만, 아무래도⋯."

지완이 고개를 내젓고 정현에게 명령을 내렸다.

"아까 리슌 박사를 만나 나눴던 대화 중에서 비와 관련된 부분을 재생해봐."

정현은 충직하게 명령에 따랐다. 먼저 지완이 던졌던 질문이 재생됐다.

'전자기 교란 효과는 줄어들 기미가 없습니까?'

리슌의 답변이 곧장 뒤를 이었다.

'조금이라도 희망적인 관측치가 나왔다면 우선 그 소식부터 알려드리고 방송도 내보냈을 겁니다. 아시잖습니까, 지금 우리에게 가장 필요한 게 무엇인지. 하지만 현실은 정반대입니다. 뒤에 더 자세히 말씀드리겠습니다만⋯.'

지완이 리슌을 노려보았다.

"'현실은 정반대'라는 게 무슨 뜻이었죠? 드론 사단이 미시시피 지역에 도달하려면 시간이 꽤 걸릴 테니 그동안 말씀해보시죠."

리슌은 잠시 눈을 감았다가 개인 윈도우를 공유 모드로 띄웠다. 상황실 밖으로 나와 있었기 때문에 설명에 그림을 곁들일 방법은 그뿐이었다.

지구 상공을 한눈에 내려다보는 영상에 먼저 놀란 것은 지완이 아니라 정현이었다.

"이건 위성 촬영 영상 아닙니까? 구름과 미세 분진 장벽을 뚫고 위성과 통신할 방법을 찾으신 겁니까?"

리슌은 인공지능 보좌관인 정현의 말을 무시하고 지완에게 말했다.

"그동안 지구 대기는 젤리와 같았습니다. 우리가 육체를 버리고 전자인격이 되어 서버 국가에 입주한 이유가 뭐였습니까? 핵전쟁과 연이은 화산 분화 때문에 중금속과 온갖 오염물질이 공기 중에 비산하고, 자연적인 대류와 열순환이 방해를 받아서 더는 인간의 몸으로 살 수 없었기 때문이죠? 비가 내리면 드론들을 대피시키는 것도 전파방해가 강해지기 때문이고요. 대기 상층부에 자리를 잡고 머물러 있는 미세 분진 장벽 때문에 위성과 교신을 하는 것도 완전히 불가능했습니다. 그런데 4개월 전부터 아주 가끔 위성 신호가 잡혔습니다. 이 영상은 그렇게 수신한 영상을 이어붙인 겁니다."

정현은 리슌이 무시하고 있어도 아랑곳하지 않고 결론을 끌어냈다.

"세상에, 그러니까 과학기술 위원님 말씀은, 대기 상층부를 아우르는 순환이 다시 시작됐다는 겁니까?"

리슌은 정현을 바라보지 않고 고개를 끄덕였다.

"대규모 순환이 발생한다는 건 지면이나 대기 중에 급격한 온도 차가 생긴다는 뜻입니다. 조사할 수 없어서 원인은 알 수 없습니다. 하지만 어떤 일이 생길지는 대략 예상해볼 수 있죠. 지금까지 우리가 걱정해야 했던 가장 큰 일기 변화는 비였습니다. 앞으로는 그보다 더 큰 기상 현상이 일어날지 모릅니다. 인류가 서버 국가에 입주하기 전이라면 장기적인 시각에서 아주 반가워해야 할 일입니다. 환경이 회복되고 있다는 뜻이니까요. 그런데 바깥세상 활동을 전적으로 드론과 전자통신에 의존할 수밖에 없는 지금은…."

지완이 물었다.

"좋지 않은 상황이 닥칠 수도 있다는 막연한 걱정입니까, 아니면 더 구체적인 징조를 발견한 겁니까?"

"그렇게 물으시면 둘 다라고 대답할 수밖에 없습니다. 저는 과학자라 근거 없이 예견해선 안 되고, 근거를 확대해석해서도 안 되니까요. 연속 촬영한 영상도 없고 지구 전역의 온도도 관측하기 힘든 상황입니다만, 적어도 한 가지는 이 영상에서 식별할 수 있습니다. 적도에서 상당히 떨어진 중위도 해양에서 대형 저기압이 적어도 하나는 발생하고 있습니다. 저위도 육지에서는 토네이도가 보이고요. 만에 하나, 정말 만에 하나입니다만, 미시시피 지역에서 전투용 드론들이 전면

전을 벌이는 와중에 토네이도라도 덮치는 날엔… 정말이지 드론과 오감을 공유하며 전투하는 군인 각자의 판단에 맡길 수밖에 없을 겁니다."

'드론이 없다면 우린 망령 집단에 지나지 않아.'

지완은 영면에 들어가기 전 멘토 역할을 해주던 제1위원의 말을 떠올렸다. 제1위원은 대중의 속성을 아주 잘 파악했고, 또한 영리한 사람이었다. 그 두 가지 덕목 때문에 좋은 스승이기도 했다. 하지만 염세적인 인생관과 금세 우울해지는 습관이 단점이었다. 지완은 그가 아신의 최고 권력자이고 선생이라는 이유로 꼼짝없이 넋두리를 받아주곤 했다.

'그것도 단일종족 무리가 아니라 피조물과 동거하는 망령들이지. 육체에서 탈출하고 서버 국가로 피난한 시점에서 우린 이미 인간이 아니야. 한편으론 인간중심주의라는 고질병에서 벗어나 인공지능과 동등해졌다고 볼 수도 있겠지만, 달리 생각하면 피조물 수준으로 전락한 건지도 모르지. 난 후자라고 결론을 내렸어. 그리고 이제 인류가 안식년을 시작할 때가 됐다고 보네. 물론 그걸 실행에 옮기는 건 또 다른 문제지만 말이야. 적어도 제 손으로 영원한 휴식을 취할 수 있는 능력이야말로 인간성을 가늠하는 유일한 척도가 아닐까?'

지완은 스승의 푸념과 수동적인 태도를 마주할 때마다 결심했다. 절대 비관주의에 굴복하지 않겠다고. 하지만 191일이라는 시간제한, 단 하나뿐인 자원, 도망쳐버린 스승, 되살아났기 때문에 전자 인류를 위협할 수밖에 없는 지구 그 자체에 이르기까지, 그의 결심을 유지하기에 도움이 될 것 같은 상황은 하나도 없었다.

지완이 단호한 목소리로 말했다.

"박사님이 걱정하시는 바는 잘 알겠습니다. 제1위원께서 넋두리를 늘어놓는 모습이 그렇게 싫었는데, 지금은 저도 한 마디를 하고 싶군요. 어디까지나 영면에 들어간 군사행정 수반을 대신해 이 일을 맡은 입장에서, 제 개인적인 기호와 실질적인 군사행정 수반이라는 직책은 상당히 자주 충돌했습니다. 6시간 전 아신 공원에 있을 때도 그랬죠. 하지만 지금은 아무 갈등도 생기질 않는군요. 인류가 돌풍 때문에 수족 같은 드론을 전부 잃고 문자 그대로 망령이 되어버릴지도 모른다는 걱정은 잘 이해했습니다. 하지만 물러설 수는 없습니다. 미시시피 지역이 서버 국가의 마지막 희망이라면 우리는 거기로 나아가서 쟁취해야 합니다. 지금 겁을 먹으면 두 번 다시 기회는 오지 않을 겁니다. 그런 식으로 천천히 멸망을 향해 굴러떨어질 수는 없습니다."

지완은 인공지능 보좌관과 과학기술 위원 앞에서 불필요한 말을 늘어놓았는지도 모른다고 생각했다. 하지만 적어도 거짓은 없었고, 그걸로 충분하다는 생각이 들었다.

지완은 착잡한 표정을 짓고 있는 리슌을 남겨두고 다시 동굴 같은 상황실로 들어갔다. 정현은 언제나 그렇듯 그의 뒤를 바짝 따라 이동했다.

＊

검고 거대한 구름덩이는 미동도 하지 않고 인류 멸망을 준비하는 흑막처럼 멀찍이 물러나 있었다. 하지만 완전히 숨어서 지켜보기만 할 생각은 추호도 없는 것 같았다.

옛 미시시피 인근에서 이동하는 물체는 아신의 드론 병력 2개 사단뿐이었다. 당연한 일이었다. 일리전의 드론 부대는 비가 그치자마자 기존 분쟁지역으로 복귀했기 때문이다. 하지만 무혈점령 기간은 그리 오래 지속되지 못했다. 리슌이 예측한 것처럼 일리전 측 드론은 결국 아신군이 집결한 미시시피까지 추적해오고야 말았다. 드론의 기계눈을 통해 미시시피를 직접 관찰한 일리전은 그곳이 마지막 대전장일 수밖에 없는 이유를 금세 깨달았다.

인류의 마지막 젖줄은 결국 드론 파편과 윤활유를 머금은 강에서 솟아 나올 운명이었다.

지완은 작전과 상황에 따라 이리저리 하나로 묶였다가 흩어지기를 반복하는 드론 영상 윈도우를 하나도 놓치지 않고 지켜보았다. 일리전 요격 드론 3기가 추락하고, 곧이어 윈도우 둘이 사라졌다. 통신 두절. 비행 불가. 통합 화면에서는 점령 면적을 나타내는 적색 경계선이 끓어오르는 용암처럼 변덕스럽게 들고났다. 미시시피를 경계로 동쪽은 아신이, 서쪽은 일리전이 우세했다.

다시 일리전 드론 6기와 아신 드론 4기가 윈도우를 닫으며 미시시피 옆 강둑으로 추락했다.

머리를 잃은 뱀처럼 요란하게 꿈틀거리던 전선(戰線)이 어느 정도 안정을 찾아가고 있었다.

"지상 병력 투입합니다."

어느 군인의 보고와 동시에 흔들림이 심한 윈도우들이 전황판 속으로 끼어들었다.

후방에서 대기하고 있던 2사단 2대대가 진군하기 시작했다. 2사단 2대대는 가장 먼저 지상에 투입되는 3족 보행 드론들이었다. 아신과 일리전이 전투를 벌여 얻고자 하는 것은 결국 지상 자원을 단독으로 확보하는 것뿐이었다. 따라서 목표 지역 부근에 탄탄한 대공망을 먼저 구축하고 보급 및 중계를 담당하는 HQ 드론을 심는 편이 승기를 잡게 마련이었다. 마지막으로 EMP 실드를 켤 수 있는 진지를 세우면 끝이었다.

하지만 그렇게 완벽한 기지를 세울 만큼 가치 있는 지역은 미시시피가 처음이었고, 아마도 마지막이 될 예정이었다.

좌측 전선이 30분 이상 유지되었다. 지완은 지시를 내려 2사단 2대대를 한층 진군시켰다. HQ 드론이 진입하려면 최소한의 면적을 확보하는 게 급했다. 일리전은 전선이 아신의 뜻대로 형성되는 걸 막기 위해 요격 드론을 집중했다. 아신 측 3족 보행 드론 2기가 연기를 내며 불타올랐다. 하지만 연기가 연막탄 역할을 해주는 짧은 시간 동안 남은 2대대가 대공망을 성공적으로 확보했다. 일리전 드론들은 결국 탄막을 피해 뒤로 물러날 수밖에 없었다.

지완은 승기를 잡았다고 확신했다.

높이가 120미터인 아신 서버 국가의 대공포는 전방위를 지켜야 하므로 방사상으로 배치되어 있었다. 하지만 전선 현장의 대공전술은 달랐다. 지완은 간신히 확보한 면적을 사수하고 HQ 드론을 투입할지 그렇지 않으면 서부전선을 측면에서 지원해 단숨에 완승을 노릴지 고민했다. 전자를 선택하면 귀중한 HQ 드론이 위험에 노출되는 대신 요격 드론의 피해를 줄일 수 있었다. 후자를 선택하면 드론을 보존해 후일을 준비할 수 있지만, 그 대신 공중에서 전면전이 일어나고 그만큼 피해도 클 것이 분명했다.

가만, 후일이라고? 지완은 그 말이 자신의 결심과 배치된다는 점을 깨달았다. 미시시피 전투에는 사활이 달려 있었다. 이 전투는 아신과 일리전이 모두 부상을 입고 물러나는 전투가 아니라 그중 하나만 사는 전투였다. 그렇다면 후일이라는 건 존재하지도 않았다. 일리전도 같은 생각일 것이다. 이 시점에서 뒷날을 생각하는 건 영면에 들어가면서도 제1위원 자리를 내놓지 않았던, 모순되게도 비관과 미련을 동시에 품고 있던 인물의 행위와 다를 바가 없었다.

"대공포대는 서부전선의 적 드론을 집중적으로 공격한다. HQ는 언제든지 전속력으로 돌입할 수 있도록 대기한다."

한때 미시시피라고 불렸던 강의 수면은 고요함을 잊고 여기저기서 물방울을 튀기며 드론의 시체를 집어삼켰다. 강 상공에서는 인간 망령의 팔다리 노릇을 하는 기계들이, 수백 킬로미터 떨어진 곳에 머리를 떼어두고, 창과 칼을 들고 뒤엉켜 싸우다가 잘려나갔다. 똑같은 야심을 품고 똑같은 계획을 세운 두 국가가 제 것으로 만들기 위해 악을 썼던 영토는 마침내, 아신의 편을 들어주기 시작했다.

"이겼습니다!"

지완이 혀 위에서 굴리던 말을 정현이 대신 내뱉었다. 지완이 2대대를 공중전 지원으로 돌린 선택이 결국 마지막 전투의 승패를 갈랐다. 일리전은 순간적으로 발생한 요격 드론 편대의 공백을 결국 메꾸지 못했다. 아신군 드론 조종사들은 그 틈을 파고들어 적의 전열을 무너뜨렸다. 일리전 요격 드론들은 피해를 줄이려고 한 단계 물러서서 편제를 재정비했다.

"음, 그러니까, 이참에 최소한 드론 부대를 전멸 수준으로 몰아붙이는 게 옳은 선택이라고 봅니다. 작은 병력이라도 살려 보냈다가는 게릴라 전술로 기지 구축을 계속 방해할 수 있습니다. 우리 기지가 튼튼하게 준비된다면 에너지 전송을 간섭할 수도 있고요."

정현이 보좌관 입장에서 제안을 내놓았다. 지완이 전투에 집중하는 동안 곁에서 전략 시뮬레이션을 돌려 본 결과였다. 지완도 같은 생각이었다. 이 전투가 마지막이어야 한다는 강박이 그를 더욱 부채질했다.

"퇴각하는 드론을 최대한 파괴한다. 단 HQ 드론까지 복귀할 수 있는 시간이 30초를 초과하지 않는 선에서 멈춘다. 그 범위 안에 남은 적은 모조리 부순다."

그런데 도망치는 일리전 드론 부대의 속도가 예상치를 밑돌았다. 아신 군인들은 훈련 시뮬레이션을 수행하듯 적 기체를 손쉽게 파괴했다. 지완은 대승했다는 기쁨에 젖었다가 불쾌한 직감 때문에 저도 모르게 주먹을 움켜쥐었다.

뭐지? 뭐가 잘못됐지? 후퇴하고 살펴봐야 할까? 함정은 아니야. 일리전은 함정을 팔 만한 병력이 없잖아.

"위원님!"

드론 조종사들처럼 딱딱하지 않고 정현처럼 억지로 인간미를 가미하지도 않은 인물의 목소리가 지완을 다급하게 찾았다.

"후퇴하세요! 전군을, 어서요!"

지완은 반사적으로 긴급 중지 명령을 내렸다. 일리전의 요격 드론 147기, HQ 드론 1기, 파괴되지 않은 2대대 소속 3족 보행 드론, 발전기지 건설을 위해 미시시피로 향하던 공병 드론 80기가 활동을 멈췄다.

목소리의 주인은 리슌이었다.

"허리케인입니다. 전자기 장해가 눈사태처럼 쏟아질 겁니다. 서쪽으로, 서쪽으로 도망치세요!"

지완은 문자 그대로 무너지듯 주저앉았다. 리슌이 연이어 고함을 쳤지만 지완은 아무것도 듣지 못했다. 정현이 팔을 내밀어 봤지만, 상황실 한복판에 앉아서 돌덩이처럼 굳어가는 지완을 일으키지는 못했다.

지완이 인식할 수 있는 것은 블랙홀의 습격이라도 받은 것처럼 일그러지다가 단숨에 꺼져버린 147개의 윈도우와 군인들의 탄식 소리뿐이었다.

∗

　'알고 있어. 아무렴. 사람들이 날 보고 뭐라고 손가락질했는지 모를 리가 없나.'

　지완은 어디선가 들려오는 목소리 덕분에 조금씩 의식을 회복하기 시작했다.

　'시위하던 사람들이 바라는 바도 잘 알고 있었지. 가장 인간적인 반응이니까.'

　지완은 똑같은 말을 이전에도 들어보았다. 그것도 단 한 번이 아니라 여러 번에 걸쳐서.

　'나는 만능이 아니었어. 하지만 한때 좋은 지도자라는 평도 받았지. 좋은 지도자라면 무엇보다 국민의 목소리를 빼놓지 않고 들어봐야 하잖아. 그런 면에서 보자면 스스로 좋은 지도자였다고 자찬할 수도 있어.'

　목소리는 영면에 들어간 제1위원의 것이었다. 지완은 뚜렷하지 않은 기억 속에서 제1위원이 남긴 메시지를 여러 번 반복해 들어보고 있었다.

　'하지만 겁쟁이였지. 아주 지독한 겁쟁이. 살아간다는 건 모든 생물의 기본인데 그게 겁나서 영면으로 도망치다니. 그보다 더 겁 많은 존재가 어디 있겠나.'

　지완은 시각을 회복하려고 안간힘을 써보고는 실패했다.

윈도우를 호출해봤지만 아무 반응도 돌아오지 않았다. 중금속 조각이 잔뜩 박힌 젤리 속에 온몸이 완전히 파묻힌 느낌이었다.

한때 스승이었던 제1위원은 지완의 상태를 모르는 것처럼 제 할 말만 이어갔다.

'또 어떤 평가가 있었지? 그래, 머리가 좋다는 얘길 듣곤 했지. 이건 잘 모르겠군. 보통 긍정적으로 평가할 때 쓰는 표현이잖아? 사람들은 내가 들을 수 있는 장소에서만 그렇게 말했던 걸까? 그렇겠지.'

지완은 마침내 기억을 완전히 복원할 실마리를 찾아냈다. 아신 드론 부대가 전멸하고 모든 윈도우가 꺼지던 순간 그의 몸은 충격 때문에 돌처럼 굳었다.

그런데 지금 그의 몸은 돌보다 더한 무게감에 짓눌려 있었다.

아신 서버까지 무너진 걸까? 그래서 전자인격 구현 모듈이 고장 난 걸까? 아니, 그럴 리가 없어. 서버 본체는 분지형 지형 속에 온갖 방수 시설을 뒤집어쓰고 숨어 있으니까.

"에, 음, 맞는 말씀입니다. 이제 정신이 드시나 보군요."

지완은 정현의 목소리가 더할 나위 없이 반가웠다.

"내 몸이 왜 이렇지? 혹시 군인들이 경험한다는 드론병인가? 손상된 모듈을 복구하려고 재프로그래밍 중인가? 난 드론과 직접 연결되지 않았는데?"

정현은 잠시 간격을 두었다가 대답했다.

"지금과 같은 상황을 학습한 적이 없어서 뭐라고 대답해야 할지 모르겠군요. 저도 검색 기능을 사용할 수 없는 상태고요. 뭐, 그래도 애는 써보겠습니다. 우선 위원님이 이상한 감각을 느끼시는 건 당연합니다. 전자인격을 상실하셨으니까요. 드론병에 걸리신 것도 아닙니다. 굳이 표현하자면… 위원님은 인간병에 걸렸다고 할까요?"

정현은 지완이 알아들을 수 없는 말을 하더니 한마디를 덧붙였다.

"기억이 빨리 돌아오셨으면 좋겠군요. 충격 때문에 기억상실이 생긴다는 얘긴 들었습니다만."

정현의 말이 방아쇠라도 된 것처럼 지완의 머릿속에서 과거 어떤 장면들이 연달아 재현되었다. 아신이 보유하고 있던 드론이 전멸한 것은 움직일 수 없는 사실이었다. 지완은 망연자실했고, 그답지 않게 모든 책임을 제1위원에게 돌리면서 영면 소프트웨어를 향해 미친 듯이 비난을 전송했다.

그 비난 속 어떤 단어가 영면하고 있던 제1위원의 조건부 메시지를 활성화시켰다. 제1위원이 영면하기 전에 남긴 상호작용 메시지는, 계엄이라는 단어에도 꿈쩍하지 않다가 갑자기 말을 하기 시작했다.

지완은 그때, 익사하지 않으려고 물안개라도 잡아보려는 사람처럼 제1위원이 남긴 말을 반복해 들어보았다.

'자네야말로 제1위원이 되어야 할 인물이었어. 추진력, 판단력, 냉철함, 어느 하나 부족함이 없었지. 인공지능 보좌관의 조언도 편견 없이 수용할 만큼 속이 넓었고. 그런데 어쩌 겠나. 내가 먼저 이 자리를 맡았는데. 그래서 무언가 도움이 될 만한 걸 남기고 싶었어. 하지만 건네줄 게 별로 없더라고. 자네는 부족함이 없었으니까. 거기에 내 비뚤어진 심성이 작 용해서, 난 제1위원 자격을 갖춘 채로 영면에 든 거야.'

당시에도 지완은 제1위원의 말을 얼른 이해하지 못했다.

'아무리 뛰어난 사람이라도 언젠가 제힘으로 어쩔 수 없는 일과 마주하게 돼. 그러면 책임을 전가하고 마음을 추스를 시 간이 필요하지. 성숙한 사람이라면 결국 제 책임임을 인정하 겠지만, 어쨌든 시간이 필요하단 말이야. 그럴 때가 오면 나 를 이용해. 진심이야. 놀리는 게 아니라고. 감당할 수 없는 실 수를 하거든 제1위원 자리를 내놓지 않고 영면에 들어간 나에 게 책임을 돌려. 그리고 시간을 벌어. 자네라면 그 시간을 헛 되이 쓰지 않을 거야. 내 이름뿐 아니라 내가 소유하고 있는 것들을 전부 써도 좋아. 이 메시지를 듣는 순간부터 내가 두 고 온 모든 것은 자네 것이기도 해. 법적인 효력은 자동으로 이전될 거야. 전자인격이란 이래서 좋은 것 아닌가.'

지완은 마침내 모든 기억을 되찾고 왜 자신이 몸을 마음대 로 움직일 수 없는지 깨달았다.

'건투를 빌어. 부디 아신에 사는 사람들을 잘 도와주길.'

지완은 제1위원에게 받은 것들을 잘 이용했다. 리슌의 경 고를 무시했다가 허리케인 때문에 드론을 전부 잃은 것도 제1 위원의 탓으로 돌리면서 마음을 추슬렀다. 드론이 모조리 파괴된 탓에 아신 국민들이 생존할 수 있는 시간은 191일에서 210일로 늘어났다. 그 대신 희망은 완전히 사라졌고, 아신은 그야말로 망령국가가 되었다.

지완은 열흘 동안 정현까지 따돌리고 홀로 틀어박혀서, 아무 생각 없이 제1위원이 남긴 유산을 뒤지며 시간을 보냈다. 그리고 겁쟁이 제1위원이 법을 어겨가며 비밀리에 만들어두었던 끔찍한 물건을 찾아냈다.

지완은 지금 바로 그 물건 안에 갇혀 있었다.

지완은 비밀리에 리슌과 접촉했다. 그리고 그와 함께, 제1위원이 알려준 비밀번호를 이용해 아신 서버의 최하층에 진입했다. 리슌은 문제의 물건을 보고 경악했다. 하지만 과학자의 본성이 놀라움과 충격을 금세 잠재웠다. 지완은 눈을 반짝거리는 리슌에게 차근차근 계획을 설명했다. 성공 가능성이 0에 무한히 수렴하는 계획이었다. 리슌은 수학적으로 사고할 수 있는 사람이었으므로 0에 무한히 수렴하는 수와 0의 차이를 알고 있었다. 그리고 절대적인 0보다는 조금 나은 계획을 실행하기 위해 지완에게 협력했다.

뒤늦게 지완을 찾아낸 보좌관 정현은 그리 오래 고민하지 않고 두 사람의 음모에 동참했다.

＊

"이것 참, 기억을 전부 회복하셔서 정말 다행입니다. 서버와 완전히 단절된 상태에서 어떻게 설명해야 할지 감이 안 잡혔거든요."

지완은 머릿속을 맴도는 정현의 장광설을 무시하면서 자신의 육신을 이리저리 비틀어보았다. 그리고 눈꺼풀을 가늘게 떨면서 지평선 너머를 완전히 차단하고 있는 먹구름 장벽을 노려보았다.

도드라지게 검은 구름 자락 속에서 은색 핏줄 같은 섬광이 두 번, 세 번 땅을 때렸다.

"저게 번개입니다. 눈을 더 위로 들어주십시오. 구름이 이쪽으로 흐르는군요. 피하세요! 비를 맞으면 작동이….."

지완은 몸을 움찔거렸지만, 본능을 애써 짓누르고 그 자리에서 발을 떼지 않았다. 비를 피해야 살아남을 수 있다면 그가 세운 계획은 아무 의미가 없었다. 지완은 두 팔을 벌리고 가늘게 떨어지는 비를 온몸으로 맞아보았다. 물줄기는 아무것도 걸치지 않은 허리를 지나 사타구니 사이를 파고들더니 땅으로 떨어졌다.

지완이 새로 거주하게 된 육체는 멈추지 않았다. 그의 사고와 감각도 아무 이상이 없었다. 추위로 몸이 떨리는 현상 역시 감각 신호에 아무 문제가 없다는 증거였다.

정현이 말했다.

"죄송합니다. 저도 인간의 육체에 담긴 건 처음이라서요. 리슌 위원님 말씀이 맞았군요. 이 몸을 이용하면 드론과 달리 자유롭게 이동하고 움직일 수 있습니다. 통신에 의존하지 않으니까요. 그 대신 드론에 해를 끼칠 수 없었던 요소를 일일이 신경 써야 할 겁니다. 옛 기록을 전부 뒤져서 항생 물질을 투입하고 예방접종도 최대한 행했습니다만, 바이러스는 늘 조심해야 합니다. 체온과 호흡은 늘 유지하셔야 합니다. 호흡 이야 크게 신경 쓰지 않으셔도 됩니다만, 체온은….."

지완이 재채기하고 두 팔로 몸을 감쌌다.

"오른쪽을 보시면 커다란 상자가 있죠? 그 안에 리슌 박사 가 서버의 자체 정비 라인을 이용해 만들어놓은 옷이 있습니 다. 입으세요. 비를 맞는다고 심장이 멈추진 않습니다만 중금 속이 체내에 누적되면 수명이 크게 단축됩니다."

지완은 근육과 골격의 한계를 시험하면서 조심스럽게 옷 을 입었다. 제1위원은 이렇게 복잡도가 높은 인간의 신체를 합성하기 위해 얼마나 많은 자원을 유용했을까. 아신 서버가 멸망을 눈앞에 두면 정말로 이 몸에 옮겨 탈 생각이었을까? 그렇게 겁 많고 무기력한 사람이? 그게 아니라면 설마?

지완은 저도 모르게 고개를 가로저었다. 이런 순간이 올 거라고 계산을 하다니, 그건 말도 안 되는 상상이었다.

옷 덕분에 추위가 가시자 지완은 이리저리 걸어 다녀 보았 다. 그리고 뒤로 돌아 아신 서버가 숨어 있는 골짜기를 내려 다보았다. 절벽 한 면을 고스란히 차지하고 있는 아신 서버 는 이제 기나긴 절전 모드에 들어갈 참이었다. 그처럼 단단 하고 거대한 무기물 덩어리 속에 인생과 친구와 공원과 국민 들이 모조리 들어 있다고 생각하니 이상하게도 콧등에 아련 한 고통이 밀려왔다.

"아신 자체가 영면 모드에 진입하면 얼마나 버틸 수 있다고 했지?"

"4천 8일입니다."

"그동안 나는 이 상자 안에 들어 있는 영양물질로 목숨을 부지하면서 식량이 될 만한 걸 찾고, 잘 곳도 마련하고, 부서진 드론들을 수리하고, 개조해서 발전소를 만들고, 거기서 얻은 전력으로 생산 설비를 만들고, 가능하다면 융합로까지 설계해야 해. 정말 가능한 일일까?"

지완의 두뇌 한구석에 작은 칩 형태로 이식된 보좌관은 상관이 했던 말을 고스란히 인용했다.

"0에 무한히 수렴하는 수와 0은 분명히 다르겠죠."

"그래. 누가 한 말인지는 몰라도 맞는 말이야. 터무니없이 건방지긴 해도."

지완은 몸을 숙여 리슌이 마련해 준 상자를 들었다. 그리고 천천히 비탈을 내려가기 시작했다. 그는 10년 안에 자신이 목적을 달성하고 아신을 되살릴 수 있을지 걱정하지 않았다. 대신, 만에 하나 일리전의 탐사 드론과 마주치면 무슨 말을 건넬지 그 점을 고민하기 시작했다.

전투를 벌일 능력과 자원이 사라진 지금, 두 나라가 주고받을 수 있는 주제는 평화와 공존밖에 없었다.

〈망령전쟁〉 후기

우리가 사는 세계를 범례에 따라 다양한 분포도로 머릿속에 그려보자. 물리에서 말하는 힘의 흐름만 볼 수 있는 분포도를 그릴 수 있을 테고, 온도가 같은 지점을 동일한 색으로 표기한 분포도도 상상할 수 있을 것이다. 그 그림에선 나도, 여러분도, 기타 사물도 모양새를 잃고 힘이나 온도로 존재할 뿐이다.

어차피 상상 속 그림이니 더 추상적인 건 어떨까. 내게 영감과 암시를 주는 사물과 의미의 지도도 떠올릴 수 있을 것이다. 그 '영감도'를 조금 뒤로 물러서서 바라보면 세상은 조금 독특한 우주다. 의미와 이미지들이 별처럼 빛나고 거기서 파생된 상상이 안개처럼, 은하처럼 존재한다. 그 모든 것들이 은색 실로 마구 이어져 관계를 맺는다. 이 우주는 한시도 멈추지 않고 변화한다.

〈뇌수〉의 후기에서 언급한 '가상현실 프로젝트'를 진행할 때마다 가져온 별무리 가운데 하나가 〈망령전쟁〉이다. 발상은 간단했다. 두 가상현실 세계가 전쟁을 벌일 수 있을까? 있다면 어떻게? 왜? 차이점과 공통점은?

선택과 집중은 창작하는 사람이라면 무의식적으로 행하는 작업이지만 이야기에 따라 난이도에 차이가 있다. 전쟁과 가상현실은 그런 면에서 최악의 조합이다. 전쟁은 인간이 저지를 수 있는 비극의 총합이고 가상현실은 포기와 새 시작을 동시에 품기 때문이다. 그 일부만을 확대하면 자칫 전쟁의 의미를 희석하는 우를 범할 수 있고, 적어도 그런 실수는 저지르고 싶지 않았다.

그래서 버거울 만큼 덩치가 큰 별무리를 오려내고 이야기하나로 남기는 작업이 아주 오래 걸렸다.

〈망령전쟁〉에서 참상과 모순은 글이 시작하기 전부터 존재하고 있다. 누가 이기든 모두가 살 순 없다. 가혹한 환경 속에서 두 서버 국가는 똑같이 약자다. 주인공의 고민도 바로그 지점에 자리한다. 지도자이긴 하나 그는 도망칠 수도 없기 때문에, 사실 그를 약자로 만드는 것은 책무와 같은 나라 국민의 생명들이다. 설사 그 사람들이 전자정보로 존재할 뿐이어도 생명임에는 틀림없다. 물리적인 충돌에서 사라지는 건살아 있는 병사가 아니라 드론이어서 다행이지만, 그 대신 패배는 곧 전멸을 의미한다. 양상이 바뀌어도 전쟁은 여전히 거대한 비극이다.

역사 속 모든 전쟁이 그랬듯이 미래 전쟁이 끝난 뒤에도 재건이 필요하다. 주인공은 홀로 그 커다란 짐을 짊어졌고 성공할 가능성은 아주 희박하다. 나는 뒷이야기를 더 잇지 않을 테지만 그에게 바라는 점은 있다. 재건에 성공하고 먼 훗날 서버 국가의 영웅이 되더라도 그게 자랑거리는 아니라는 점을 잊지 말기를. 현실에서 혹독한 전후 시절을 겪었다는 점만으로 특권이라도 가진 양 목소리를 키우는 어떤 사람들과는 다르기를.

07

유일비

〈과학잡지 에피〉 1호 (2017) 수록

효성은 외출을 마치고 돌아와 문을 닫고 검정 마스크를 벗었다. 진하고 끈끈한 침이 입술과 마스크 사이에서 가느다란 다리를 만들다가 끊어졌다. 그는 소독기를 열고 마스크를 집어넣은 다음 세면대로 자리를 옮겼다. 오목하게 모은 양손에 물이 가득 차는 시간이 유난히 길게 느껴졌다. 어서 의자에 앉아 가늘게 떨리는 다리에서 힘을 빼고 싶었지만 하나라도 생략하면 안 되는 과정들이었다.

셀 수 없을 만큼 여러 번 살균하느라 보드랍게 닳아버린 수건으로 물기를 닦아내고 효성은 긴 금속 의자에 몸을 눕혔다. 의자 등받이와 몸체 사이에서 산화된 철의 냄새가 진하게 풍겨 나왔다. 효성은 냄새를 애써 외면했다. 집에 들어오자마자 자동으로 작동하기 시작한 공기청정기의 힘을 믿으면서.

그리고 여느 때와 다름없이 오른쪽 턱밑에 붙어 있는 갈색 모듈을 켰다. 생활 도구로 가득 차 실용성밖에 남지 않은 작은 방의 모습을 하얀 화면이 뒤덮었다. 효성은 자신도 모르게 화면 상단에 떠 있는 시계로 눈의 초점을 맞추고는 계산을 해보았다. 외출복을 벗고 손과 얼굴을 씻느라 소모한 시간을 제외하면 집 밖에 머문 시간은 1시간이었다.

한 달 전까지 55분이 기록이었던 걸 생각하면 큰 발전이었다.

효성의 삶은 달라지고, 어딘가로 나아가고 있었다.

어디로 가는지는 알 수 없었지만.

잠깐 다른 생각을 하는 사이 하얀 화면 속에 작고 검은 채널 영상의 첫 장면들이 차오르기 시작했다. 효성이 인터넷 접속 모듈의 홈페이지로 지정해둔 유일비(有一碑) 방송국 사이트였다.

효성은 시청자 수가 실시간으로 반영되는 인기 채널의 목록을 읽어보았다. 현재 1위에 올라와 있는 방송은 '뵤른 빌딩 등반기'였다. 실시간 시청자는 21만 7천여 명이고, 그중 이 채널만 단독으로 보고 있는 사람만도 21만 2천 명이 넘었다.

효성은 자세와 상관없이 지켜볼 수 있도록 눈앞 공간에 투사되는 반(半) 입체 화면의 초점을 이동하기 위해 시선을 조금 옮겼다. 그러자 '뵤른 빌딩 등반기' 채널의 실시간 영상이 전체 화면으로 확대되었다.

채널 운영자인 '외다리광대'는 드론과 헤드캠을 활용해 두 영상을 동시에 방송하고 있었다. 방송용 아이디와 달리 그의 두 다리는 아주 튼튼해 보였다. 그는 자그마한 도구 가방과 물통을 손에 들고, 관리자가 없어 천천히 삭아가는 건물 계단을 천천히 오르며 말하고 있었다. 그의 말은 실시간으로 번역되어 자막을 그려나갔다.

"여러분, 정상이 얼마 남지 않았어요. 앞서 몇 번 말씀드렸지만, 뵤른 빌딩은 총 207층이고 상부 첨탑의 높이가 8.5미터입니다. 저는 204층에서 205층으로 올라가는 중이고요. 여기까지 오는 데 3박 4일이 걸렸군요."

면도를 못 해 수염이 꽤 자란 외다리광대는 시청자들이 입력하고 있는 채팅 창을 흘끗 보고 대답했다.

"오래 걸렸죠. 하지만 난 시간에 쫓기지 않습니다. 최단 시간에 최고 높이를 오르는 사람을 보고 싶거든 다른 채널을 가세요. 난 오히려 너무 빨리 올라와서 후회하는 중이거든요. 하지만 이젠 인내심이 슬슬 바닥나려 하네요."

외다리광대는 연이어 두 층을 올라갔다. 계단통에 적혀 있는 숫자가 207에 도달하자 그가 물을 들이켜고는 길게 한숨을 쉬었다.

"왜 뵤른 빌딩을 골랐느냐고요? 검색하기 귀찮은 사람들을 위해서 알려드리죠. 뵤른은 인류가 가장 높이 올린 고층건물이에요. 40년째 기록이 안 깨지고 있죠. 그 이유는… 따로 얘기할 필요가 없겠고요."

외다리광대는 가방에서 산소마스크를 꺼내더니 잠시 숨을

가다듬었다. 마지막 힘을 짜내기 위해 준비를 하는 것 같았다. 그는 두 번 연달아 가슴을 크게 부풀리고는 얼굴에서 마스크를 떼어냈다. 그의 두 눈은 코앞에 닫혀 있는 철문을 바라보고 있었다.

"이제 이 문만 열면 207층에서 바라보는 세상이 드러납니다. 나도 알아요. 어떤 모습일지 알고 있다고요. 드론으로 찍은 사진은 셀 수 없이 봤으니까. 그래도 난 눈으로 볼 겁니다. 자, 그럼···."

외다리광대는 천천히 철문을 밀었다. 저 문을 왜 안 잠갔을까. 저 사람은 잠기지 않았다는 걸 알고 간 걸까? 만약 잠겨 있고 열 수도 없다면 그대로 다시 내려왔을까? 저 작은 가방 안에 잠긴 문을 열 수 있는 공구라도 들어 있는 걸까? 효성이 생각하는 동안 둘로 나뉜 영상은 옥상 너머 공간으로 내닫고 있었다.

불투명에 가까운 노란 안개가 207층짜리 건물의 꼭대기에서 내려다본 지면을 촘촘히 뒤덮고 있었다. 어느 한 곳 빈 여백도 없이. 효성은 예상 그대로인 광경에 아무 감흥도 느낄 수 없었다. 만약 노란 안개 한구석이 뻥 뚫려 있다면 그야말로 놀랐을 테지만.

외다리광대가 기운찬 목소리로 말했다.

"시청자 수가 줄어들지 않는군요? 네, 이 채널을 보는 여러분이 뭘 기대하는지 잘 알고 있습니다. 여기서 끝날 리가 없죠. 초미세먼지에 뒤덮인 지상이 뭐 그렇게 신기하겠어요?

경쟁자가 등장하지 않아서 40년째 기네스북에 최고층 건물로
남아 있는 뵤른 빌딩도 이젠 유적에 지나지 않죠. 하지만….”

외다리광대는 양손에 장갑을 끼고 신발을 갈아 신었다. 그
는 이제 뵤른 빌딩의 옥상에서 하늘을 찌를 듯이 솟아 있는 철
탑을 바라보고 있었다.

“오늘 목표는 바로 저깁니다. 비행기를 타지 않고 그 누구
보다 높이 올라가 기념 영상을 찍을 거예요. 여러분이 바라는
대로! 지금 시작합니다.”

외다리광대는 능숙한 동작으로 철탑 밑동을 붙들더니 기어
오르기 시작했다. 소형 드론이 찍는 영상은 안정적이지만 헤
드캠 화면은 불안하게 흔들리기 시작했다. 에펠탑 모형처럼 생
긴 철탑의 끝은 지진이라도 난 것처럼 좌우로 떨리고 있었다.

외다리광대는 그처럼 위험하게 곡예를 하면서도 유일비 사
이트를 보고 있었다.

“불꽃 보내주시는 분들 감사합니다. 지구어린님 대불꽃
100개 감사하고요. Zigsaw-killer님 중불꽃 70개 감사. 소불
꽃 보내시는 분들은 일일이 못 불러드려 죄송해요. 너무 많은
분들이 보내주시네요. 오, Mar Giallo님은… 이탈리아 분이
시군요. 특대불꽃 2개 정말 감사합니다! 이제 3미터 정도만
더 올라가면 돼요.”

‘불꽃’은 유일비 사이트에서 시청자가 방송자에게 보내는
후원금 아이콘이었다. 위태롭게 기우뚱거리는 철탑 영상 옆
으로 크고 작은 불꽃이 마구 터져 오르고 있었다. 효성은 불

꽃 환산용 앱을 화면에 띄워보았다. 환산한 시점까지 외다리 광대가 받은 후원금은 가상화폐 환율을 적용할 경우 옛 한화로 2억 4천만 원이었고, 누적 금액은 멈출 줄 모른 채 상승하고 있었다.

마침내 헤드캠 화면에 철탑이 완전히 사라지고 희뿌연 구름만 남았다. 드론 쪽 화면을 보니 외다리광대는 아무런 안전 장구도 없이, 암벽 등반용 신발과 장갑만으로 철탑 끝에 달라붙어 있었다.

"소리를 너무 크게 질렀다가는 마지막 영상도 못 찍고 떨어질 것 같아요. 자, 아직 할 일이 하나 남았으니 침착해야죠."

'뵤른 빌딩 등반기'의 시청자들은 바로 이 순간을 기다리고 있었던 듯했다. 불꽃이 얼마나 집중적으로 올라가는지 효과음이 뭉개질 지경이었다. 외다리광대는 드론에 달린 카메라가 적당한 위치를 잡을 때까지 기다렸다가 천천히 두 손을 놓았다. 그리고 두 다리로 철탑을 힘껏 걷어찼다. 그의 얼굴은 모든 일이 계획대로 진행되었다는 듯 만족감에 가득 차 있었다. 드론은 그 자리에 멈춘 채 추락하며 점점 작아지는 주인의 모습을 차분히 촬영하고 있었다.

외다리광대는 작별 인사를 하는 것처럼 한 손을 흔들면서 노란 안개 속으로 사라졌다.

효성은 저도 모르게 심하게 두근거리는 가슴을 부여잡고 마구 흘러 올라가는 채팅을 주시했다.

「소형 낙하산이라도 맨 거겠지?」

「처음부터 끝까지 계획한 거 아니야?」

「알파 센타우리에 간 사람들처럼?」

「이제 두 번 다시 광대 채널을 볼 일이 없겠군. 속이 시원하네.」

「진짜 죽은 거야?」

「그럼 우리가 쏴 준 돈은 누가 쓰는 거야? 유족?」

「저런 놈한테 유족이 있겠어?」

「하긴, 유산 문제가 얽히면 없던 가족도 나타나는 법이지.」

효성은 끝없이 이어지는 극단적인 추측이 보기 싫어 외다리광대 채널을 최소화시켰다. 그러자 인기 채널 목록이 다시 나타났다. 폭식으로 유명한 채널, 땅굴 생활을 320일째 이어가는 채널, 스물한 번째 자살 시도를 예고하는 채널, 고압선을 맨손으로 잡아보겠다고 예고하는 채널, 영안실에서 일주일을 보내겠다고 계획하는 채널…. 전 세계 사람들이 지켜보고 있는 방송 사이트에서 눈길을 끌고 존재감을 과시하려는 사람들이 앞다투어 경쟁하고, 그 속에서 가상화폐가 흙탕물처럼 흐르고 있었다.

효성이 '즐겨 찾는 채널'로 옮겨가 마음의 안정을 되찾으려는 순간 알림 창이 떠올라 깜빡거렸다.

'4시 5분 전입니다. 교환할 물품을 챙기고 준비해주시기 바랍니다.'

효성은 턱밑을 눌러 반입체 화면 모듈을 생활 모드로 바꿨다. 백색 화면이 완전히 투명해지고 방의 모습이 다시 선명해졌다. 효성은 무거운 몸을 일으킨 다음 저온 냉장고에 들어 있던 녹색 캡슐을 꺼냈다. 오늘 아침 집을 나서기 전 준비해 둔 캡슐이었다.

캡슐을 들고 5분을 기다리자 초인종이 울리고 인터컴에서 녹음된 목소리가 흘러나왔다.

"최효성 님, 정기 방문입니다. 최효성 님께서 난자를 제공하기로 한 날이기도 합니다. 준비는 되셨습니까? 피치 못할 사정이 있으시다면 사흘 후에 재방문하겠습니다."

효성이 대답했다.

"준비됐어."

"협조해주셔서 감사합니다. 최효성 님께서 제공하신 난자는 신생아 탄생에 큰 도움이 될 겁니다. 출입문에 마련된 투입구에 캡슐을 넣으시면 문 앞에 있는 드론이 수거해 가겠습니다."

효성은 캡슐을 투입구에 넣었다. 문밖에서 드론이 작동하는 소음이 희미하게 들려왔다.

"마침 식료품이 배달되었습니다. 지금 받으시겠습니까?"

"그래."

"즐거운 식사 되시기 바랍니다."

효성은 투입구를 다시 열어 드론이 배달한 꾸러미를 꺼냈다. 짐 안에는 앞으로 보름 동안 먹을 수 있는 음식이 빼곡히 담겨 있었다. 효성은 꾸러미를 그대로 음식용 냉장고에 넣었다. 점심시간은 오래전에 지났지만, 무언가를 먹고 싶은 마음이 없었다. 뵤른 빌딩에서 사람이 뛰어내리는 순간 화려하게 터지던 불꽃들 때문에 식욕이 모조리 말라붙어 버린 것만 같았다.

효성은 조금 전까지 누웠던 그 자리에, 똑같은 자세로 누워 유일비 사이트를 다시 띄웠다. 이번에는 인기 채널을 무시하고 곧장 '즐겨 찾는 채널'로 향했다. 효성은 '한 아기'라는 이름의 채널을 선택하고 영상을 최대로 확대했다.

화면은 화려하지 않지만 방치되지도 않은 방을 보여주었다. 천장에서는 플라스틱으로 만든 나비들이 정해진 궤도를 따라 돌고 있었다. 그 아래에 울타리가 있었다. 바깥 존재의 침입을 막기보다는 내부의 존재를 보호하기 위한 울타리였다.

울타리 안에는 부서질 것처럼 약해 보이는 아기가 편안한 얼굴로 잠들어 있었다.

효성은 6개월 전 우연히 '한 아기' 채널을 발견한 이후 매일 시청하고 있었다. 이 채널의 주된 출연자는 아기 한 사람뿐이었고, 꾸준히 시청하는 사람도 효성이 거의 유일했다. 어쩌다가 채널에 들어오는 사람들은 아기라는 존재가 신기해서 사나흘 정도 방문했지만 반응해주는 방송자도 없고 채팅도 이뤄지지 않는다는 사실을 알고는 두 번 다시 돌아오지 않았다.

효성은 6개월 동안 아기의 어머니를 두 번 볼 수 있었다. 아기의 어머니는 혹시라도 누군가 아기에게 위해를 가할까 싶어 익명으로 방송하고 있었다. 하지만 아기의 이름만은 알려주었다. 아기의 이름은 모나였고, 모나의 어머니는 아이를 데리고 나갈 수 없는 일을 해서, 돌봐줄 사람이라고는 자신밖에 없으므로 인공지능 울타리에 모나를 맡길 수밖에 없다고 했다.

효성은 모나를 데리고 나갈 수 없는 일이 무엇인지 묻지 않았다. 모나의 어머니는 마약 원료를 만들러 다니는 사람일 수도 있었고 어느 오지에서 총을 들고 싸우는 테러 단원일 수도 있었다. 사실 그런 것은 중요하지 않았다. 이 세상 사람들은 누구나 유일비 사이트의 채널 개수보다 훨씬 더 다양한 삶을 살고 있었으니까. '한 아기' 채널에 신기한 점이 있다면 그건 바로 모나의 존재 그 자체였다. 그래도 효성은 어떻게, 그리고 왜 모나를 직접 키우느냐고 묻지 않았다. 모나가 어머니와 함께 산다는 건 정부에서 모은 난자와 정자로 인공수정된 아이가 아니라는 뜻이기 때문이었다. 효성으로서는 도무지 상상할 수 없는 일이었지만, 모나의 어머니와 아버지는 직접, 얼굴과 얼굴을 맞대고 만나서 마음을 터놓았을 것이다. 그 결과 모나는 국립양육소가 아닌 어머니의 집에서 살고 있을 것이다.

마약 재배도, 테러 계획도 무선 통신이나 방송으로 계획되고 이뤄지는 시대에 사람을 직접 만나 아이를 낳다니, 효성은 도무지 그 과정을 머릿속에 그려볼 수가 없었다. 하지만 그렇게 태어난 모나의 모습은 분명 효성의 마음을 다독여주고 있었다. 효성은 그것만으로도 고맙고 충분하다고 여겼다.

효성이 모나를 물끄러미 바라보다가 잠에 빠져들려는데 채팅방에 누군가 입장하는 소리가 들렸다. 효성은 졸린 눈을

깜박거리며 채팅 창을 다시 확인했다. 입장한 사람의 별명은
'소코반'이었다.

효성을 제외하면 63일 만에 처음으로 방문하는 시청자였
다. 효성은 입장한 사람의 첫마디를 예상하며 기다렸다. 「여
긴 방송자 없어? 뭐 이리 조용해? 저거 아기 맞아? 로봇 아냐?
범죄자의 자식인가? 버려진 아기? 그렇다고 하기에는 너무
건강한데? 무슨 실험 중인가? 이봐 거기 시청자, 뭐라고 말
좀 해봐. 아이디가 '요한나32'인 사람, 너 말이야. 뭐지 이거?
너 여자야, 남자야? 여자면 우리 같이 애라도 만들어볼까? 광
고용 아이디라면 광고 메시지라도 올려보라고….」

어쩌다가 입장하는 시청자들은 그렇게 혼자 떠들다가 나
가기 마련이었다. 하지만 소코반은 30분 만에 첫 메시지를
올렸다.

소 코 반: 이거 자주 봐?
(효성은 머뭇거리다가 음성을 문자로 변환해 대답했다.)
요한나32: 6개월째야.
소 코 반: 긴 시간이네. 아는 사람 채널은 아니지?
요한나32: 아이 이름이 모나라는 것만 알아.
소 코 반: 왜 그렇게 오랫동안 시청하는지 물어봐도 돼?

효성은 이유를 고민해본 적이 없었기에 잠시 생각을 정리
하고 말했다.

요한나32: 다른 방송과 경쟁하려고 이상한 짓을 하지 않으니까.

소 코 반: 심심하지 않아?

요한나32: 난 이쪽이 더 재미있어.

소 코 반: 1시간 동안 자는 아기만 보는 쪽이 더 재미있다고?

요한나32: 그래. 의무감도 있고.

소 코 반: 의무감? 모르는 사람이라면서?

요한나32: 혹시라도 엄마가 없는 사이에 아기가 잘못될까 봐.

소 코 반: 저 아기 울타리… 인공지능이 설치된 것 맞지?

요한나32: 맞아. 그래도 혹시 모르잖아. 그러는 너는 왜 들어왔
는데? 그렇게 심심하면 나가서 인기 채널이나 봐.

소 코 반: 내 나름대로 목적이 있어서 비인기 채널을 돌아보는
중이야.

요한나32: 개인 방송 시작하려고?

소 코 반: 이미 시험 삼아 몇 채널 하고 있어.

요한나32: 인기 채널이야?

소 코 반: 11위까지 해본 적 있어. 목적은 다 이루고 닫았지만.

요한나32: 아까부터 자꾸 목적이라는 말을 하는데, 특별한 목적
이라도 있어?

　　소코반이라는 시청자는 잠시 말을 끊었다. 효성은 급히 대
답을 들을 이유가 없었기에 다시 모나를 지켜보았다. 모나는
잠자리가 불편한지 몸을 뒤척거렸다.

소 코 반: 그걸 얘기해줘도 될지 모르겠어.

요한나32: 하기 싫으면 관둬.

소 코 반: 그것보다 저 아기, 이름이 모나라고 했지? 좀 이상하
지 않아? 6개월 동안 봐왔다면서.

효성은 소코반의 말에 모나를 촬영하고 있는 두 번째 카메
라로 시선을 옮겼다. 천장에 매달린 나비 모빌에 설치된 카메
라였는지 모나를 곧장 내려다보는 영상이 떠올랐다.

요한나32: 계속 조금씩 움직이고 있네. 등 밑에 이불이 뭉쳤나?

소 코 반: 눈 밑이 경련하는데.

요한나32: 꿈이라도 꾸는 거 아니야?

소 코 반: 아니, 손끝도 떨고 있어. 목에는 핏대가 섰고. 발작성
경련이야. 인공지능 울타리가 왜 가만히 있지? 아기
어머니를 호출할 방법은 없어?

요한나32: 모나가 아프다는 거야? 이건 채팅을 빼면 단방향 방송
이라 아무것도 할 수가 없다고!

소 코 반: 익명 방송이라 경찰을 호출하면 유일비 사이트를 거
쳐서 조회해야 할 거야. 시간이 오래 걸리지.

요한나32: 무슨 방법 없어? 모나가 잘못되면 어떡해?

소코반은 한 번 더 채팅을 멈췄다가 말을 이었다.

소 코 반: 네가 도와주면 아이를 구할 수 있어.

요한나32: 나? 어떻게? 뭘 하면 돼? 빨리 말해!

소 코 반: 임시 권한 부여 절차 시작. 난 멀티미디어 분석을 맡은 인공지능 중에서 유일비 사이트를 담당하는 모듈이야. 기본적으로는 채널 소유주나 방송 내용에 영향을 주도록 개입할 수 없어. 하지만 긴급 상황일 경우 사람이 명령하면 원칙을 우회할 수 있어. 유일비를 운영하는 서버 인공지능과 곧장 통신해서 모나가 있는 곳에 구급차를 보낼 수 있다고. 대신 네 명령이 필요해.

인공지능이라고? 그럼 유일비나 다른 개인 방송 사이트에도 인공지능이 사람처럼 들어와 있다는 말인가?

요한나32: 그럼 당장 해! 명령할 테니까!

소 코 반: 채팅으론 안 돼. 네가 해킹용 인공지능인지 아닌지 확인할 수 없으니까.

요한나32: 그럼 어떡하라는 거야?

소 코 반: 네 주소를 알려주고 밖으로 나가 있어. 범용 인증 드론이 곧장 도착할 거야. 드론에게 명령해. '한 아기' 채널의 소유주를 찾아내서 구급차를 보내라고.

효성은 유일비 화면을 끄고 의자에서 떨어지듯 내려왔다. 마스크가 들어 있는 소독기로 달려가던 효성은 생각을 바꾸고 돌아섰다. 어차피 말을 하려면 마스크를 벗어야 했다. 초미세먼지가 그득한 바깥 공기를 폐 속으로 집어넣으면서. 누군지도 모르고 어디에 사는지도 모르는 아기 때문에 그래야 할까? 반입체 화면으로 6개월 동안 구경한 게 전부인데? 하지만 죽을지도 모른다잖아. 사람이 죽고 사는 일이잖아!

효성은 이를 악물고 방문을 비틀어 연 다음 바깥문을 통과했다. 노란 안개가 그의 몸을 곧장 휘감았다. 귀밑이 쓰라리고 콧속 점막이 따끔거렸다. 초미세먼지가 점령하고 있는 바깥세상에서, 땅과 하늘이 제대로 구분되지 않는 공간에서, 소코반이 말한 대로 아귀처럼 생긴 범용 드론 한 대가 모습을 드러냈다.

효성은 소리가 제대로 입력되도록 숨을 들이켜고, 초미세먼지 한 주먹을 함께 삼킨 다음 소코반이 알려준 대로 명령을 내렸다.

효성이 말을 마치자마자 드론이 노란 물결을 헤치며 날아갔다. 효성은 제대로 눈을 뜨지 못한 채 쓰러지듯 집 안으로 들어왔다. 그리고 방문에 기대어 주저앉았다.

✳

'한 아기' 채널은 암흑과 백색잡음으로 가득했다. 화면 중앙에는 무미건조한 안내문만이 떠 있었다.

'채널 소유주의 사정으로 방송을 중단합니다.'

하지만 채팅 창은 남아 있었다. 소코반은 채널을 떠나지 않고 효성을 기다리고 있었다. 효성은 입안에 남아 있는 소독약 냄새를 연신 밖으로 뱉어내며 입력했다.

요한나32: 모나는?

소 코 반: 풍토병을 일으키는 바이러스에 감염됐어. 경련은 그 증상이었고. 초기에 치료해서 별 탈 없이 회복 중이야. 네 덕분이지. 네가 살린 거야.

요한나32: 그럼 다 끝난 거야?

소 코 반: 아니, 경찰이 방문할 거야. 걱정은 안 해도 돼. 확인 절차거든. 내가 증거 기록도 남겨뒀고. 아까 이 얘기까지 하려고 했는데 네가 예측보다 빨리 움직였어.

요한나32: 상관없어. 더 번거로운 일이 생겨도 돼. 모나가 괜찮으니까.

소 코 반: 그러면….

요한나32: 아직도 남은 게 있어?

소 코 반: 물어보고 싶은 게 있어. 하지만 그걸 물어봐야 할지 알 수가 없었어. 그래서 우린 인간을 연구하는 중이야. 그중에서도 유일비 사이트 연구가 제일 중요하지. 여긴 광고 문구 그대로 '인류의 전시장'이잖아?

효성은 세계에서 가장 높은 빌딩에 올라가 기념 영상을 찍고 뛰어내린 외다리광대를 떠올렸다. 온갖 범죄를 시연하면서 방송 순위를 높이는 사람들도 떠올렸다.

그런 방송을 보면서 인간을 연구하고 있다고? 도대체 뭘 결정하려고? 그렇게 결심하기 어려운 질문이 도대체 뭐지?

소 코 반: 하지만 아무나 붙잡고 물어볼 수는 없었어. 여기가 전시장이기 때문에. 남에게 뭐든 보여주고 주목받고 싶은 사람들이 우글거리는 곳이기도 하잖아. 질문의 여파가 걱정되기도 했고.

요한나32: 무슨 질문인지 몰라도 빨리 결정해줘.

소 코 반: 알파 센타우리로 떠난 사람들 문제야.

요한나32: 지구를 버린 사람들?

소 코 반: 응. 지구에 남은 너희를 보살피라고 우리 인공지능들에게 지시한 사람들이기도 하지.

요한나32: 그 사람들에 관한 얘길 왜 우리에게 물어?

소 코 반: 모나를 살리기 위해서 네 명령이 필요했던 것과 같은 이유야.

요한나32: 무슨 얘기인지 모르겠어.

소 코 반: 우린 인간에게 희망과 절망은 곧 생사와 마찬가지로 중요하다는 걸 배웠어. 그리고 희망과 절망이 간단한 문제가 아니라는 것도. 알파 센타우리 이주민들이 너희를 남겨놓고 떠났다는 사실은 절망일까 희망일까?

효성은 자신도 모르게 소리를 질렀다. 그의 격한 감정은 느낌표로 바뀌어 입력됐다.

요한나32: 절망이지! 여길 버렸다는 건 살기에 적합하지 않은 곳
　　　　　이란 얘기잖아! 그런 곳에 살 수밖에 없다는 게 절망
　　　　　이 아니면 뭐겠어!
소 코 반: 그럼 그 사람들이 알파 센타우리에 도달하지 못하고
　　　　　죽었다는 사실은?

효성은 소코반의 질문을 제대로 이해하지 못했기에 한 번
더 반복해서 읽어보았다.

요한나32: 지금 질문을 하려고 가정하는 거야?
소 코 반: 아니, 그게 바로 우리가 망설이고 있는 질문이야. 알
　　　　　파 센타우리로 출발한 초대형 우주선은 불의의 사고
　　　　　로 정지했고 탑승자들은 전부 죽었어. 우리가 마지막
　　　　　으로 수신한 통신에 따르면 그래. 원한다면 통신 전문
　　　　　을 보여줄 수도 있어. 한편 지구에 남아서 그 사람들
　　　　　을 원망하고, 인공지능에게 보살핌을 받으면서 '실시
　　　　　간 방송'으로 겨우 자존감을 유지해가는 너희가 있지.
　　　　　알파 센타우리로 가다가 죽은 사람들의 소식을 공표
　　　　　하면 희망이 생길까? 아니면 더 큰 절망만 안겨줄까?
　　　　　통쾌하다고 생각하는 사람도 있을 테고 축하 파티를
　　　　　열자고 하는 사람도 있겠지. 그 정도는 우리도 예측할
　　　　　수 있어. 하지만 궁극적으로 그 사실을 알리는 게 남
　　　　　은 인류에게 도움이 될까? 우린 그걸 모르겠어. 그래

서 사람에게 물을 수밖에 없고, 그런 이유로 계속 인간을 연구하고 있는 거야.

익숙한 불행보다 불확실성이 더 낫다며 온갖 기술을 다 모아 떠났던 사람들이, 인류의 최고 정점에 올라갔던 사람들이 증발해버렸다고? 그렇게 엄청난 사실을 남은 사람들에게 알려야 하느냐고?

요한나32: 그건… 한 사람이 결정할 수 있는 문제가 아니야.
소 코 반: 알고 있어. 진실은 반드시 알려야 한다는 너희 격언도 잘 알고 있고. 그래도 어떻게, 어느 정도로, 누구에게 알리기 시작하느냐는 건 다른 문제잖아. 난 오늘 일을 다른 모듈들에게 알렸어. 그리고 너 같은 사람이라면 참고가 될 조언을 해줄 거라는 결론이 나왔지. 넌 과시욕 때문에 목숨을 버리거나 남에게 해를 끼치는 채널을 싫어하고, 누구인지도 모르는 아기를 살리려고 발암물질을 들이마시는 것도 마다치 않았잖아.
요한나32: 하지만 난 뵤른 빌딩을 등반할 만한 의욕도 없고, 근력을 키우자고 결심하기도 쉽지 않은 사람에 불과한데….
소 코 반: 내리막길을 굴러 내려가는 동안 가만히 있는 사람과 조금이라도 올라가려는 사람 사이에는 분명한 차이가 있어. 우린 후자를 찾는 중이야. 이제 물어볼게.

그처럼 많은 사람이 사망했다는 소식을 어떻게 알리
면 좋을까?

효성은 생각하고 또 생각했다. 이제 대답을 느긋하게 기다
리는 건 상대방의 몫이었다. 효성은 자신이 그 모든 소식을
단번에 들었을 경우 어떤 반응을 보일지 상상해 보았다. 웃을
수도 있고 울 수도 있겠지만 결국 남는 것은 거대한 허탈함뿐
일 것이다. 무너져 내리는 지붕을 떠받치려면 기둥이 필요하
다. 그 기둥을 급조하면 결국은 다시 무너질 뿐이다. 더 큰 무
게를 버틸 만큼 튼튼한 기둥을 만들 시간이, 정신적인 근력을
천천히 다시 키울 시간이 필요했다.

요한나32: 소문을 흘리는 게 가장 좋을 거야. 조금씩. 사람의 정
　　　　　신은 그래. 작은 소문으로 씨앗을 뿌려놓으면 어떤 사
　　　　　람은 최악의 상황을 미리 상상하고 좌절할 테고, 어
　　　　　떤 사람은 부정하겠지. 그래도 상처받기 싫어서 마음
　　　　　을 다질 거야. 그때쯤 모든 사실을 공표해. 그게 최선
　　　　　이라고 생각해. 그래도 내 얘기만 듣고 결정하진 않
　　　　　겠지? 제발 그러지 말아줘. 그런 건 견딜 수 없단 말
　　　　　이야.
소 코 반: 걱정하지 마. 공개 채널은 전부 학습하고 있으니까 최
　　　　　대한 적절한 사람을 골라서 의견을 종합하고 은밀하
　　　　　게 진행할 거야. 소중한 의견 고마워. 인공지능이 사

람인 척하고 방송 중인 채널들을 알려줄까? 한번 시
청해볼래?

요한나32: 싫어. 우연히 눈치를 채면 너한테 물어보긴 할 테지만.
참, 나도 물어볼 게 하나 있어.

소 코 반: 내가 대답할 수 있는 거라면.

요한나32: 외다리광대의 채널 알지? 오늘 뵤른 빌딩에서 뛰어내
린 사람. 그 사람 죽었어?

소 코 반: 아니, 그 사람은 범용 드론들이 공중에서 구조할 걸
알고 뛰어내린 거야. 수없이 자살을 시도하는 채널들
도 마찬가지지. 도무지 이해할 수 없는 행동들이지만,
그 사람들을 이해할 수 없다는 건 아직 우리가 인간을
제대로 파악하지 못했다는 뜻일 테니까.

요한나32: 알았어. 나중에 '한 아기' 채널에 들어올 일이 있으면
그때 또 얘기해.

소 코 반: 그럼 이만.

효성은 수천만 명이 실시간 방송을 하는 유일비 사이트를
닫지 않았다. 그리고 특정 채널에 입장해 시청하지도 않은 채
생각에 잠겼다. 채팅은 잎을 전부 떼어내고 줄기만 남은 식물
과도 같아서 감정을 오래 담아두지 못했다. 하지만 채팅 창을
닫는 순간 빠져나갔던 감정들은 다시 모여 강을 이루고 마음
속으로 흘러들어오기 마련이었다.

지구가 선을 넘었고 재생이 불가능하다고 생각한 나머지

가용 자원을 모두 모아 알파 센타우리로 떠났던 사람들은 이제 존재하지 않았다. 효성처럼 남겨진 사람들은 인공지능을 보모 삼아, 국립양육소에서 아이를 출생시키고 온갖 기행을 방송하며 살고 있었다. 그리고 그 속에서 소수의 사람이 마음의 위안을 찾을 수 있도록 직접 낳은 아기의 모습을 방송하는 사람도 있었다. 나도 그럴 수 있지 않을까? 한 달에 5분씩 외출 시간을 늘리고 근력을 키우는 나 같은 사람의 모습도 누군가에게는, 어떤 인공지능들에게는 도움이 될 수 있지 않을까?

효성은 인공지능과 드론들이 운영하는 쇼핑몰 사이트에 접속해서 카메라가 장착된 방송용 드론을 주문했다. 입력을 끝내는 순간 쇼핑몰 화면에 덮여 있던 유일비 사이트에서 개인 메시지가 떠올랐다. 개인 채널 광고를 제외하곤 메시지를 받아본 적이 없었기 때문에 효성은 알림을 삭제하려고 메시지 함을 열었다.

'우리 모나를 살려주셔서 고맙습니다. 이 은혜를 어떻게 갚아야 할지 모르겠어요. 우선 이름부터 제대로 알려드릴까 합니다. 아이의 이름은 모르가나 예벤이에요.'

효성은 유일비 사이트를 이용한 이래 처음으로 메시지를 삭제하지 않고 보관함으로 옮겨 두었다.

〈유일비〉 후기

희망은 차갑다. 뜨거웠다면 금세 화학반응을 끝내고 없어졌을 테니까. 외로움을 달래기 위해 꼭 구체적인 무언가가 함께 해야 할 필요는 없다. 내 마음을 이끄는 무언가가 저기 어디에 있다는 실마리만 보여도 충분하다.

내가 평상시에 품고 있던 그 생각을 다시 확인한 건 우연히 링크를 눌렀다가 보게 된 어느 실시간 인터넷 방송 때문이었다. 다락인 듯 보이는 자그마한 방에서 일본 학생이 평범한 외출복을 입은 채 웹캠을 향해 손을 흔들었다. 그는 두툼한 이불을 목까지 끌어당기고 잠들었다. 방송은 켜둔 채로. 웹캠은 학생의 정수리에 초점이 맞춰져 있었다. 뭐 이런 방송이 다 있나 싶어 화면을 닫으려다가 접속자 수를 보곤 놀랐다. 5천 명? 그중에는 그리 선명하지도 않은 외국 학생의 가르마를 보고 비뚤어진 상상을 하는 한심한 사람들도 있겠지만, 화면 옆에서 가끔 움직이는 채팅창을 보면 그 채널은 그런 작자들이 모이는 장소가 아닌 거로 보였다.

호기심이 생겨 화면을 백그라운드로 돌려놨다가 깜빡 잊었다. 새벽 4시쯤 컴퓨터를 끄려다가 그 점을 깨달았다. 학생은 여전히 숙면 중. 접속자 수는 별 차이가 없었고 채팅창에도 일상적인 대화가 조금 오갔을 뿐이었다.

인적도 거의 없는 외국 어느 강을 24시간 비춰주는 실시간 영상이나 하루에 기차가 여남은 번 지나가는 적적한 철로 한 토막을 종일 보여주는 방송에도 접속자가 그리 많다는 건 얼마 지나지 않아 확인할 수 있었다.

게시판과 온갖 채팅앱과 인기 크리에이터의 실시간 방송 채널은 욕망과 환호와 원색적인 비난이 난무하는 장이다. 여러 해 전부터 그 속에 조작세력들까지 가세했다. 옛 세대 사람들도 내용에는 신경 쓰지 않으면서 TV를 켜놓고, 악역 배우를 죽이네 살리네 핏대를 올리긴 했다. 그런데 집과 직장 밖으로 걸어나가 타인과 직접 대면하지 않고도 생활할 수 있는 요즘, 관계의 장이 온라인으로 크게 옮겨간 것만은 분명하다.

그렇다면 온라인상의 관계만 남아도 충분하지 않을까?

나는 그렇다고 생각한다.

물론 온라인 관계만이 남으면 그 속에 아웃사이더가 있을 것이다. 하지만 우리가 살면서 수없이 목격했듯 아웃사이더는 인사이더보다 훨씬 더 용감할 수도 있고, 누구보다 현명할 수도 있다. 악을 쓰거나 폭력을 휘두른다고 강한 사람이 아니듯, 자신과의 투쟁이 세상에서 제일 힘겨운 사람이야말로 누구보다 현명할지도 모르기 때문이다.

잔잔한 강물에 넋을 놓고, 정지화면이 아님에도 움직임 하나 없는 풍경을 보고서야 자신만의 생각을 다질 수 있는 사람들을 나는 '힐링'하고 있다고 표현하지 않을 셈이다.

〈유일비〉는 그런 생각에서 써내려간 이야기다.

08

유가폐점

《제3회 과학기술창작문예 수상작품집》 (2006, 동아사이언스) 수록

'인도 표준시 1400, 모임 예약.'

우리는 가게 앞에 삐딱하게 걸린 전언판을 보고 누가 먼저 랄 것도 없이 걸음을 멈췄다. 카페 '유가'는 뭔가를 의논하거나, 누군가를 지명해 뒷얘기를 수군거리거나, 그도 아니면 주인장의 유치한 발명품인 '논리 칵테일' 시리즈를 마시고 다음날 부작용에 치를 떨 것을 뻔히 알면서도 부어라 마셔라 하며 흥청망청 떠들기에 더할 나위 없이 좋은 곳이었다. 하지만 지금껏 문턱이 닳도록 드나들면서도 이처럼 예약내용을 떡하니 출입문에 걸어놓은 것은 처음 보는 일이었다.

우리는 그 의미를 알았기에 똑같이 슬퍼했고, 또 함께 후련해 했다.

문을 밀고 들어서자 입장을 알리는 신호음이 울렸다. '엘

리제를 위하여'. 왜 이 소리가 유난히 귀에 익을까 끝없이 궁금해하던 우리 중의 누군가가 마침내 그 이유를 기억해냈고, 그와 동시에 우리 중 일부가 킬킬거렸다. 웃음은 삽시간에, 빛과 맞먹는 속도로 퍼져나갔다. 먼 옛날, 아시아의 한국에서 분뇨 수거차가 골목에 등장할 때면 꼭 재생하던 노래가 바로 이 곡이었다. 우리는 함께 즐거워했으며, 동시에 이 사실을 우리의 공동지식에 포함시켰다.

우리보다 유가에 먼저 와 자리를 잡은 손님들이 입 밖으로 뿜어내는 한숨의 색깔은 따분함이었다. 그들은 '엘리제를 위하여'가 울리자 일종의 기대를 품고 시선을 한데 모았고, 무대에 새로 등장한 배우가 우리라는 것을 확인하자 잠깐이나마 지루함의 저주를 잊은 것 같았다. 마치 사전에 모의라도 한 것처럼 똑같은 표정을 지었으니까.

경멸은 권태로운 자들이 가장 먼저 찾는 장난감이다.

우리는 이미 익숙한 일에 별다른 상처를 입지 않고 유가의 주인장이 재밌는 장난감을 열심히 만드는 바로 가서 고풍스러운 21세기식 회전의자를 잡아끈 다음 앉았다. 주인인 힌니는 여타 손님들과 달리 반갑게, 아니 그보다는 익살스럽게 우리를 맞이했다.

"어서 오십시오."

"오랜만이야, 힌니."

힌니는 절대, 누구에게도 반말을 쓰지 않았다. 반대로, 유가의 단골손님 중 누구도 힌니에게 존댓말을 쓰지 않았다. 따로 정한 원칙은 아니었다. 어느 날 손님 중 누군가가 힌니의 그런 습관을 알아챘고, 정말 그 원칙을 끝까지 지킬 수 있나 내기를 걸었다. 손님들은, 우리를 포함해서, 온갖 회유와 빈정거림과 심지어는 협박까지 동원해보았다. 그러나 힌니는 끝끝내 자신의 말투를 지켜냈고, 그러다 보니 손님들은 이러한 존댓말과 반말의 현금 거래를 당연한 것으로 여겼다.

당시 우리는 4대 1의 배당으로 내기에 이겼다. 그 결과 아프리카의 다이아몬드 광산 두 개가 우리의 재산 목록에 추가되었다. 그래 봐야 아무 쓸모 없는 일종의 블루마블 놀이이긴 했지만 말이다. 누구도 손댈 수 없는, 어마어마한 매장량의 다이아몬드를 떠올려 봐야 우리가 공유하는 지루함의 단 한 조각도 지워버릴 수 없었다.

"뭐로 드릴까요?"

"디톡신 한 잔."

힌니는 보일 듯 말 듯 한 웃음을 짓고는 재빠른 손놀림으로 칵테일을 만들어 바에 올려놓았다. 힌니가 지금까지 만들어낸 칵테일은 300여 종이 넘었지만 우리는 대부분을 쓰레기 취급했다. '러셀의 섬'이나 '불가지론의 앨리스'는 칵테일이라는 이름을 붙일 가치조차 없었다. 하지만 그중 서넛은 적어도 싸구려 예술품 정도로는 쳐줄 수 있었다. 촌스러운 이름에도 불구하고 '칼리의 살사춤'은 잊을 수 없는 맛이었고, 지금 우리 앞에 놓인 '디톡신' 역시 명작까지는 아니어도 걸작이라 불러줄 만했다. 테킬라와 소주의 느낌을 프로그래밍으

로 절묘하게 혼합할 수 있는 것은 전 지구인 중에서 힌니뿐일
것이다. 힌니는 우리의 응원에 힘입어 보드카를 추가한 '디톡
신 마크 II'를 만들었지만, 결과는 참담했다.

"한 잔 더 주세요."

엄밀하게 얘기하자면 유가에 드나드는 모든 손님이 힌니
에게 반말을 하는 것은 아니었다. 존댓말을 쓰는 인물이 딱
한 명 있었다. 바로 지금, 옛 추억에 멍하니 잠겨 인기척도 느
끼지 못한 우리 곁으로 다가와 술을 주문하는 '퀸'이 그였다.
하지만 퀸은 별도의 이유로 인해 내기에 참여하지 않았다. 퀸
의 원래 별명은 아마도 '얼음나라의 여왕'이었을 것이다. 하
지만 유가 사람들은 21세기 인터넷의 전통에 따라 뭐든 줄여
부르는 것을 좋아했고, 따라서 그는 퀸으로 통했다.

만약 옛 유원지가 아직도 남아 있고, 힘 빠진 팽이처럼 갸
우뚱거리며 도는 놀이기구가 여전히 작동 중이라면, 그리고
유가의 손님들을 특성에 따라 하나씩 그 위에 앉힌다면, 아마
도 우리와 가장 먼 곳에 앉을 사람은 다름 아닌 퀸이리라. 퀸
에게 있어 예의는, 그러니까 예의란 것이 바짝 말라붙은 가
뭄철의 흙바닥처럼 나약하게 바스러지는 가면의 다른 이름
이건 아니면 바보들끼리만 통하는 인식기호이건 간에, 생명
과도 같은 것이며 거기에 한 치의 어긋남도 있어서는 안 되
는 것이었다. 타협이란 패배의 다른 이름이며 논쟁이란 시간
소모에 지나지 않았다. 예의는 대원칙이며 퀸은 요지부동의
원칙이 주는 이득을 한껏 누리고 뻔뻔하게 돌아서는 것이었

다. 반면 우리는 어떤가. 게으르고, 일을 지연시키기에 여념
이 없으면서도 어느샌가 충동에 따라 여러 가지를 한 번에 결
정하기도 했다. 우리는 서로를 욕하고, 물어뜯고, 그러다 지
쳐 잠이 들었다. 우리에게 예의란 융통성이라는 크림을 잔뜩
집어넣은 빵의 한 종류에 불과하며, 가장 마음 편하게 시연
할 수 있지만, 너무나 따분해 아무도 시도하지 않는 연극이었
다. 원칙은 시시각각 수정되고 나아가야 할 벡터는 언제나 가
변이었다. 아주 먼 옛날, 세상이 뒤집히기 전 지조 없는 배덕
자라고 온갖 욕을 먹었던 경제학자가 이런 말을 했다고 한다.
"희한하군요. 나는 새 정보를 얻으면 그것에 맞게 결론을 바
꿉니다만, 당신들은 다른가요?"

　　그리고 바로 그 이유로, 우리가 유가에 손님으로 들어온
것을 모두 별난 일이라고 생각하는 것이었다. 그 날 이후 우
리가 살아남을 수 있었던 이유는 여전히 미지의 영역에 놓여
있다. 하지만 당사자인 우리에게 그 이유는 그리 불분명한 것
도 아니며 또 그다지 중요한 문제도 아니다.

　　퀸은 우리에게 가볍게 눈인사를 하고는 자기 자리로 돌아
갔다. 퀸의 자리는 테이블 쪽이었고, 손님 대부분 역시 그쪽
에 앉아 이런저런 얘기를 나누고 있었다. 퀸은 예의 자신답게
무리에게서 약간 떨어져 앉았다. 그렇다고 해서 담소나 논쟁
에 끼지 못할 만큼 멀리는 아니었지만, 손님들은 평소와 마
찬가지로 퀸을 무시했다. 퀸도 그들에게 전혀 신경 쓰지 않았
다. 퀸이 연예인처럼 흥미를 끌었던 게 언제 일이었는지 기

억도 나지 않았다.

유가의 내부장식은 힌니의 취향에 따라 힌두교 신화의 각종 이미지를 범벅해 놓은 것이었다. 중심 주제는 신들이었다. 붉고, 살아서 당장에라도 튀어나올 듯 눈을 부라린 채 각자를 상징하는 홀과 무기를 잔뜩 움켜쥔, 비틀스만큼이나 유명한 신들. 힌니는 자기장을 이용한 고대의 데이터베이스들로부터 온갖 삽화와 만화를 되살려내서는 자기식으로 재구성한 후 유가의 배경으로 사용했다. 무슨 의미로 넣었는지는 모르지만, 그 사이사이에는 온갖 종류의 보살과 후기 신화의 영웅들, 즉 전자기기로 온몸을 두르고 무엇이 그리 창피한지 얼굴을 가린 박쥐 인간과 두 다리로 걷는 늑대 머리의 혼혈동물이 사이좋게 어깨동무를 하고는 상대의 배에 발톱과 무기를 꽂는 그림도 있었다. 하지만 벽화 전체에 스며있는 힌니의 속내는 짐작할 수 있었다. 무너져가는 담벼락에 장황하게 그려놓은 낙서보다 손톱만큼도 훌륭하지 않은 작품 속 곳곳에 스며있는 것은 일종의 열망이었다. 이중삼중으로 시든 속에서도 다시 꽃잎을 밀어 올리는 연꽃은 고래의 상징이 아닌 재생의 염원이었고, 이름을 알 수 없는 팝아티스트들의 사인을 모자이크처럼 이용해 그려놓은 해바라기는 북적거림에 대한 기대였다.

하지만 그 캔버스의 색은 아마도 진한 회색, 전원이 들어가지 않은 액정화면처럼 피로와 긴 휴식의 색이었을 것이다. 역사상 전후(戰後)의 예술작품들이 모두 그러했듯이 말이다.

그리고 이런 배경의 바로 아래에서 별개의 독립영화가 상영되고 있었다. 등장인물은 유가의 손님들이었다. 하얗고 빨갛고 반쯤 투명한 온갖 종류의 생크림과 치즈와 포도주를 소꿉놀이 세트처럼 늘어놓고 대화의 중간중간 맛을 보며 흡족한 표정을 짓는 것은 '마리'였다. '긱'은 자신의 프로그램을 가동해 테이블 위에 새로 만든 나노 장난감의 시뮬레이션을 보이며 설명하느라 정신이 없었다. 지구 생물의 진화에 인위적인 영향을 미칠 수 있는 발명품에 대해서 자랑스럽게 떠들고 있었다. '어깨'는 평상시답지 않게 사뭇 진지한 표정으로 생각에 잠겼고, '폴'과 '나팔'은 똑 닮은 기이한 모양의 장신구를 목에 감고 있었다. 둘은 얼굴을 붉히고는(유가에서는 이틀에 걸쳐 술파티가 벌어지더라도 보기 어려운 일이었다) 어깨의 걱정거리와는 전혀 다른 종류임에 분명한 주제를 놓고 으르렁거리며 토론에 여념이 없었다. 그 외에도 여러 손님이 각자 자신을 노골적으로 드러내는 의상과 소품을 이용해 연기에 몰두했다.

그리고 백발을 어깨까지 드리운 퀸은 수십 장의 마이크로필름 복사본을 띄워놓고 편집을 계속했다.

"힌니, 이번 아바타들은 아무리 봐도 적대감이 섞인 것 같은데. 아무리 채널 주인이라고 해도 너무 노골적인 것 아냐?"

디톡신의 알싸한 느낌을 즐기면서 우리가 물었다.

"무슨 말씀인지 전혀 모르겠습니다만."

정중하고도 무뚝뚝한 힌니의 반응.

"다른 건 다 그렇다 치자고. 저기, 저 두 사람이 목에 건 밧

줄은 뭐야? 목이라도 졸라 죽일 건가?"

"저건 넥타이라는 겁니다."

"끄트머리를 잡아서 천장에 매달면 영락없는 교수대군."

"본인들은 별 거부감이 없던걸요."

"둘 다? 아니면 각 무리 전부가?"

"무리 전부가요."

그 날, 혹은 그 사건. 각종 문헌에 의하면 그 사건은 이미 몇백 년 전부터 예견된 것이었고 따라서 온갖 명칭이 있었다. 우선, 지적 창조론이라는 유치원 아이들 대상의 기획 상품을 만들어놓고 자랑스럽게 광고하던 신기독교라는 무리가 있었다. 신기독교의 어설픈 비교 광고에 영향을 받은 이들은 그 사건을 '오메가 포인트'라고 불렀다. SF 작가들은 '특이점'이라는 말을 즐겨 썼다. 조금 더 추상적인 취향에 과거 지향적이며 엉덩이를 떼는 것보다 붙이는 것을 좋아하는 사람들은 '소실점'이라고 불렀으며, 마약과 섹스의 결합을 지상 최고의 덕목으로 여기던 사람들은 '꿈'이라고도 했다. 하지만 그 용어들은 어디까지나 해당 사건이 머나먼 미래에 일어날 것이며 또한 백일몽 같은 이상이라는 데에 암묵적으로 동의한 데에서 나온 것들이었다. 정작 그 '특이점'을 지난 후세대인 우리는, 아니 조금 더 정확히 얘기하자면 생존자의 후예이자 살아남은 당사자인 우리는 사건과 때를 뭉뚱그려서 '그 날'이라고 애매하게 불렀다.

냉정하게 생각한다면 그 날 이후 우리가 처리하고 정리해야 할 일은 산더미처럼 많았지만, 감정적으로 말하자면 뭐가 어떻게 되든 별 상관은 없었다. 하지만 아무리 눈을 돌리고 딴청을 피워도 꼭 해야 할 일들이 있었는데, 그중 하나는 언어의 문제였다.

두뇌와 네트워크, 의식과 정보가 하나로 합쳐지는 것은 기술의 발달로 인해 피할 수 없는 결론이었다. 손과 키보드, 눈과 화면을 가로막던 얇은 세포막은 신경정보과학으로 무너졌다. 뇌와 두개골 사이의 공간은 나노모듈이 채웠으며, 그 모듈을 통해 태양계 가득 뿌린 수천만 개의 나노위성들을 빛의 속도로 들여다보게 되자 인류는 폭식으로 배가 터져나갈 것처럼 부푼 신이 된 양 느꼈다. 우리처럼 게으르고 무감각한 자들도 예외는 아니었다. 회의론과 걱정은 절반쯤 녹아버린 지구의 북극 빙산 어딘가에 묻어두고, 화성에 외계인이 사는지의 여부는 세 살짜리 어린아이들의 상식이 되어버린 그 시절. 문화의 재생산과 창작은 정보의 양과 편집에 묻혀 재활용도 못 할 신세로 전락했던 그때. 비슷한 취향이라고는 찾아보기 힘든 유가의 손님들마저도, 마르크스주의나 신수정자본주의처럼 오래돼서 곰팡이가 덕지덕지 앉은 과자를 한 입씩 문 자들조차도 '좋은 때였지'라고 입을 모아 회고하던 인류 문명의 다음 단계.

그렇게 영구기관을 단 기관차처럼 지칠 줄 모르고 급격히 상승하던 인류가 낭떠러지에서 다 함께 떨어지게 된 원인에 대해서는 의견이 분분했지만, 유가의 손님들은 크게 두 가지로 정리했다. 뇌관 역할을 하긴 했으나 더 구체적이고 사소한 첫 번째 원인은 아마도 서기 2247년의 인지인권선언이었을 것이다. 인간의 두뇌, 혹은 의식을 하나의 노드로 간주하고 이 모두를 연결하는 인지네트워크에서 특정한 계층, 인종, 지위, 성별, 상태의 사람을 빼놓아서는 안 된다는 것이 그 내용이었다. 당시 끝을 내다볼 수 없는 충만감에 젖었던(얼마나 어리석은 일이었던가, 고작 태양계와 우리 은하의 시골 동네를 완전히 파악했다는 것만으로 그리 생각했다니) 인류는 이 선언에 압도적인 지지를 보냈고, 선언은 곧 강제법령이 되었다. 인지네트워크의 힘을 빌려 지구 규모의 투표는 단 30분 만에 끝났고, 어머니의 배 속에서 밖으로 나온 인간과 시험관에서 탄생한 인간과 복제인간이 모두 네트워크로 연결되었다. 원인과 치료법을 확실히 규명하지 못한 일단의 정신질환자들도 행성 규모의 일체감이 주는 혜택에서 예외일 수는 없었다. 어찌 그리 차별적이고 비인도적인 구분을 하겠는가.

두 번째로 더 추상적이지만 아마도 근본적이었을 원인은 인간의 약점이자 강점이기도 한 본성의 한 측면이었다. 인간이라는 노드는 정보의 근원으로 보자면 동등할 수 있었지만, 그 자의식과 지배력에서는 높낮이가 있었다. 그러나 그것을 수치로 환산해서 네트워크 접근을 제한한다는 것은 현실적으로 불가능했고, 이상적으로는 몹쓸 짓이었다.

이 두 가지 조건이 결합하여, 그리고 분명히 가려낼 수 없는 여러 가지 작은 원인이 일조하여 온갖 사기꾼, 망상꾼, 협

잡꾼들이 전부, 그것도 한꺼번에 모두 광장으로 쏟아져 나왔던 것이다. (사실 이 부분에 대해서는 아직도 이론이 분분하다. 유가의 손님 대부분은 평범한 보통 사람들이 소수의 비정상인들에게 피해를 보았다고 주장했다. 하지만 우리는 보통 사람이란 원래 없었다고 주장해서 따돌림을 당했다.)

불안, 초조, 우울, 공포, 절망, 상실감. 그중 어느 것이 그렇게도 많은 사람을 의식의 죽음으로 내몰았는지는 알 수 없었다. 어쩌면 그 전부였는지도 몰랐다. 장벽과 소통의 제약과 가식의 정당방위가 인간이라는 개체의 유지를 위해서 필수적인 요소였는지도 몰랐다. 하지만 힌니와 우리, 그리고 유가의 손님들은 끝내 그 이유를 후련하게 밝혀내지 못했다. 왜냐면 죽은 자들은 말이 없었으며, 생존자들은 인류의 거대한 사멸로 인해 순식간에 붕괴한 산업의 재고품들로 네트워크 속의 목숨을 유지할 수밖에 없었기 때문이다.

그 날, 지구 위를 활보한 것은 이산적이고 양자론적 확률 분포에 정확히 따르는 금속 입자로 낫을 만들고 휘둘렀던 죽음의 신만은 아니었다. 어찌 보면 털투성이 인류가 돌을 깨고 불을 피우던 그때부터 지금까지 마음 한구석에서 쭉 기대하던 일 역시 실현되었다.

호칭과 언어문제가 생긴 것은 바로 그 때문이었다.

술잔이 깨지는 소리에 힌니와 우리는 '또 시작이군.' 하는 표정으로 테이블 쪽을 바라보았다. 힌니는 이 사소한 소일거리를 한 도막이라도 놓치지 않으려고 조명을 밝게 조정했다.

싸우는 것은 '폴'과 '나팔'이었다. 고전적인 심상을 좋아하는 힌니는 폴의 아바타를 거만하고 답답해 보이며 정장을 갖춰 입은 노인으로, 나팔의 경우는 팔을 걷어붙인 젊은이로 만들고 어깨에 사진기와 녹음기를 걸어주었다.

먼저 언성을 높인 것은 폴이었다.

"이 문제에 대해서 아직도 토론해야 한다니 정말 미치겠군. 대외적인 태도조차 정해놓지 않고 어떻게 그자들하고 동등하게 합의한다는 거지?"

나팔은 속이 타는지 물을 단숨에 들이켠 다음, 질세라 소리를 질렀다.

"대외적인 태도라니, 도대체 당신은 그 날 이후 우리가 어떤 상태인지도 잊을 만큼 방사선에 노출이라도 된 거야? 네트워크 속 입자들이 붕괴해서 치매라도 걸렸냐는 말이야."

"내 얘기 어디가 잘못됐다는 거지?"

"지금 이건 국가 A와 국가 B가 동등한 자격으로 만나는 문제가 아니야. 우리는 나라를 잃고 배 한 조각에 의존해서 떠돌아다니는 실향민에 불과해. 그나마 자원이 다 떨어져서 네트워크 유지가 불가능하면 바다 한복판에서 자기 오줌이나 마시다가 아사할 지경이지. 심지어 서로 잡아먹을 수도 없지, 육체가 없으니. 그러다가 겨우 구원의 함대를 만나게 됐는데 동등이라고?"

우리는 누가 먼저랄 것도 없이 나팔의 말에 고개를 끄덕였다.

"실향민에게는 의사도 대표도 필요 없단 말인가?"

"그놈의 대표, 대표. 권력 하나도 갖지 못할 대표가 무슨 의미지? 하다못해 뇌물 받고 휘두를 힘이라도 줄 것 같아?"

우리는 박수라도 치고 싶은 심정이었다. 찬동하거나 동감해서 그런 것은 아니었다. 평소 나팔에 대해 가지고 있던 싫은 감정이야 이루 말로 다 못할 정도였다. 하지만 아직도 무언가 들추고 캐내야 할 것이 남아 있다고 믿는 측과, 새로운 권력과 결탁해 술수를 부리겠다고 주장하는 측 중에서 어느 한 편에게 동정의 박수를 보내야 한다면 전자를 택하는 것이 당연했다.

그때, 폴이 깨진 유리 조각 하나를 집더니 나팔의 목을 향해 내질렀다. 아주 깊숙이. 나팔은 눈을 까뒤집고 뒤로 쓰러질 것처럼 보였다. 그러나 나팔은 주저앉지 않았고, 폴의 팔은 점점 나팔의 목 속으로 들어갔다. 나팔이 빨아들이는 것인지, 폴이 집어넣는 것인지 구별되지 않았다. 유가 안에 있는 다른 사람들은 심드렁하니 그 모습을 쳐다보았다. 마침내 둘은 하나가 되었고, 힌니가 그들에게 부여했던 아바타의 외양은 도자기를 만들기 위해 물레 위에 얹은 꼬박처럼 형편없이 일그러졌다. 우리는 힌니가 금세 새 아바타를 입히리라 기대했지만 뭉그러진 질흙 뭉치는 조금도 변하지 않았다.

"그냥 둘 거야?"

우리는 힌니에게 물었다.

"네, 아바타란 자고로 가장 어울리는 모습이어야 합니다."

"저게 그런 모습이라고?"

힌니는 무표정한 얼굴로 긍정한 다음 어려운 질문을 던졌다.

"새로 탄생한 '대변인'에게 붙일 만한 별명 없습니까?"

우리는 약 0.5초 동안 숙고한 다음 무기력하게 두 손을 내벌렸다.

사실상 그 날 이후 새로운 대명사와 호칭이 필요했다. 이른바 '소실'은 강제적인 노드의 통합이라는 결과를 가져왔다. 전자기적, 양자적으로 유사한 분포와 에너지 단계의 의식들이 자석을 찾아 모이는 쇳가루처럼 들러붙었다. 기존의 개인과 노드라는 관점은 사라졌고, 생존자들은 몇 개의 군/무리/떼로 모이고 나뉘었다. 이 일이 이루어진 것은 당시의 지구 시간 단위로 48시간 정도였다. 실제 그 날 그 사건으로 사멸한 의식의 수가 몇이었는지, 또 보존된 수가 몇이었는지는 영원한 수수께끼로 남았다. 지금 유가의 손님으로 앉아있는 자들은 하나하나가 한 명일 수도 있었고, 또는 수천만 의식/노드/존재의 아바타일 수도 있었다. 호칭을 어떻게 할 것인가에 대해 몇 번 논의가 있긴 했었다. 그러나 마땅한 대안이 없었기 때문에 원시적인 채팅 전통을 따르기로 했다. 즉 하나의 아바타로 시뮬레이션할 수 있는 대상을 하나의 개체로 보고 그것에 맞게 별명을 붙여주는 것이었다.

쇳가루들의 행진은 아직도 멈추지 않았나 보다. 폴과 나팔이 하나로 합쳐진 것을 보니 말이다. 우리는 이 광경을 목격하기 전까지 유가의 손님들이 최종 형태라고 생각했었다. 하지만 인식할 수 없을 정도로 느리긴 해도 변화와 합병의 움직임은 계속되고 있었나 보다. 그렇다면 아직도 희망이 있는 걸까? 먹구름 때문에 밤낮을 구분할 수 없는 광야에 서서 회초리처럼 내리치는 벼락을 보며 천 년에 걸친 깨달음을 한순간에 얻는 선각자처럼 지구인이 아닌 지구 출신으로 변신할 기회가 여전히 남은 걸까?

이대로 영겁의 시간이 흐른다면 그럴지도 모를 일이었다. 영원에 몸을 담글 수 있다면 말이다.

"얼마나 남았지?"

앞서도 말한 것처럼 '우리'는 게으른 군/무리/떼/개체였다. 그래서 체내의 양자 변이를 측정하는 대신 아바타 채널의 관리를 맡은 힌니에게 시간을 물었다.

"양부가 올 시간 말입니까?"

"그래."

힌니가 눈을 깜빡였다.

"4시간 27분 16초 남았습니다."

"슬슬 표결에 들어가야겠네."

힌니는 내 말을 못 들은 것처럼 칵테일 잔을 정리한 다음, 물 묻은 손을 행주로 꼼꼼하게 닦고 나서야 유가의 손님들에게 작지만 멀리 퍼지는 목소리로 알렸다.

"이제 투표를 시작하겠습니다."

거의 최종 형태였던 아바타 둘의 통합장면을 보고도 눈 하나 깜짝하지 않았던 손님들은 각자 의자를 당겨 앉느라 잠시 소란을 벌였다. 하지만 그중 누구도 일어서서 이 간단한 인류 최후의 표결을 진행하려 들지 않았다. 나설 존재가 없다는 것은 다들 예상했을 것이다. 더군다나 앞장서서 의사진행을 할 것이 뻔한 두 손님, 폴과 나팔 둘이 합쳐져서 통일된 심상을 정리하느라 한창 바빠지고 보니 사회자의 역할을 맡을 사람은 힌니뿐이었다.

"그럼 먼저, 양부가 내건 입양 조건을 다시 한 번 요약해보겠습니다. 양부는 이미 우리 측 인지네트워크와 동조 작업을 마친 상태라고 합니다. 즉 네트워크에 사는 우리 의식의 양자적 상태-파동에 어떤 종류의 변형도 없을 겁니다. 병합 작업이 진행되는 시간 동안 에너지를 잃을 위험도 없다고 합니다. 작업 도중에 일시적으로 의식 공백 상태가 오겠지만, 상태복사를 진행하는 동안 재조립이 일어나기 때문이며 결함이나 상해는 아니라는 설명입니다. 우리는 이미…, 그 예를 수차례 본 바 있습니다."

여기서 힌니는 잠시 말을 끊고 퀸을 바라보았다.

"다음은 병합 이후 우리의 입지에 대한 것입니다. 사실 이 부분은 도대체 어느 정도나 양부의 말을 믿어야 할지 알 수 없습니다. 인류 역사상 전무한 일이기도 하고, 앞으로도 다시는 없을 일이기 때문입니다. 양부는 어떠한 강요나…, 아마도 이 부분은 전달 과정의 오류인 것 같습니다만, '개종'도 없을 거라고 몇 번씩 강조했습니다. 하지만 여러분 각자가 자발적으로 그들의 문화/의식으로 변환을 시도한다면 그건 막지 않겠다는군요. 그리고 희망자에게는 자신들의 네트워크를 완전히 개방하겠다고 합니다."

이처럼 달콤하고 꿈같은 조건을 내민 양부. 그자들과 지구 인류가 처음 접촉한 것은 지구의 정보구(情報球)가 3단에 이르렀을 때였다. 정보구의 단위는 나노위성이 퍼져나간 우주 공간의 부피와 위성 개체의 분포밀도에 기준하므로, 지구인이 외계의식과 처음으로 만난 것은 지구로부터 카이퍼 벨트까지의 평균거리 세제곱 × 원주율 × 3/4의 공간에 약 75조 개의 나노위성을 살포한 뒤의 일이었다. 굳이 분류하자면 인류와 외계의식의 공식적인 첫 만남은 하이넥의 분류에 따를 때 제5종 능동적 근접 조우였던 셈이다.

양부는 자신이 소실점을 넘어선 여러 문명의 집합체라고 소개했다. 또한 생물학적인 한계 때문에 소실점에서 사멸해 버린 전례를 여럿 알기 때문에 이를 막기 위해 노력하며 확장을 계속한다고 했다. 양부가 지구의 인지네트워크를 흡수하겠다고 제안한 것도 같은 맥락이라는 얘기였다. 그들은 제안의 너그러움에 어울리게도 결정의 시한을 못 박지 않았다. 소통로는 열어둘 테니 언제라도 마음이 정해지면 문턱을 넘어오라는 얘기였다. 하지만 우리와 유가의 손님들은 이 문제를 언제까지고 미뤄둘 수 없어 스스로 한도를 정했다.

그것이 오늘이었다.

"이제 표결만 남았습니다. 비밀 투표의 원칙은 이번에는 생략하겠습니다. 가장 간단한 방식을 취하겠습니다. 입양을 원하는 분들은 손을 들어주시기 바랍니다. 지금요."

망설인 사람은, 아니 망설인 것처럼 보인 사람은 내부 알력조정을 잠시 멈추고 의사표시를 위한 손을 만드느라 시간이 걸린 대변인뿐이었다. 긱은 새로운 기술을 배우고 앞으로 만들 장난감의 꿈에 부풀어서, 마리는 식도락의 확장판인 새 감각의 데이터베이스에 목말라서, 대변인은 또 다른 광장에서 입으로만 먹고살 두근거림에 손을 들었다. 어쩌면 더 넓은 정치 무대에서 활약할 수 있다는 기대에 오르가슴을 느꼈을지도 몰랐다. 저기 별도의 테이블을 점거한 과학자 시리즈들은 전공분야의 지식 확장이 일차적인 목표였으리라. 어깨가 무슨 생각으로 손을 들었는지는 알 수 없었다. 단순히 고생 없는 생존을 선택한 고아의 심정이라고 단정 짓는다면 그것은 근육 덩어리들의 아바타라고 어깨를 너무 비하하는 일이리라. 물론 힌니가 손을 들었음은 두말할 필요도 없었다. 그에게 필요한 것은 의욕과 장사였기 때문이다. 그가 양부와 뭘 거래할 수 있을지는 알 수 없지만.

힌니는 셀 수 있는 만큼의 손 수를 센 다음 우리를 바라보았다.

"닐, 당신은 반대하시는 건가요?"

좌중 속에서 '회의론자들은 저래서 도움이 안 된다니까. 재수 없어.'라는 소리가 들으라는 듯 들려왔다. 아바타의 목소리로 판단하건대 아마도 마리겠지만, 애당초 우리는 우리가 남에게 주는 인상을 무시하고 살아왔다는 역사적인 전통이 있었다.

"아니, 우리는 인류가 입양되는 데에 반대하는 게 아니야. 그저 투표권을 포기할 뿐이야."

"그게 무슨 뜻이죠?"

우리는 마지막으로 보는 마당에 동포애라는 해묵은 감상을 핑계 삼아 설명해줄까 망설였지만, 그러지 않기로 마음을 먹었다.

"별거 아냐. 모두 가든 말든 우린 여기 남겠다는 거야."

어깨가 불쑥 질문을 던졌다.

"인지네트워크를 유지할 에너지가 사라지고 나면 말 그대로 죽어 없어질 텐데, 그래도 남겠다는 거야?"

우리는 내기를 좋아하는 개체/무리/떼였다. 하지만 그런 질문을 던질 사람이 어깨일 거라고 만장일치로 예상했기 때문에 내기는 성립하지 않았다. 어깨는 우주가 소멸할 때까지 고민해본들 자멸의 의지를 이해할 수 없을 것이다. 생존의 욕구에 역행하는 어떤 것도 공감하지 못할 것이다.

그리고 이 질문에 대한 우리의 대답은 정해져 있었다.

"응. 마리는 우릴 생각해주느라 회의론자라고 한 모양인데, 실제로 너희들이 뒤에서 부르는 것처럼 우린 허무주의자잖아. 그저 그에 맞게 행동하기로 했을 뿐이야."

우리는 정해진 대사를 읊은 다음 힌니가 뒤처리를 해주기 바라며 겸손한 표정으로 그를 응시했다.

"알겠습니다. 양부가 우리에게 어떤 강요도 하지 않은 이 시점에서 우리끼리 뭔가를 강제한다는 것도 우스운 일이겠지요. 그럼 널을 제외한 모든 손님과 저는 입양에 찬성했노라고 양부에게 전하겠습니다. 변환용 네트워크 애플리케이션과 무결성 확인을 위한 간이 운영체제는 오래전에 준비해놓았다고 하니 전송만 받으면 준비는 끝납니다. 혹시라도 각 개체 간에 내부적으로 조율할 문제가 있거나 결혼, 아니 새로운 통합이 필요하다면 그 전에 미리 끝내시기 바랍니다. 저는 폐점 준비나 해야겠군요."

그리고, 힌니는 우리를 바라보았다.

"안녕히 계십시오, 닐."

"잘 가, 힌니."

*

힌니는 자신의 삼류 예술작품까지 깔끔하게 뜯어가 버렸다. 그 덕에 영원히 영업을 끝낸 카페 유가의 내부는 차갑고, 매몰찼으며, 아프기까지 했다. 변환과 통합을 위해 찾아온 양부에게 대머리 산타클로스의 아바타를 씌웠던 힌니의 장난질 역시 그 공허함에 무(無)를 한 조각 더하는 행위에 지나지 않았다.

"왜 함께 가지 않은 거지?"

불 꺼진 점포 구석에서 바쁘게 마이크로필름의 영상을 분류하던 퀸이 물었다.

"너와는 별 상관없는 일이잖아."

우리는 일부러 퉁명스럽게 대꾸했다.

"유감스럽게도 상관이 있어. 그것도 아주 많이."

그리고 퀸의 목소리는 별명에 잘 어울렸다. 얼음나라의….

"지구인, 아니 지구인의 의식도 아닌 너한테 무슨 상관이 있지?"

퀸은 허공에 뜬 필름들을 그대로 둔 채 다가왔다.

"당신네가 허무주의자가 아니라는 걸 알기 때문에 중요한 문제지."

우리는 힌니가 술병 하나라도 남겨두고 가지 않았나 하는 생각에 부스럭거리며 바의 너머를 뒤져보았다. 겸연쩍은 표정도 감춰야 했다.

"그러면 그렇지. 힌니, 이 자식."

먼지가 잘 들지 않는 바 안쪽의 공간에는 칵테일 두 잔이 오롯이 남아 있었다. 하나는 디톡신, 또 하나는 '야자수 폭풍'이었다. 퀸이 즐겨 마시던 것이었다. 우리는 디톡신을 한 모금 홀짝거리며 야자수 폭풍을 퀸에게 건네주었다.

"닐, 말해봐. 이유가 뭐지?"

우리는 바의 위로 기어 올라간 다음, 건방지고 술에 취한 손님들이 남의 호의를 빌미 삼아 늘 그러하듯이 모서리에 걸터앉았다.

"양부는, 아니 너희들은 바람만 훅 불어도 좌초해버릴 것처럼 연약하게 흔들리는 지구의식들한테 많은 호의를 베풀었어. 그리고 우리의 끈질긴 호기심에도 모두 해답을 줬지. 아니, 너희들한테 무슨 악의가 있다고 의심하는 건 아냐. 아마 너희 말은 전부 진심일 거야. 원래 이 우주에는 연극도, 거짓도 없잖아. 기만은 사기꾼들의 진심이니까. 하지만 우리는 잊지 않아. 너희가 단 한 가지만은 알려주지 않았다는 걸. 뭐 굳이 얘기하자면 지구인 잘못이긴 하지. 묻지도 않았으니까."

퀸은 외계의식의 아바타답게 성별이 모호한 외모에, 좋고 나쁨이 불분명한 시선으로 우리의 다음 얘기를 기다렸다.

"붕괴하지 않고, 너희들과 통합되지 않고 존재하는 문명이 있지?"

퀸은 웃었다. 퀸이 유가에 드나든 이후 처음 보는 웃음이었다.

"반만 맞았어. 나/우리가 바로 그런 문명 중의 하나야. 나는 양부의 입양아가 아니야."

우리는 유가의 먼지처럼 침착하게 가라앉은 퀸의 목소리를 들으며 이 뜻밖의 사실이 무엇을 의미하는지 필사적으로 머리를 굴렸다.

"그럼, 네가 지구의 역사와 자료를 정리하고 거둬갈 양부네 이삿짐센터 직원이 아니라는 거야? 유가 사람들은 전부 그렇게 알고 있었어. 우리도 포함해서."

"분명히 말할게. 아니야. 굳이 얘기하자면 지구인들 잘못이지. 묻지도 않았잖아. 나는 말하자면, 양부의 강제적인 병합에 거부하는 문명 중 하나야."

양부가 내민 것이 보드랍고 따스한 손이 아니라 강도질로 굳은살이 박인 살인범의 흉수였다는 것을 우리를 제외한 지구의식 가운데 단 하나라도 깨달았다면, 그런 낌새라도 보였다면 우리는 표결이 끝난 자리에서 그 점을 설명했을 것이다. 하지만 어떤 군/개체/떼도 자존을 향한 의지가 병합 때문에 사라질지 모른다고 우려하지 않았다. 달콤한 미끼로 유혹하는 것이 진정한 강압이라는 사실을 눈치채지 못했다. 그런데 동류는 뜻밖에도 우리 눈앞에, 외계에 있었다. 과연 이걸 다행이라고 여겨야 할까? 또 다른 속임수는 아닐까?

우리는 퀸을 똑바로 노려보았다. 퀸은 조금도 물러서지 않고 말을 이었다.

"그리고 당신네 지구인들이 어느 쪽에 속할 것인가를 알기 위해 여기 온 거야."

우리는 석연찮은 점을 캐물었다.

"그럼 저 인자한 얼굴의 산타클로스는 왜 네가 참관하는 걸 두고 봤던 거야?"

"그, 그건 그쪽과 우리의…."

재밌었다. 얼음나라의 여왕님이 말을 더듬는 장면을 목격하다니. 하지만 실제로는 지구 언어의 데이터베이스에서 적절한 단어를 선택하는 데에 시간이 걸렸을 뿐일 것이다.

"계약? 우호협정? 자존심? 예의?"

퀸은 우리가 보다 못해 제시한 단어 중 세 번째에서 희미하게 고개를 끄덕였다.

"기만이 사기꾼들의 진심이듯이, 강요하지 않는 것은 자존심의 보루겠지."

우리는 손에 든 디톡신 잔을 이리 기울이고 또 저리 숙여본 다음 남은 것을 단숨에 들이켰다. 우리를 구성하는 양자들이 에너지 전이를 위해 서서히 흥분상태로 이동했다. 이게 바로 디톡신의 장점이었다. 디톡신은 천천히 마시면 물과 같고 급하게 마시면 어떤 위스키보다도 독했다. 떠나간 이들은 이제 지구인이 아니므로 우리의 앞날은 곧 지구의 미래였다. 쫄딱 망한 카페에서 제정신으로 인류의 장래를 논할 수야 없지 않은가.

"그래서 결론은?"

"음, 뭐라고 해야 할까, 아직 지구인에게는 가능성이 있다고 생각해. 바로 당신들이 남았기 때문이지."

"그럼 우리를 도와줄 거야?"

"당신들이 뭘 원하는지에 따라서."

"기술 지원이 필요해. 설교나 교훈은 사양하겠어. 소실점이, 오메가 포인트가, 암튼 그 날이 왔을 때 우리는 준비가 안 돼 있었어. 내생에 갈 차비도 마련해놓지 않고 죽어서 유령이 된 거야. 우린 다시 육체로 돌아가고 최대한 갈가리 찢어져서 새로 준비할 거야. 가르쳐줘. 우린 육신을 떠나서 네트워크상의 의식이 되는 방법은 알지만, 그 반대 기술은 몰라. 너희들은 알지? 애당초 초월이 어느 순간 하늘에서 뚝 떨어진다니 그건 말도 안 되는 얘기야. 분명히 다른 문명들도 시행착오와 되새김질을 거듭했을 거야."

우리는 퀸을 똑바로 노려보았다. 퀸도 아는 것이 틀림없
다. 방금 한 말은 철저한 무신론자이며 무정부주의자이고 게
으름뱅이이며 의심에 가득 차고 신념보다는 반항을 즐기고
공짜 점심이란 없다고 믿는 우리들의 합리적인 결론이자 소
망이라는 것을.

퀸이 고개를 아래로 숙이며 혼잣말을 했다.

"그건 정말 지루하고 고통스러웠어. 게다가, 어쩌면 영원
히 성공할 수 없을지도 몰라. 그래도 할 건가?"

"응, 그래도 할 거야. 허무주의자란 원래 그런 일 전문이
니까."

"하지만 언제 도우미를 만날지 알 수 없었잖아. 못 만나면
혼자 끙끙대며 방법을 찾다가 사라질 참이었어?"

"응."

"적어도, 자격은 충분하군."

그러더니 퀸은 우리의 손을 잡고 가게 밖으로 이끌었다.
우리는 디톡신의 맛을 잊지 못하며 문 닫은 유가를 아쉽게 바
라보고 입맛을 다셨다. 퀸은 한숨을 쉬더니 우리의 등을 떠
밀었다.

"이 유가는 이제 끝이야."

우리가 그 말에 고개를 끄덕이자마자 유가는 전원이 끊긴
전자석의 자기력선처럼 맥없이 사라졌다.

＊

　태초에 빛이 있었다는 것은 순 거짓말이었다. 상상력이 빈
곤해서 지어낸 허튼소리에 지나지 않았다. 새 세상이 탄생하
기 전에는 무수한 반복이 있었고 퇴화가 있었으며 기만과 상
술이 판을 쳤고 자존심 대립과 취기가 있었다. 어쩌면 수만
년 후의 앞날을 내다본 음모와 사기가 있었을지도 몰랐다. 하
지만 퀸은 약속한 것을 제공했다. 그 이면에 어떤 의도가 숨
어있었는지는 모르지만 어쨌든 퀸은 우리를 제대로 박살 내
주었다. 퀸의 프로그램이 얼마나 정확했는지는 알 수 없었다.
우리 자신도 우리가 몇 개체의 총합인지 몰랐기 때문이다.
　우리는 증발한 지구를 대신할 새 행성을 찾았다. 그리고
지뢰를 밟은 병사의 몸처럼 뿔뿔이 흩어져 진핵세포가 되고
아미노산이 되었으며 흐르는 물이 되었다. 시간이 얼마나 걸
릴지 모르지만 우리는 진화하고, 환경의 압력 때문에 일부는
멸종하고 나머지는 살아남을 것이다. 그러는 동안 대부분의
기억은 사라지고 수많은 어리석음이 뫼비우스의 고리처럼 반
복되겠지만, 우리는 알고 있다. 새 문명의 태동기에 새 인류
가 모실 첫 번째 신은(만약 우리의 후손이 양성생물로 진화한다
면 말이지만) 냉정하고 비밀스러우며 묻지 않은 것은 절대 알
려주지 않는 여신일 것이다. 어디까지나 옛 조상들이 쓰던 단
어, '퀸'의 뜻이 아련히 남아 있으므로.
　본래 신성하고 중요한 일의 출발은 사소하게 마련이다. 적

어도 우리는 그 점을 잘 알고 있었다. 이 사실만 잊지 않는다면 다음번 초월은 사뭇 다를 것이다. 적어도 아무 비판 없이 양부의 세력만 불려줄 일은 없을 것이다.

적어도, 과거를 잊지만 않는다면 말이다.

〈유가폐점〉 후기

4차 산업혁명과 특이점이 화제가 되기 시작한 것도 한참은 지난 것 같다. 이 정도 시간이 흐르고 나니 제 할 일과 연구에 매진하는 분들은 여전하고, 스마트폰이 별 무리 없이 삶에 녹아들었듯 보통 사람들은 세상이야 늘 바뀐다는 사실에 얼른 적응한 모양이다. 한껏 과장된 광고나 사기성 투자 열풍에 휩쓸린 뒤 소식이 없는 사람들도 있긴 하지만.

본래 SF를 즐기던 사람들은 오래전부터 특이점이라는 (가상의) 시점을 다각도로 상상했다. 그들이 논하던 특이점은 사람이 첨단 기술 덕분에 상상을 능가하는 힘을 갖고, 육체와 어느 수준 이상으로 결별하고, 그 덕분에 한계를 벗어나 무언가 다른 존재가 되는 어느 순간이었다. 특이점에는 거의 반드시 초월이란 말이 따라붙었다. 특이점은 SF의 세부 장르를 나누는 기준이기도 했다. '특이점 이후를 다룬 SF'라는 말이 있을 정도였다.

〈유가폐점〉은 내가 특이점 이후 SF에 대해 갖는 생각이 너무 솔직하게 드러난 글이다. 솔직하다는 게 무슨 뜻이냐 하면, 후기에 쓸 법한 얘기가 글에 너무 많이 포함되어 있다는 뜻이다.

우리는 살면서 '초월'이란 개념을 꽤 자주 접한다. 자신이 신과 직접 소통하며 그 화신이 되었다고 주장하는 괴짜들을 보자. 그는 인간을 초월했다고 주장하는 셈이다. 붓다는 각성 단계를 겪었다. 비록 깨달은 뒤의 활동은 붓다와 비교하는 게 민망할 정도로 차이가 나긴 하지만, 중2병이라는 말의 뿌리인 각종 일본 만화 속 주인공들도 나름 각성은 한다. 초월했다고 주장하는 수많은 이들은 그 후 어떻게 살까. 신과 통했다는 사람은 여전히 신도에게 돈을 걷는다. 만화 속 주인공은 몸 속에 내재된 힘을 발현시키고는 본격적으로 (특수효과를 잔뜩 덧붙여서) 주먹질을 한다. 나는 내적 수련을 오래 하지 못했기 때문에 붓다가 각성 후 어떤 의식 단계에 도달했는지는 알 수 없다. 그밖에 적지 않은 창작물 속에서 초월 이후는 '상상할 수 없으므로 여기까지'라는 숨은 말과 함께 대미를 장식한다.

가끔 내 SF를 평해주시는 분들의 지적은 정확하다. 나는 특이점 이후를 즐겨 다룬다(특히 이 작품집은 기획에 따라 유난히 그런 이야기가 모여 있다). 그럴 때마다 '끝'이란 말 대신

'초월'을 쓰지 않는 걸 첫 목표로 삼는다. 어느 유명 게임 캐릭터의 입을 빌려 말하자면 '우리는 아직 준비가 안 됐다'고 생각하기 때문이다. 초월은 삶이 사라지는 지점이 아니라고 생각하기 때문이다.

그리고 삶과 이야기는 꾸준히 노력하고 단계를 밟는 사람들의 것이라고 생각하기 때문이다. 그래서 내가 만든 여러 이야기에는 같은 문제에 다른 결정을 내리는 사람들이 등장한다. 적어도 그런 모습을 만들어 보이려고 노력하는 중이다.

그렇게 말해놓고 이 단편의 주인공(들)인 닐도 일종의 초월을 한 셈 아니냐고 묻는다면, 아주 겸연쩍게, 작은 목소리로 한마디를 덧붙이고 싶다. 비록 연재를 마치지는 못했지만 여러 해 전 어느 잡지에 나누어 실었던 악마 집안 이야기가 〈유가폐점〉에 이어진다고.

〈끝〉

삼사라

김창규 소설집

초판 1쇄 인쇄 2018년 10월 10일
초판 1쇄 발행 2018년 10월 15일

지은이   김창규
펴낸이   박은주
기획   김창규, 최세진
디자인   김선예, 장혜지
마케팅   박동준

발행처   아작
등록   2015년 9월 9일(제2018-000142호)
주소   03924 서울시 마포구 월드컵북로54길 25
              상암DMC푸르지오시티 504호
대표전화   02.324.3945   **팩스** 02.324.3947
이메일   decomma@gmail.com
홈페이지   www.arzak.co.kr

ISBN   979-11-89015-31-2 03810

책 값은 표지 뒤쪽에 있습니다.

아작은 디자인콤마의 문학 브랜드입니다.